Der Tag, an dem Superman starb

W0377039

Text:
DAN JURGENS · JERRY ORDWAY
LOUISE SIMONSON · ROGER STERN

Bleistiftzeichnung:
TOM GRUMMETT · JON BOGDANOVE
JACKSON GUICE · DAN JURGENS

Tuschzeichnung:
BRETT BREEDING · RICK BRUCHETT
DOUG HAZLEWOOD · DENNIS JANKE
DENIS RODIER

Farben:
GENE D'ANGELO · GLENN WHITMORE

Übersetzung:
UWE ANTON
Lettering:
GERHARD FÖRSTER
Lektorat:
ANDREAS C. KNIGGE

CARLSEN VERLAG

Superman wurde geschaffen von Jerry Siegel und Joe Shuster

CARLSEN COMICS
Lektorat: Andreas C. Knigge, Uta Schmid-Burgk, Marcel Le Comte
2. Auflage 7.-9. Tsd. Juli 1994

Aus dem Amerikanischen von Uwe Anton
THE DEATH OF SUPERMAN

Redaktion: Andreas C. Knigge
Lettering: Gerhard Förster
Druck und buchbinderische Verarbeitung:
Dresdner Druck- und Verlagshaus, Dresden

ISBN 3-551-72379-6
Printed in Germany

IRGENDWO...
KRAANG!
KRAANG!
KRAANG!
KRAANG!
DOOMSDAY IST DA!

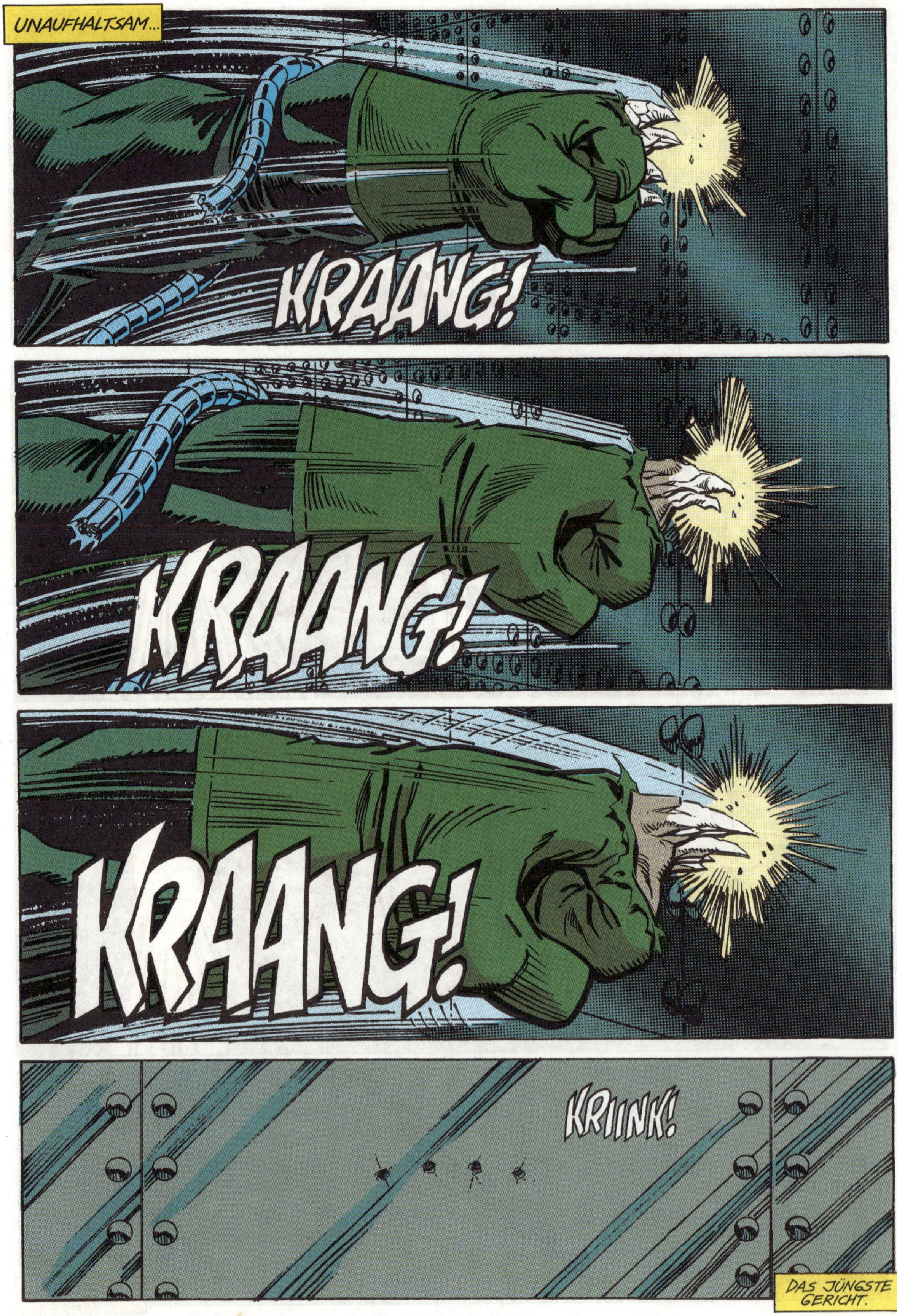
UNAUFHALTSAM...
KRAANG!
KRAANG!
KRAANG!
KRIINK!
DAS JÜNGSTE GERICHT.

DAS WELTGERICHT...
KRAANG!
KRAANG!
KRAANG!
KRAAK!
ABER AUCH EIN WESEN...

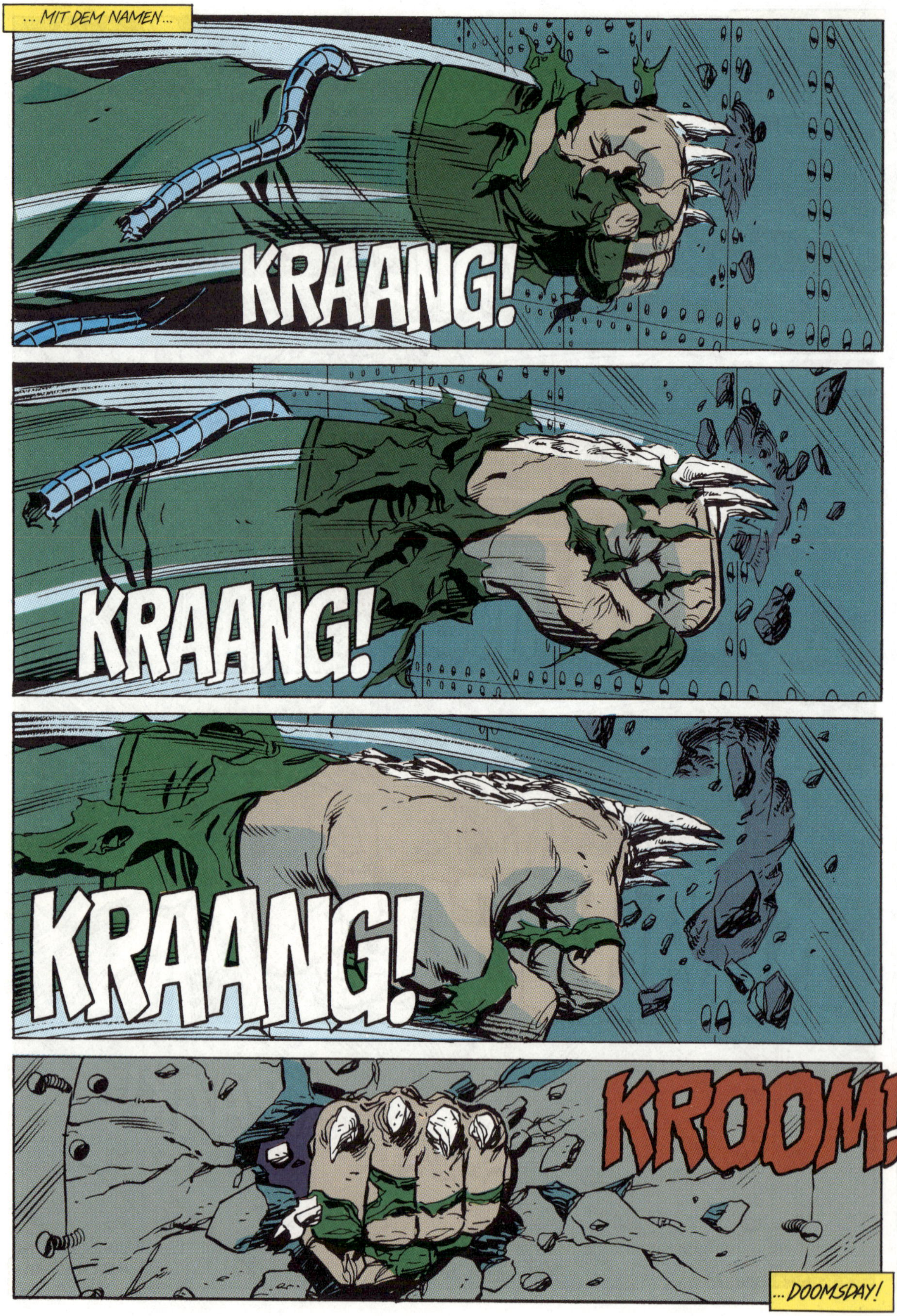
... MIT DEM NAMEN...
KRAANG!
KRAANG!
KRAANG!
KROOM!
...DOOMSDAY!

IRGENDWO AUF DER ERDE...
SQUAK! SQUAK! SQUAK! SQUAK!
KRAANG!
KRAANG!
KROOM!
KRAKOOM!

KRAAKK!
KARAAKK!
KRAKA-
DOOM!

DOOMSDAY!
ERSTES KAPITEL
Text: Louise Simonson
Zeichnungen: Jon Bogdanove
Tusche: Dennis Janke
Farbe: Glenn Whitmore
Superman wurde geschaffen von Jerry Siegel & Joe Schuster
ER IST SO TOLL! ER HAT MICH ZWEIMAL GERETTET... ER IST MEIN FREUND.
KÖNNTE ICH ES IHM DOCH NUR SAGEN... ABER WIE?
OPEN PLEASE COME IN
MAXALEH'S HARDWARE
KEYS MA
WHILE U W
ICH KANN NUR EINS TUN...
CHAN-L-OCK
FLEISCHER PAI
INTERIOR / EXT CUSTOM
ENAMEL & FLAT BLENDED
UND DIE LEUCHTET WIRKLICH IM DUNKELN?
JA, GARANTIERT. DER NEUESTE SCHREI!
HE, DU WILLST DOCH DAMIT KEINE U-BAHN-WÄNDE BESCHMIEREN?
ICH HABE ANGST. ABER DAS GEHÖRT WOHL DAZU...
NEE... NATÜRLICH NICHT.
JEDENFALLS... NICHT DIREKT.
FLUORESCENT YELLOW

"... WENN MAN HINTER MONSTERN HER IST!"
DAS KRAFT-WERK GE-HÖRT UNS!
SO... WIE LEITEN WIR DEN STROM AUF UNSERE KRIEGS-MASCHINEN UM?
WIE DU WILLST, CLAWSTER. DU BIST DER BOSS!
MECHANIKER HYPNOTI-SIERT HALTEN, KATHANA!
DU CHARLIE HÖREN, MANN! AL-SO REDE! WO SEIN SCHALTER, DAMIT WIR KÖNNEN STEHLEN ELEKTRIZITÄT?
CURTIS
DAS KONTROLL-PULT... IST DA DRÜBEN...
KEKSE, SAFT, TASCHENLAMPE, BATTE-RIEN, LEUCHTFARBE...
CHILDRENS'
DRENS AID CIETY
ILDRENS CENTER
WARUM KOMME ICH MIR NICHT GANZ GE-SCHEIT VOR?
VIELLEICHT SOLLTE ICH MEINEN PLAN NOCH MAL ÜBERDENKEN?
DIE MONSTER IN DER KANALISATION SAGEN, SIE HABEN MEINE MOMMA...
...UND BRINGEN SIE UM, WENN ICH VERRATE, DASS SIE GEGEN DIE STADT KRIEG FÜHREN WOLLEN!
ABER... WENN SIE LÜGEN? WENN SIE MICH REIN-LEGEN?
WENN SIE MEINE MOMMA GAR NICHT HA-BEN?

ABER ... SIE KÖNNEN NICHT LÜGEN ... ODER ?
MOMMA HAT MICH NICHT AUS DEM WAISENHAUS GEHOLT, WEIL SIE ES NICHT KONNTE !
WEIL DIE MONSTER SIE HABEN.
SIE WILL KOMMEN, KANN'S ABER NICHT. DOCH ICH RETTE SIE.
UND SIE WIRD MICH UMARMEN UND MICH BITTEN, IMMER BEI IHR ZU BLEIBEN ...
UND ICH HOL SIE RAUS UND SAG DANN SUPERMAN, DASS DIE MONSTER KRIEG FÜHREN WOLLEN.
DA WERDEN NOCH VIEL MEHR ABZWEIGUNGEN KOMMEN. HOFFENTLICH KLAPPT DAS.
PSSSR
NA SCHÖN. ICH KANN MICH ALSO NICHT VERIRREN !
HALLO, LOIS! WAS MACHT DIE BESCHLAGNAHMTE ELEKTRONIK, DIE DIE BULLEN „VERLOREN" HABEN ?
DAILY PLANET
ICH BIN DRAN. MEINE QUELLE BEI DER KÜSTENWACHE HAT GESAGT... WAS IST DAS ?
SUPERMAN SOLL IN DEN KELLER UNTER DEM E-WERK IN DER WEST SIDE KOMMEN ! METROPOLIS IST IN GEFAHR !
EIN FREUND
CLARK IST NICHT DA. MIST. ER HOLT NIE SEINE POST...
... BESONDERS WENN ER VOM DACH KOMMT.
„ANONYMER TIP: GEFAHR IM KELLER DES E-WERKS IN DER WEST SIDE. ICH BIN DORT. LOIS !"
DAS MÜSSTE KLAPPEN !
LOIS ... ?
MUSS LOS, FRAN ! RICHTE CLARK AUS, DASS ICH EINE NACHRICHT IN SEINEM COMPUTER HINTERLIESS !

ANDERSWO...
CHEEP
CHEEP
CHEEP
CHEEP
CHEEP
CHEEP
CHEEP?
BLORCH
HAH...HA HA HAAA

HABE DIE STADT ABGESUCHT, ABER KEINE UNTERWELTLER GEFUNDEN ...
SIE MÜSSEN ABGETAUCHT SEIN. ALSO...
"... WIEDER AN DIE ARBEIT!"
HI, CLARK! LOIS HINTERLIESS DIR EINE NACHRICHT.
IM COMPUTER, WIE IMMER? DANKE, FRAN.
TAK-TAP-TAK-TAP!
READ: MESSAGES
WAS ... ?
SIND ALLE COMPUTER AUSGEFALLEN ?
AUCH DAS LICHT!
O NEIN ... SCHON WIEDER EIN BLACKOUT ?
GESCHAFFT!
YEAAAA!
WIR STEHLEN METROPOLIS DEN STROM!
JETZT STADT HILFLOS... UND UNTERWELT KANN HINTERN TRETEN ...

METROPOLIS POWER & LIGHT NEW TROY POWER STATION DIVISION OF LEXCORP
DANGER
KEEP OUT!
GUT, DASS JEMAND DRAHTSCHEREN ERFUNDEN HAT. MIT DEN ZÄHNEN WÄRE ICH NICHT DURCHGEKOMMEN.
BEI DEM STROMAUSFALL FUNKTIONIERT DIE ALARMANLAGE NICHT. ABER ...
... ES SIND AUCH KEINE WÄCHTER DA.
DIE MÜSSEN AUSGESCHALTET WORDEN SEIN.
DER TIP STIMMT ALSO. ABER WAS IST HIER LOS?
VIELLEICHT UNTEN...
WAS IST DAS?
THUDD!
AUTSCH!
DAS WAR HART WIE BETON!
HAR HAR! DU BEMERKT, WAS?
AUSSEN UND INNEN, DURCH UND DURCH, CLAWSTER UNVERLETZLICH.
WER DU ÜBERHAUPT SEIN?
DAS IST DIESE REPORTERIN, LOIS LANE.
DU KENNST SIE?
SIE HILFT IN DER SUPPENKÜCHE, IN DER ICH GEGESSEN HABE.

WER SEID IHR? WAS GEHT HIER VOR? CHARLIE... WIE KONNTEST DU NUR?
GANZ EINFACH, REPORTERIN. UND KLUG. DU CHARLIE BILDEN HELFEN, WAS?
ABER GESELLSCHAFT IHN NICHT HABEN WOLLEN.
DU UNS WOLLTEST MILDE GABE GEBEN.
ABER UNTERWELT JETZT KRIEGSMASCHINEN HAT... UND WIR NEHMEN, WAS WIR WOLLEN!
SIE KÖNNTE ALS GEISEL NÜTZLICH SEIN, CLAW. BRING SIE ZUM BOSS.
DAS WITZ SEIN, CHARLIE? DU WISSEN, BOSS KEINE GEFANGENEN MACHEN.
SIE TOT, BEVOR STUNDE UM!
KEINE GEFANGENEN? ABER WAS IST MIT MEINER MOMMA?
SIE... HATTEN SIE NIE! SIE HABEN GELOGEN, DAMIT ICH NICHT AUSPACKE!
ICH... HAB'S WOHL VON ANFANG AN GEWUSST. ICH WOLLTE NUR UNBEDINGT GLAUBEN...
...DASS ICH SIE FINDEN... UND RETTEN KANN...
...UND SIE MICH LIEBT.

ANDERSWO...
KRAK
KRAM!
KRAKK!

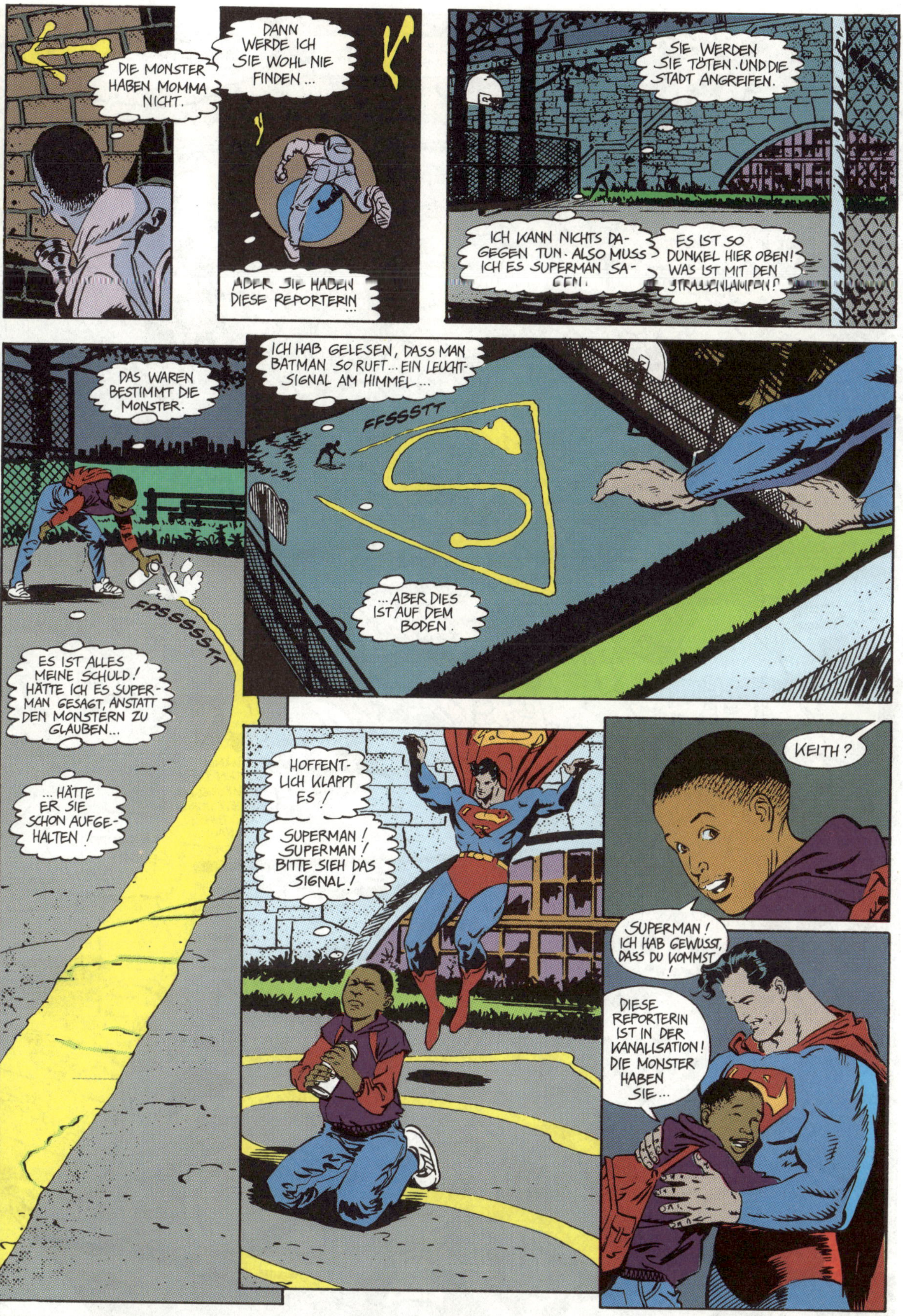

DIE MONSTER HABEN MOMMA NICHT.
DANN WERDE ICH SIE WOHL NIE FINDEN ...
ABER SIE HABEN DIESE REPORTERIN ...
SIE WERDEN SIE TÖTEN. UND DIE STADT ANGREIFEN.
ICH KANN NICHTS DAGEGEN TUN. ALSO MUSS ICH ES SUPERMAN SAGEN.
ES IST SO DUNKEL HIER OBEN! WAS IST MIT DEN STRASSENLAMPEN?
DAS WAREN BESTIMMT DIE MONSTER.
ICH HAB GELESEN, DASS MAN BATMAN SO RUFT... EIN LEUCHTSIGNAL AM HIMMEL ...
FFSSSTT
FPSSSSSSTT
... ABER DIES IST AUF DEM BODEN.
ES IST ALLES MEINE SCHULD! HÄTTE ICH ES SUPERMAN GESAGT, ANSTATT DEN MONSTERN ZU GLAUBEN...
... HÄTTE ER SIE SCHON AUFGEHALTEN!
HOFFENTLICH KLAPPT ES!
SUPERMAN! SUPERMAN! BITTE SIEH DAS SIGNAL!
KEITH?
SUPERMAN! ICH HAB GEWUSST, DASS DU KOMMST!
DIESE REPORTERIN IST IN DER KANALISATION! DIE MONSTER HABEN SIE...

„... UND SIE WOLLEN DIE STADT ÜBERFALLEN!“
JETZT BOHREN WIR EINE UNTERIRDISCHE STRASSE DURCH DAS GESTEIN!
DANN ROLLEN UNSERE KRIEGSMASCHINEN DURCH DEN TUNNEL HINAUF...
... UND METROPOLIS GEHÖRT DEN MONSTERN!

SKRRRSHRRZAM!

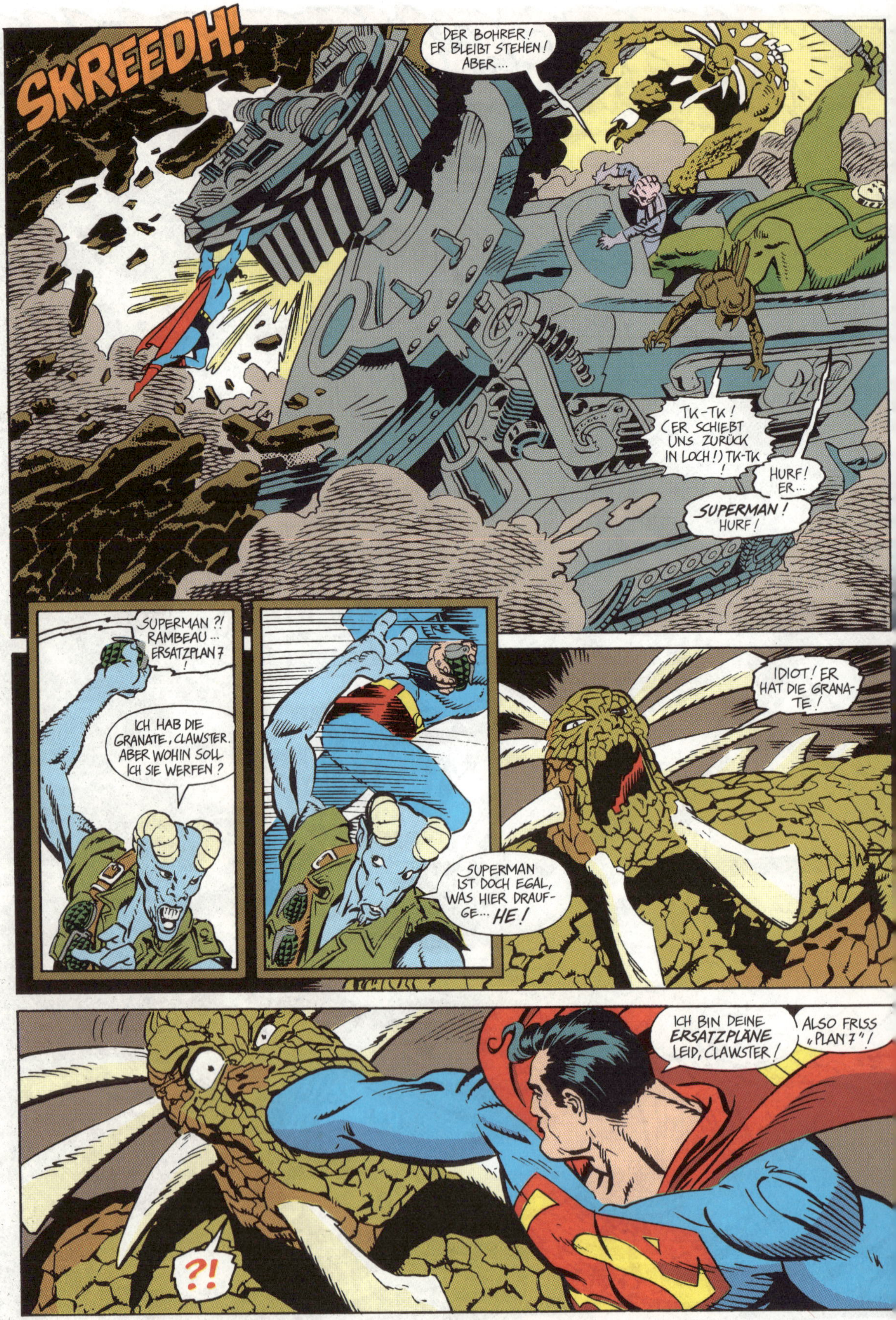
SKREEDH!
DER BOHRER! ER BLEIBT STEHEN! ABER...
TK-TK! (ER SCHIEBT UNS ZURÜCK IN LOCH!) TK-TK!
HURF! ER...
SUPERMAN! HURF!
SUPERMAN?! RAMBEAU... ERSATZPLAN 7!
ICH HAB DIE GRANATE, CLAWSTER. ABER WOHIN SOLL ICH SIE WERFEN?
SUPERMAN IST DOCH EGAL, WAS HIER DRAUFGE... HE!
IDIOT! ER HAT DIE GRANATE!
ICH BIN DEINE ERSATZPLÄNE LEID, CLAWSTER!
ALSO FRISS „PLAN 7"!
?!

BWAAMF!
GUTER CLAWSTER...
...UNBESIEGBAR...
TK-TK! (SUPERMAN GREIFT AN!) TK-TK!
TK-TK! (AKTIVIERT DIE KRIEGSMASCHINEN!) TK-TK!
SHRAKT!

TK-TK! (GENAU! DAS SIND **KRIEGS-WELT**-WAFFEN!) TK-TK!
JA! HALTET DRAUF!
SELBST SUPERMAN KOMMT NICHT GEGEN DIESE WAFFEN AN!
WAS? DIE FLÜCHTLINGE VON DER **KRIEGSWELT** STEKKEN DAHINTER! ICH MUSS...
BRAKADRUMVF!
... MICH AUFRAPPELN!
EINE RIESIGE SCHERE! ABER ICH...
RRRPT!
... HABE NICHT VOR, MICH EINFACH AUFSPIESSEN ZU LASSEN!

ICH HAB SIE SCHON EINMAL ENTKOMMEN LASSEN...
WHAKT!
DEN FEHLER MACH ICH NICHT NOCH MAL!
WHUFF!
HURF!
(DAS...)
(...TAT WEH!)
POUND!
KRAZZZZH!
KRL'LI IST BEWUSSTLOS! DIE SCHLACHT WOGT GEGEN UNS!
WHAM
VIELLEICHT IST BESONNENHEIT DOCH DER BESSERE TEIL DER KÜHNHEIT!
HIERGEBLIEBEN, KRIEGSWELTLER!
WO IST DIE REPORTERIN, DIE IHR GEFANGENHALTET?
G-GEFANGEN? DU WEISST DOCH, SUPERMAN ... WIR KRIEGSWELTLER MACHEN KEINE GEFANGENEN!
WO IST SIE?
CHARLIE BRACHTE SIE IN DEN RECHTEN TUNNEL! SIE IST SCHON TOT!
W-WAS HAST DU VOR?
ICH RAMM DICH BIS ZUM HALS IN DEN FELSEN!
UND WENN DU DICH GEIRRT HAST, GRABE ICH DICH *VIELLEICHT* WIEDER AUS.

ANDERSWO...
HUNF?
HAR!
KRAK-KAK!
KA-DOOM!
HA-HA-HA-HA!

B-DAM
LOIS! SIE HABEN GESAGT, DU WÄREST HIER... UND SCHON TOT! BIST DU IN ORDNUNG?
MIR GEHT'S GUT!
SUPERMAN! NICHT...!
WAS?!
LASS CHARLIE GEFÄLLIGST IN RUHE! NUR DANK IHM WISSEN WIR VON DEN PLÄNEN DER UNTERWELTLER!
ACH WAS?
LOGISCH! DU BIST DOCH HIER, ODER? TJA... CHARLIE IST UNSER INFORMANT!
ER IST EIN HELD! ER HAT METROPOLIS GERETTET!
KLAR?
ER WAR IN DEN 60ER JAHREN PAZIFIST UND NAHM MIT DER ANTI-KRIEGS-FRAKTION DER UNTERWELT VERBINDUNG AUF.
UM IHREN KRIEG GEGEN DIE OBERFLÄCHE ZU VERHINDERN.
ICH SCHRIEB IHR EINE NACHRICHT, UM DICH ZU WARNEN UND... NA JA... IHR ZU 'NER STORY ZU VERHELFEN.
ALS KLEINEN AUSGLEICH FÜR ALL DIE DONUTS, DIE SIE MIR GEBRACHT HAT.
DER COMPUTER... ODER?
ICH WUSSTE, SIE GIBT DIE NACHRICHT AN DICH WEITER!
ES WAR NICHT LEICHT, SIE ZU ÜBERZEUGEN, DASS ICH SIE UMBRINGEN DURFTE...
HÄTTE NIE GEDACHT, DASS SIE SELBST RUNTERKOMMT UND GEFANGENGENOMMEN WIRD...
WIE SONST SOLLTE SIE AN DIE STORY KOMMEN?
BINDET MICH JETZT VIELLEICHT MAL JEMAND LOS?

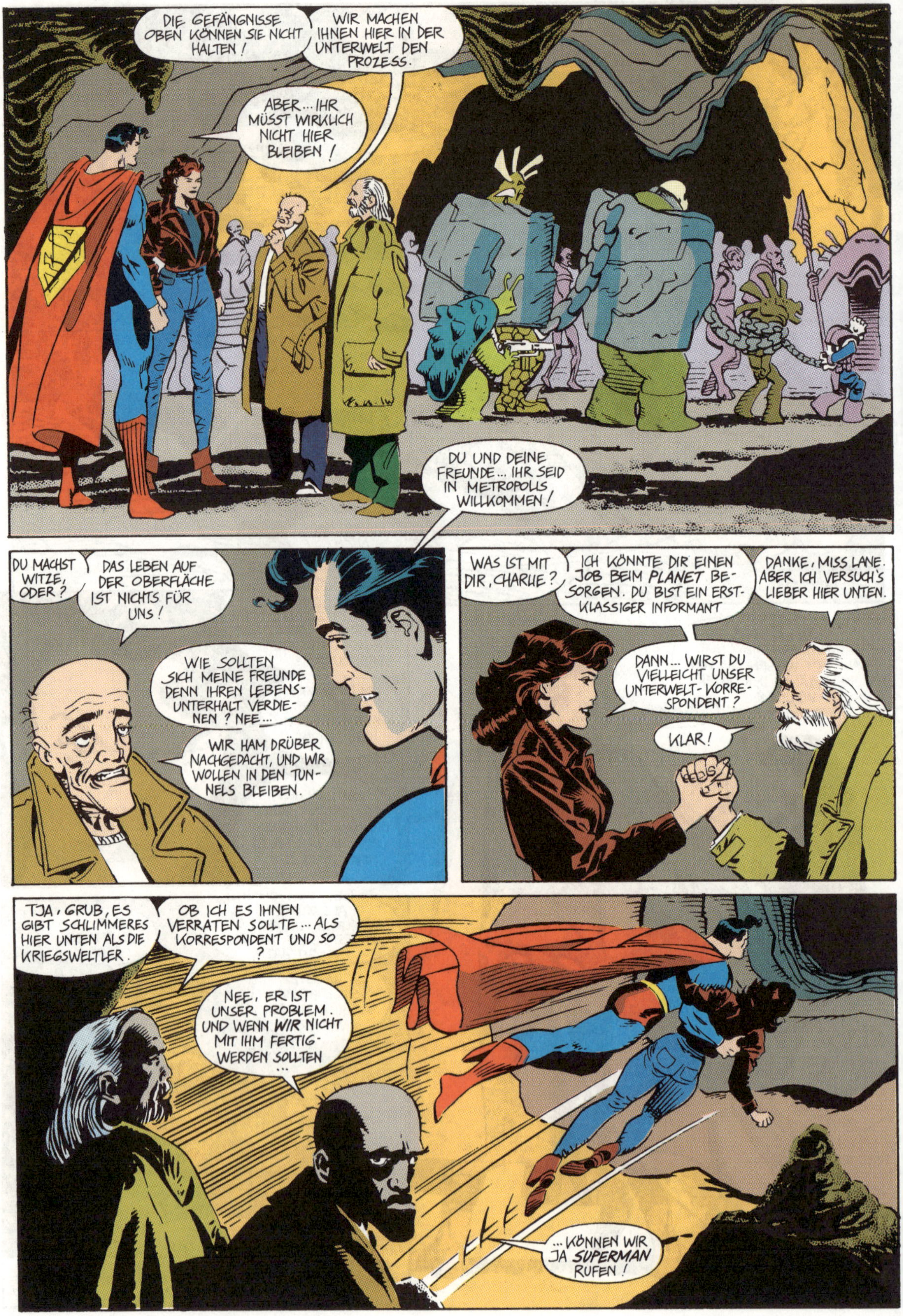
DIE GEFÄNGNISSE OBEN KÖNNEN SIE NICHT HALTEN!
WIR MACHEN IHNEN HIER IN DER UNTERWELT DEN PROZESS.
ABER... IHR MÜSST WIRKLICH NICHT HIER BLEIBEN!
DU UND DEINE FREUNDE... IHR SEID IN METROPOLIS WILLKOMMEN!
DU MACHST WITZE, ODER?
DAS LEBEN AUF DER OBERFLÄCHE IST NICHTS FÜR UNS!
WIE SOLLTEN SICH MEINE FREUNDE DENN IHREN LEBENSUNTERHALT VERDIENEN? NEE...
WIR HAM DRÜBER NACHGEDACHT, UND WIR WOLLEN IN DEN TUNNELS BLEIBEN.
WAS IST MIT DIR, CHARLIE?
ICH KÖNNTE DIR EINEN JOB BEIM PLANET BESORGEN. DU BIST EIN ERSTKLASSIGER INFORMANT
DANKE, MISS LANE. ABER ICH VERSUCH'S LIEBER HIER UNTEN.
DANN... WIRST DU VIELLEICHT UNSER UNTERWELT-KORRESPONDENT?
KLAR!
TJA, GRUB, ES GIBT SCHLIMMERES HIER UNTEN ALS DIE KRIEGSWELTLER.
OB ICH ES IHNEN VERRATEN SOLLTE... ALS KORRESPONDENT UND SO?
NEE, ER IST UNSER PROBLEM. UND WENN WIR NICHT MIT IHM FERTIG WERDEN SOLLTEN...
...KÖNNEN WIR JA SUPERMAN RUFEN!

ANDERSWO...
WAS ZUM TEUFEL...?!
VROOOM!
HE, KUMPEL! RUNTER VON DER STRASSE!
BIST DU LEBENSMÜ...
KRSHWAM!

HA HA HA HA HA HA HA HA
STAATSPOLIZEI! CHUCK JOHNSTON RUFT DIE STAATSPOLIZEI!
ICH HÖRE SIE, MR. JOHNSTON. WAS GIBT'S?
EIN GROSSES MONSTER HAT MOONS LASTER UMGEKIPPT... MIT EINER HAND!
ER BRENNT UND GEHT GLEICH HOCH!
HABEN SIE „MONSTER" GESAGT?
JA! SO GROSS WIE EIN @#*% HAUS!
WAS HABEN WIR DENN DA?
DER KERL REISST DIE GANZE INTERSTATE AUF!
ER MARSCHIERT IN RICHTUNG OSTEN! IHR MÜSST IHN AUFHALTEN!
DAS KLINGT NACH EINEM JOB FÜR DIE GERECHTIGKEITSLIGA!
UND OBERON VON DER GERECHTIGKEITSLIGA SCHICKT SEINE LEUTE LOS...

SCHNELL, BOOSTER! DIESE MENSCHEN MÜSSEN ÄRZTLICH VERSORGT WERDEN!
BRINGEN WIR SIE AUS DIESEM INFERNO RAUS, MAXIMA...
... BEVOR ER SICH DURCH MEIN KRAFTFELD FRESSEN KANN!
AUSGE-ZÄHLT
Text und Zeichnungen: Dan Jurgens
Tusche: Rick Burchett
Farbe: Gene d'Angelo
ZWEITES KAPITEL

ICH HABE DIESES KLEINE LAGERFEUER SCHNELLER AUSGEPUSTET, ALS DU „ANGEBRANNT" SAGEN KANNST!
LEXOIL
...ABER DIESER UNFALL SOLL VON EINEM **MONSTER** VERURSACHT WORDEN SEIN, DAS HIER AMOK LIEF!
SCHADE, DASS ES IN DIE WÄLDER GEFLOHEN IST, SONST HÄTTEN WIR UNS DARUM GEKÜMMERT!
WO BLEIBEN DIE SANITÄTER, BOOSTER?
ICH HABE MEIN FUNKGERÄT AUF DIE POLIZEIFREQUENZ EINGESTELLT!
DIE KRANKENWAGEN WERDEN INNERHALB VON ZWEI MINUTEN HIER SEIN!

MEIN EIS LÖSCHT EINEN TEIL DER FLAMMEN!
TSSSSSSSSSS
GUT GEMACHT, ICE! WIR ANDEREN KÜMMERN UNS UM DIE OPFER!
WIR WISSEN EURE HILFE ZU SCHÄTZEN, GERECHTIGKEITSLIGA! MIR IST KLAR, DASS OHIO NICHT IN EUREM ZUSTÄNDIGKEITSGEBIET LIEGT...
WIR MÜSSEN DAS UNGEHEUER SUCHEN.
GANZ MEINE MEINUNG, BLOODWYND. STEIGT IN DEN KÄFER, UND WIR FLIEGEN LOS.
SO EIN MIST! ICH HÄTTE WIRKLICH GERN WAS IN DER FLIMMERKISTE GESEHEN ... DIE NEUE FOLGE DER ...
„... CAT-GRANT-SHOW!"
WIR MELDEN UNS LIVE AUS ROOSEVELT HIGH MIT EINEM UNGLAUBLICHEN GAST!
ER IST VIELLEICHT DER GEFEIERTSTE MANN UNSERER ZEIT! ER WURDE „DER MANN VON MORGEN" GENANNT...
... DER „LETZTE SOHN KRYPTONS" UND „DER STÄHLERNE". ABER AM BESTEN IST ER WOHL BEKANNT ALS ...

„...SUPERMAN!"
YEAH!
YAYYYY
CLAPCLAP
CLAP CLAP CLAP
HALTET DIE AUGEN AUF, LEUTE! JE FRÜHER WIR DAS MONSTER ENTDECKEN, DESTO BESSER!
HE, BEETLE, WENN ES EIN ECHT COOLES MONSTER IST, KÖNNEN WIR ES VIELLEICHT GEFANGENNEHMEN UND...
...FÜR TOLLE GAGEN AN TALKSHOWS VERMIETEN!
DEIN SINN FÜR DAS ANGEMESSENE IST GRENZENLOS, BOOSTER.
ERKENNST DU DAS ERST JETZT, BLOODWYND?
ÄH... SIEHT SO AUS, ALS HÄTTEN WIR DIE SPUR UNSERES MANNES GEFUNDEN!
FOLGEN WIR DIESEM PFAD DER VERNICHTUNG!
DIESE BÄUME WURDEN NICHT VON EIN PAAR KINDERN AUF SKATEBOARDS UMGEKNICKT!
WIE SCHRECKLICH! DIESE SINNLOSE... ÜBERFLÜSSIGE ZERSTÖRUNG!
FINDEN WIR DEN ARSCH UND TRETEN IHN IN DENSELBEN!

ICH KANN DIR NICHT GENUG DANKEN, DASS DU GEKOMMEN BIST, SUPERMAN. DU GIBST NUR SELTEN INTERVIEWS ...
ICH BIN DER ANSICHT, SOLLEN DIE AMERIKANER UNS VERTRAUEN, MÜSSEN SIE UNS KENNEN, MISS GRANT.
UND OHNE IHR VERTRAUEN KÖNNEN WIR NICHT EFFEKTIV HELFEN.
KANNST DU DICH MIT DEINEN ÜBERSINNLICHEN KRÄFTEN VORTASTEN, BLOODWYND, UND IN DEN GEIST DIESES BURSCHEN EINKLINKEN?
DAS IST NICHT EINFACH ...
... ABER ICH VERSUCH'S.
UND ICH AUCH.
GENAU. VIER ÜBERSINNLICHE AUGEN SEHEN MEHR ALS ZWEI.
MIST! ICH WOLLTE, DASS BLOODWYND ALLEIN GEHT, DAMIT ICH SEINE KRÄFTE MESSEN KANN! NUR SO ...
... KRIEGE ICH EIN PAAR INFORMATIONEN ÜBER IHN!
WIE ER SICH IMMER ABSCHIRMT, ÜBERLÄSST ER WAHRSCHEINLICH MAXIMA DEN ERSTEN KONTAKT, SELBST WENN ...
JA!
ICH HABE DAS WESEN GEFUNDEN!
ICH SPÜRE ...
... HASS, TOD UND BLUTDURST IN REINKULTUR ...
SONST NICHTS.

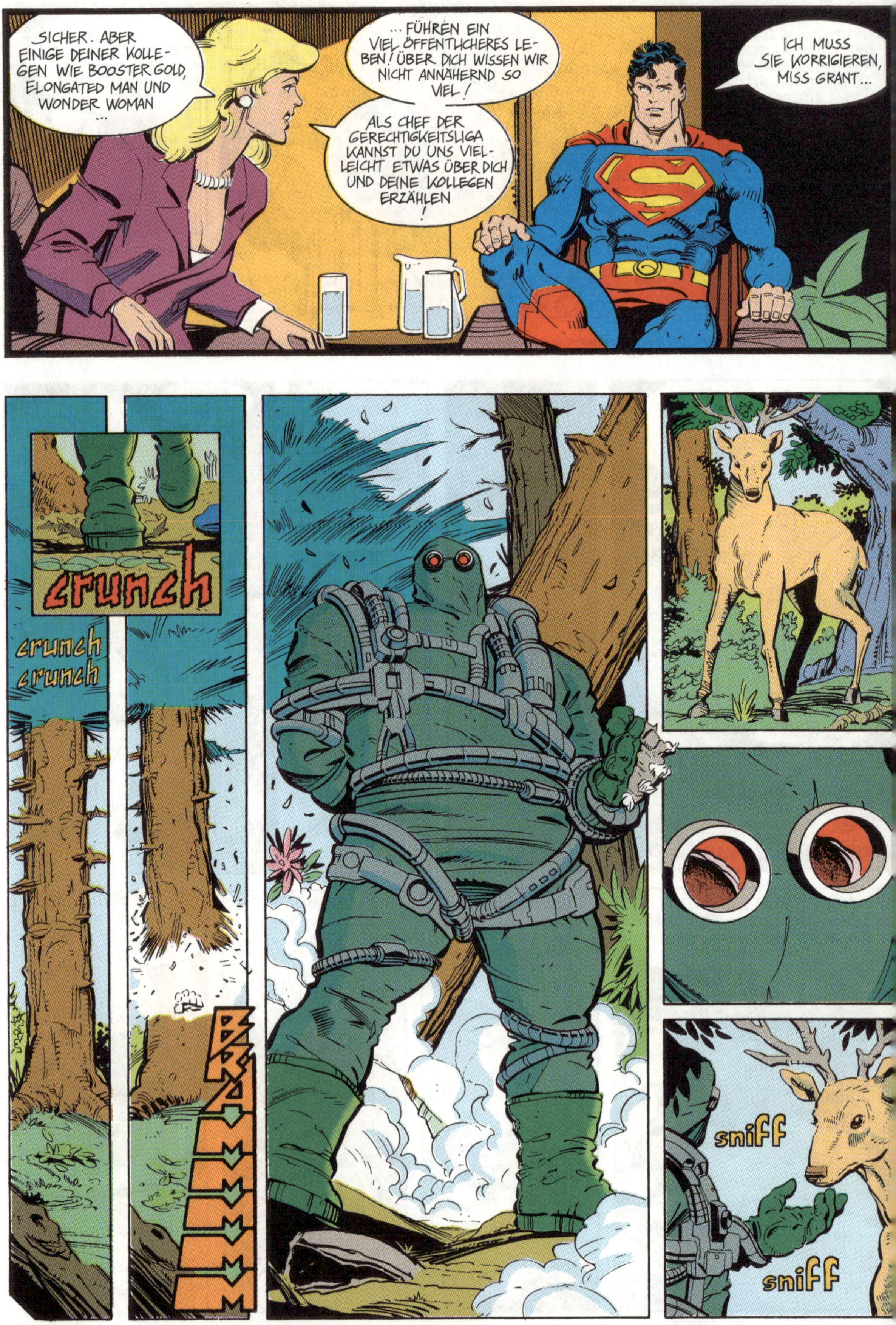

SICHER. ABER EINIGE DEINER KOLLEGEN WIE BOOSTER GOLD, ELONGATED MAN UND WONDER WOMAN ...
... FÜHREN EIN VIEL ÖFFENTLICHERES LEBEN! ÜBER DICH WISSEN WIR NICHT ANNÄHERND SO VIEL!
ALS CHEF DER GERECHTIGKEITSLIGA KANNST DU UNS VIELLEICHT ETWAS ÜBER DICH UND DEINE KOLLEGEN ERZÄHLEN!
ICH MUSS SIE KORRIGIEREN, MISS GRANT...
crunch
crunch
crunch
BRAMMMMMM
sniff
sniff

ES IST DEN ANDEREN GEGENÜBER UNFAIR, MICH ALS CHEF DER GERECHTIGKEITSLIGA ZU BEZEICHNEN.
WIR SIND EINE GRUPPE, DIE ZUSAMMENGEFUNDEN HAT, UM ETWAS ZU TUN, WAS NUR WIR KÖNNEN.
JEDER IN DER GRUPPE HAT MITSPRACHE- UND STIMMRECHT!
GLURTCH
CRACKK
HA HA HAA!
?

ABER DEIN EINFLUSS IST DOCH SICHERLICH GRÖSSER?
EINIGE BEOBACHTER SIND DER MEINUNG, DASS DIE LIGA MIT DIR VIEL DURCHSCHLAGSKRÄFTIGER UND KONZENTRIERTER ZUR SACHE GEHT ALS ZUVOR ...
SIE WAREN AUCH OHNE MICH SCHON EIN TALENTIERTES, ENGAGIERTES TEAM, MISS GRANT.
ICH BIN STOLZ, ZU IHNEN ZU GEHÖREN.
CAMERA ONE
CAMERA TWO
HE, BEETLE! AUF DEM RADAR IST EIN GESCHOSS ZU SEHEN ...
SHRAK
BLIP BL
ACHTUNG! WIR WERDEN ANGEGRIFFEN!
UNSERE HYDRAULIK IST IM EIMER! WIR STÜRZEN AB!
WENN ICH DEN MISTKERL ERWISCHE, NÄHE ICH IHM DIE AUGENLIDER ZU!
HELFT DEN LEUTEN, DIE NICHT FLIEGEN KÖNNEN!
UND ZWAR PRONTO!

SEI NICHT SO BESCHEIDEN, SUPERMAN! DIE GANZE STADT WEISS, DASS DU DICH VOR KURZEM MIT GUY GARDNER IN DIE WOLLE GEKRIEGT HAST!
MÖCHTEST DU DICH ZU DIESEM KONFLIKT ZWISCHEN DIR UND IHM ÄUSSERN?
MISTER GARDNER UND ICH SIND KOLLEGEN. OBWOHL UNSER VERHÄLTNIS TATSÄCHLICH ETWAS GESPANNT IST...
... KOMMEN WIR MITEINANDER AUS.
TOLL, DICH MAL WIEDER IN DEN ARMEN ZU HALTEN, BABY!
WAS HAT SUPERDUPER MIR NUR VORAUS?
KLASSE!
HAB DICH!
KÜMMERE DICH UM DIE TRÜMMER, BEVOR SIE JEMANDEN ERSCHLAGEN!
ERLEDIGT. MIT MEINER MACHT ÜBER METALL KANN ICH SIE LANGSAM ZU BODEN SCHWEBEN LASSEN.
WER STECKT DAHINTER? DER WAFFENMEISTER? DESPERO?
WEDER NOCH. ICH SPÜRE, DASS DER WIRKLICH VERANTWORTLICHE GANZ IN DER NÄHE IST.

NA SCHÖN. DIESE SCHÜLER HABEN EIN PAAR FRAGEN AN DICH...
KENNY. WAS MACHT IHR SUPER-HELDEN, WENN IHR KEINE BÖSEN BUBEN VERPRÜGELT?
ICH MEINE, GEHT IHR STÄNDIG AUF PARTYS, ODER WAS?
KOULA BEER
HFF!
MMM...
MMMAHAHAHAA!

WIR HABEN GENAUSO UNTERSCHIEDLICHE INTERESSEN WIE DU UND DEINE FREUNDE.
BLUE BEETLE IST ERFINDER UND VERBRINGT SEINE FREIZEIT IM LABOR. ICE GEHT GERN AUF REISEN ...
MAXIMA PASST SICH NOCH DEM LEBEN AUF DER ERDE AN, WÄHREND GUY GARDNER IN SEINER FREIZEIT ETWAS... KREATIVER IST.
EINE EXPLOSION HINTER DEN BÄUMEN! ICH GLAUBE, DA IST EINE RAFFINERIE VON LEXOIL!
HAT DIE DER BURSCHE VERURSACHT, DEN WIR SUCHEN?
DAS WERDEN WIR HERAUSFINDEN! AUF GEHT'S!
WARTE, GUY! WIR MÜSSEN UNS EINE STRATEGIE AUSDENKEN!
ZU SPÄT, KÄFER! DER BURSCHE IST SO GUT WIE TOT!
SUCH'S DIR AUS! FRIEDHOF ODER KREMATORIUM?
LEX OHIO
HURF?

DA WIR GERADE VON GUY GARDNER SPRECHEN ... WIESO DARF ER KEINE GRÜNE LEUCHTE MEHR SEIN?
WIESO HABT IHR IHN GEFEUERT?
WIR HABEN NICHT DEN GERINGSTEN EINFLUSS AUF DAS KORPS DER GRÜNEN LEUCHTEN.
DAS WAR ALLEIN DEREN ENTSCHEIDUNG.
HUH?
BAA!
HA HAA!
UNH! IST DER SCHNELL! ICH HAB IHN GAR NICHT GES...
KRAKOWW
LexOil OHIO FACILITY
SPLAKK!

DIE EINKÜNFTE AUS DIESEM INTERVIEW KOMMEN ALLEN HIGH SCHOOLS IM LANDE ZUGUTE! ALSO PASST GEFÄLLIGST AUF, KINDER!
IST DOCH ZUM GÄHNEN, MITCH.
ABER ECHT! DIE HÄTTEN BESSER GUY GARDNER EINGELADEN ...
Next Assignment: chapter
„... WENN SIE MIT JEMANDEM QUATSCHEN WOLLEN, DER ECHT WAS DRAUF HAT!"
HAHAHAA!
LASS IHN LOS, DU MONSTER!
EEF!
DER SCHEISSKERL IST STARK! HATTE NICHT DIE GERINGSTE CHANCE GEGEN IHN!
KANN NICHT ATMEN...
NICHT...
... MAL ...
... DENKEN...

ICH WOLLT MAL NACH FIRE FRAGEN.
IST SIE WIRKLICH SO TOLL, WIE SIE AUSSIEHT?
JAU! GUTE FRAGE, SPUD!
FIRE IST GUT IN IHREM JOB UND EIN TOLLER MENSCH. NÄCHSTE FRAGE.
DAS GIBT'S DOCH NICHT! DER SPÜRT MEINEN ENERGIE-STOSS GAR NICHT!
DANN BEFASSE ICH MICH MIT IHM!
IM LAUF DER JAHRE SIND HIER VIELE SEELEN INS NACH-LEBEN ÜBERGE-GANGEN.
IN DIESER GEGEND BRODELT DIE PLASMAENER-GIE DER GEISTER DER TO-TEN GERADEZU.
ICH BITTE DIESE GEI-STER...
... MIR DIE KRAFT ZU GEBEN, DIESES UNGETÜM ZU BESIEGEN!
BAMM
IHR GÖTTER! WAS FÜR EIN GE-SCHÖPF KANN SO EI-NEM SCHLAG WIDER-STEHEN?

WEISST DU, SUPERMAN, ICH FRAGE MICH, OB ES IRGEND ETWAS GIBT, DAS DIR WIRKLICH ANGST MACHT.
ICH MEINE, ICH HÄTTE AN DEINER STELLE FURCHTBARE ANGST.
BAH!
UGH!
FLOOM
LexC
OHIO FA
HAST DU DEN SCHLAG GE-SEHEN ?
WO KOMMT EIN SO MÄCHTIGES WESEN NUR HER ?
WAS IST MIT BLOODWYND ? HAT ER DEN HIEB ÜBERLEBT ?

GUTE FRAGE. NUN JA, SO ODER SO, FURCHT GEHÖRT IMMER DAZU.
ICH HABE ANGST DAVOR, ZU VERSAGEN, UNSCHULDIGE ZU VERLETZEN UND, EHRLICH GESAGT...
...AUCH UM MICH. ICH BIN WESEN BEGEGNET, DIE STARK GENUG SIND, MICH ZU TÖTEN...
HEH.
HA!
OH!
KÜMMERT IHR EUCH UM DEN STEROIDKLOTZ! ICH HOLE BLOODWYND DA RAUS!
KOMISCH! ICH VERSUCHE, DEN GEHEIMNISVOLLSTEN KERL IN DER LIGA ZU RETTEN! BLOODWYND VERBIRGT ETWAS VOR UNS.
DA! ABER DAS IST NICHT...
NATÜRLICH! DIE GANZE ZEIT ÜBER HABE ICH MICH GEFRAGT, WER BLOODWYND WIRKLICH IST, UND JETZT WEISS ICH ES! ICH WÄRE NIE DARAUF GEKOMMEN!
ABER BLOODWYND IST IN WIRKLICHKEIT...

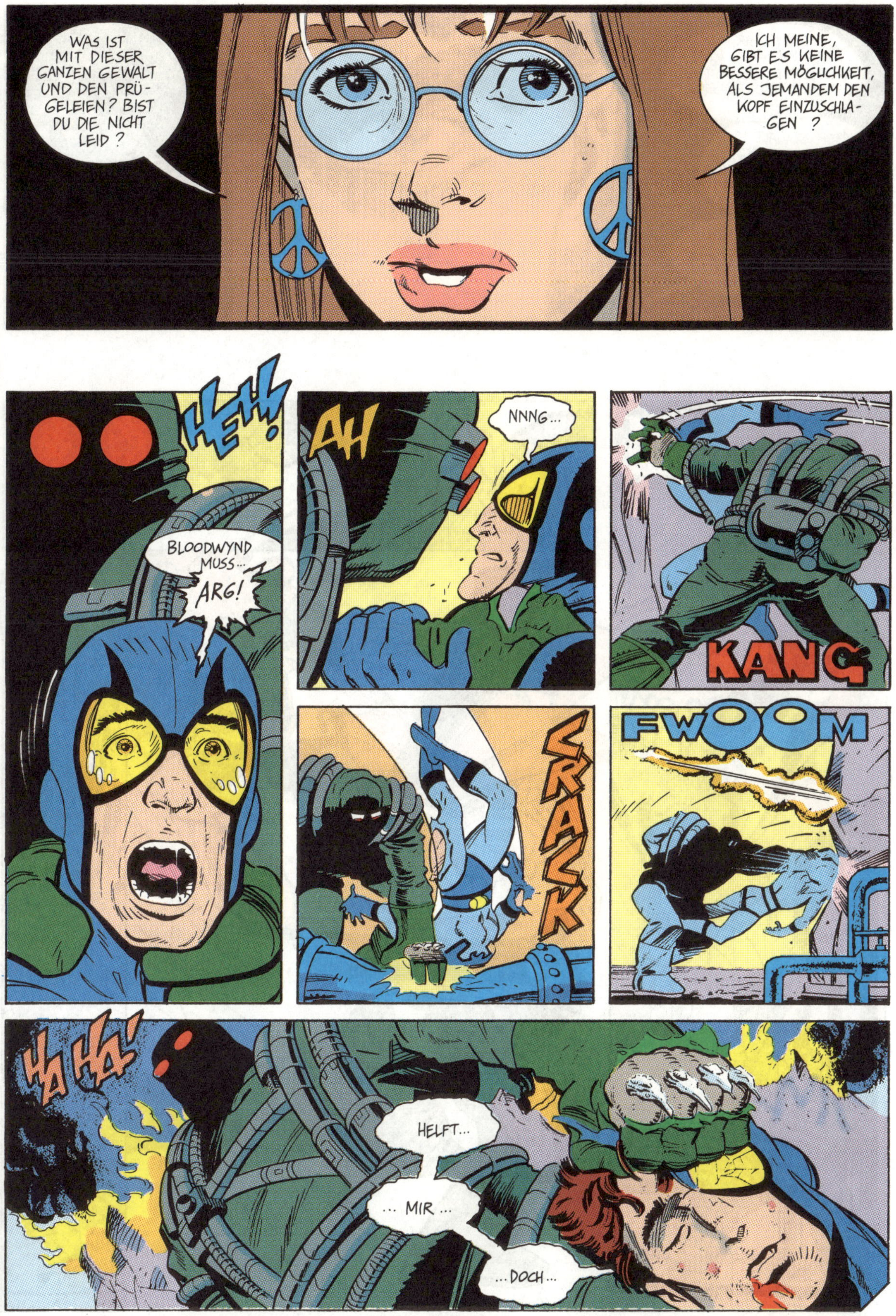

WAS IST MIT DIESER GANZEN GEWALT UND DEN PRÜGELEIEN? BIST DU DIE NICHT LEID?
ICH MEINE, GIBT ES KEINE BESSERE MÖGLICHKEIT, ALS JEMANDEM DEN KOPF EINZUSCHLAGEN?
HEH!
BLOODWYND MUSS...
ARG!
AH
NNNG...
KANG
CRACK
FWOOM
HA HA!
HELFT...
... MIR ...
... DOCH ...

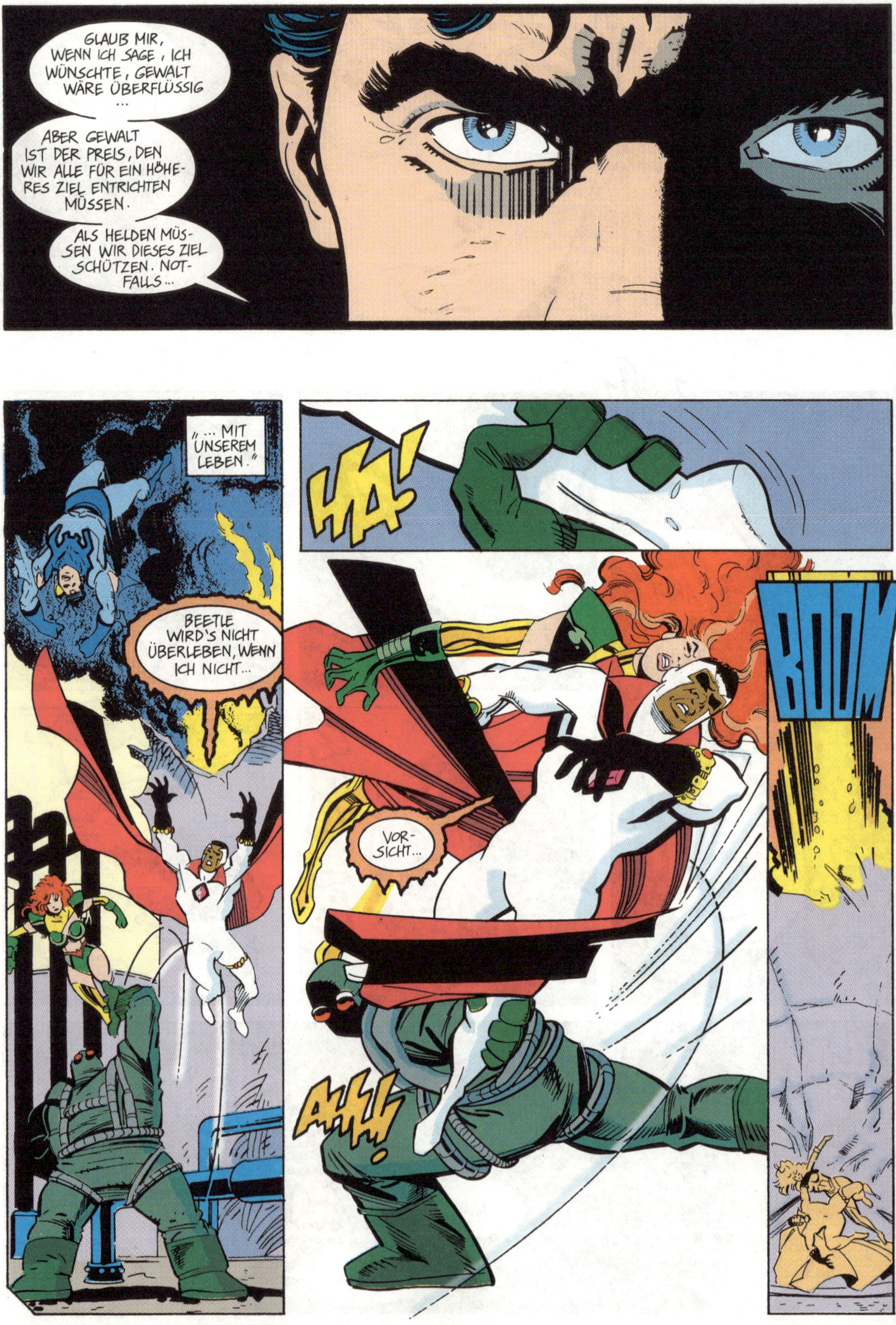
GLAUB MIR, WENN ICH SAGE, ICH WÜNSCHTE, GEWALT WÄRE ÜBERFLÜSSIG ...
ABER GEWALT IST DER PREIS, DEN WIR ALLE FÜR EIN HÖHERES ZIEL ENTRICHTEN MÜSSEN.
ALS HELDEN MÜSSEN WIR DIESES ZIEL SCHÜTZEN. NOTFALLS ...
„... MIT UNSEREM LEBEN."
BEETLE WIRD'S NICHT ÜBERLEBEN, WENN ICH NICHT...
HA!
BOOM
VORSICHT...
AHH!

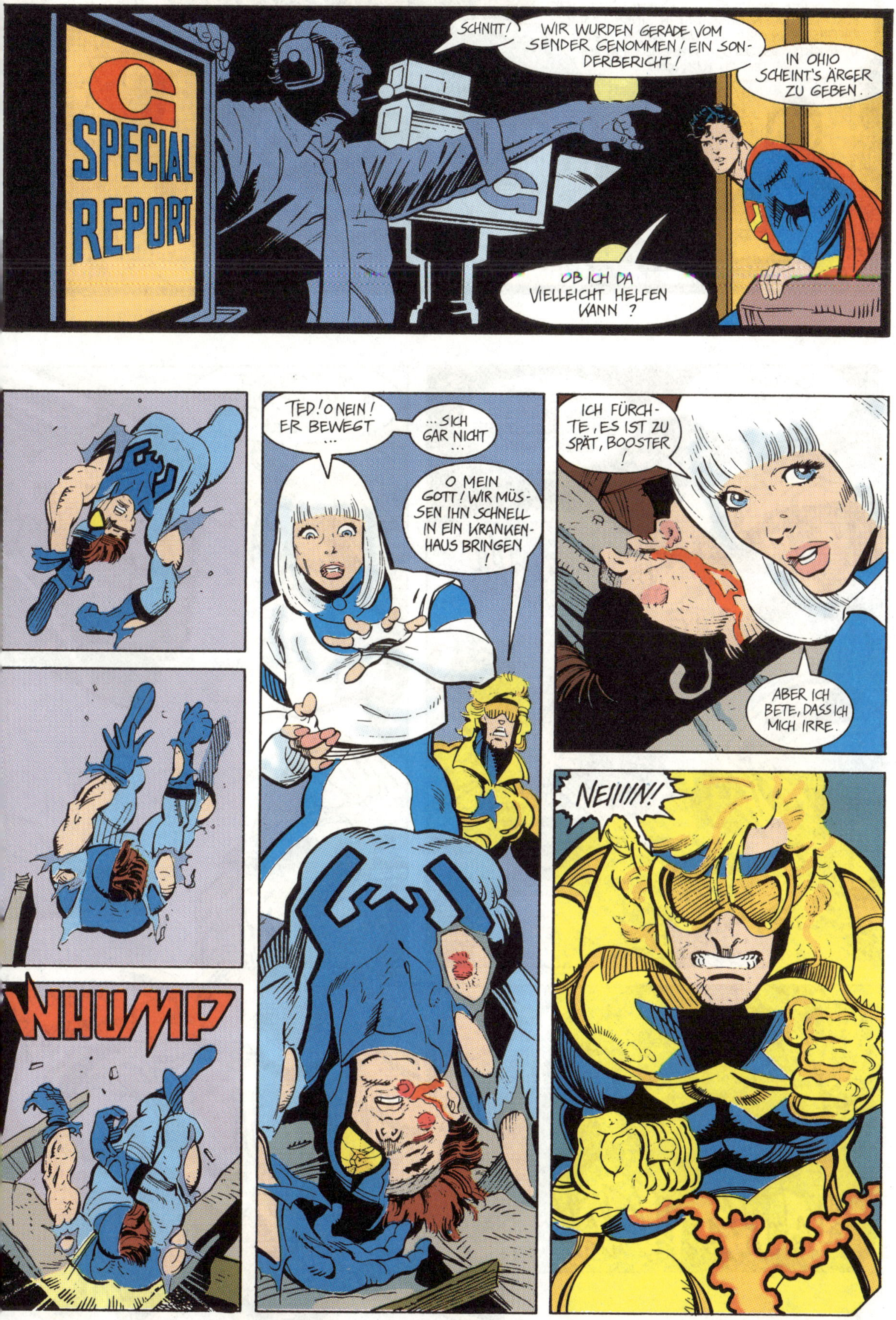
G SPECIAL REPORT
SCHNITT!
WIR WURDEN GERADE VOM SENDER GENOMMEN! EIN SONDERBERICHT!
IN OHIO SCHEINT'S ÄRGER ZU GEBEN.
OB ICH DA VIELLEICHT HELFEN KANN?
WHUMP
TED! O NEIN! ER BEWEGT ...
... SICH GAR NICHT ...
O MEIN GOTT! WIR MÜSSEN IHN SCHNELL IN EIN KRANKENHAUS BRINGEN!
ICH FÜRCHTE, ES IST ZU SPÄT, BOOSTER!
ABER ICH BETE, DASS ICH MICH IRRE.
NEIIIIN!

... MELDUNGEN ÜBER EINEN KAMPF ZWISCHEN DER GERECHTIGKEITSLIGA UND EINEM FÜRCHTERLICHEN UNGETÜM IN EINER LEXOIL-RAFFINERIE IN OHIO. DIE LIGA SCHEINT DEN VERNICHTUNGSZUG DES WESENS NICHT AUFHALTEN ZU KÖNNEN ...
SUPERMAN ...
ICH MUSS WEG!
SCHLUSS MIT DIESEN SPIELCHEN, DU SCHEUSAL!
MAL SEHEN, OB DU EINEN VOLLEN ENERGIESTOSS ÜBERSTEHST!
BAH!
WAS? DAS HÄLT IHN NICHT AUF! MUSS MEIN KRAFTFELD AUFBAUEN, BEVOR ...
AAAUUH!
HA HA HAA!
POW

WIE KANN EIN WESEN DER GESAMTEN LIGA TROTZEN ?
GLEICH KANN ICH DAS SCHLACHTFELD MIT MEINEM TELESKOPBLICK SEHEN ...
MANN, DAS WAR ABER WIRK-LICH IN LETZTER SEKUNDE !
DIE WUCHT SEINES SCHLAGS IST STÄRKER ALS MEIN FLUGRING. WENN ER DAS MIT MIR MACHEN KONNTE ...
... HATTE BEETLE NICHT DIE GERINGSTE CHANCE.
IST DIESES E-WERK IM GUMMIAN-ZUG NATÜRLICHEN URSPRUNGS ...
... ODER IRGENDEINE DOOMSDAY-MASCHINE ?
DAS REICHT, BOOSTER !
DU ?!?

ICH HABE GEHÖRT, IHR HABT SCHWIERIGKEITEN ...
DAS IST NICHT DER RICHTIGE AUSDRUCK, SUPERMAN!
ICH KOMME MIR VOR ...
... WIE AM JÜNGSTEN TAG!
DER JÜNGSTE TAG... DOOMSDAY!

DER COUNTDOWN LÄUFT
DRITTES KAPITEL
WIE GEHT ES IHM, ICE?
ER IST BEWUSSTLOS ... HAT KAUM NOCH PULS...
ER STIRBT, MAXIMA!
Tusche: Brett Breeding
Farbe: Glenn Whitmore
Text und Zeichnungen: Dan Jurgens
Superman wurde geschaffen von Jerry Siegel & Joe Shuster

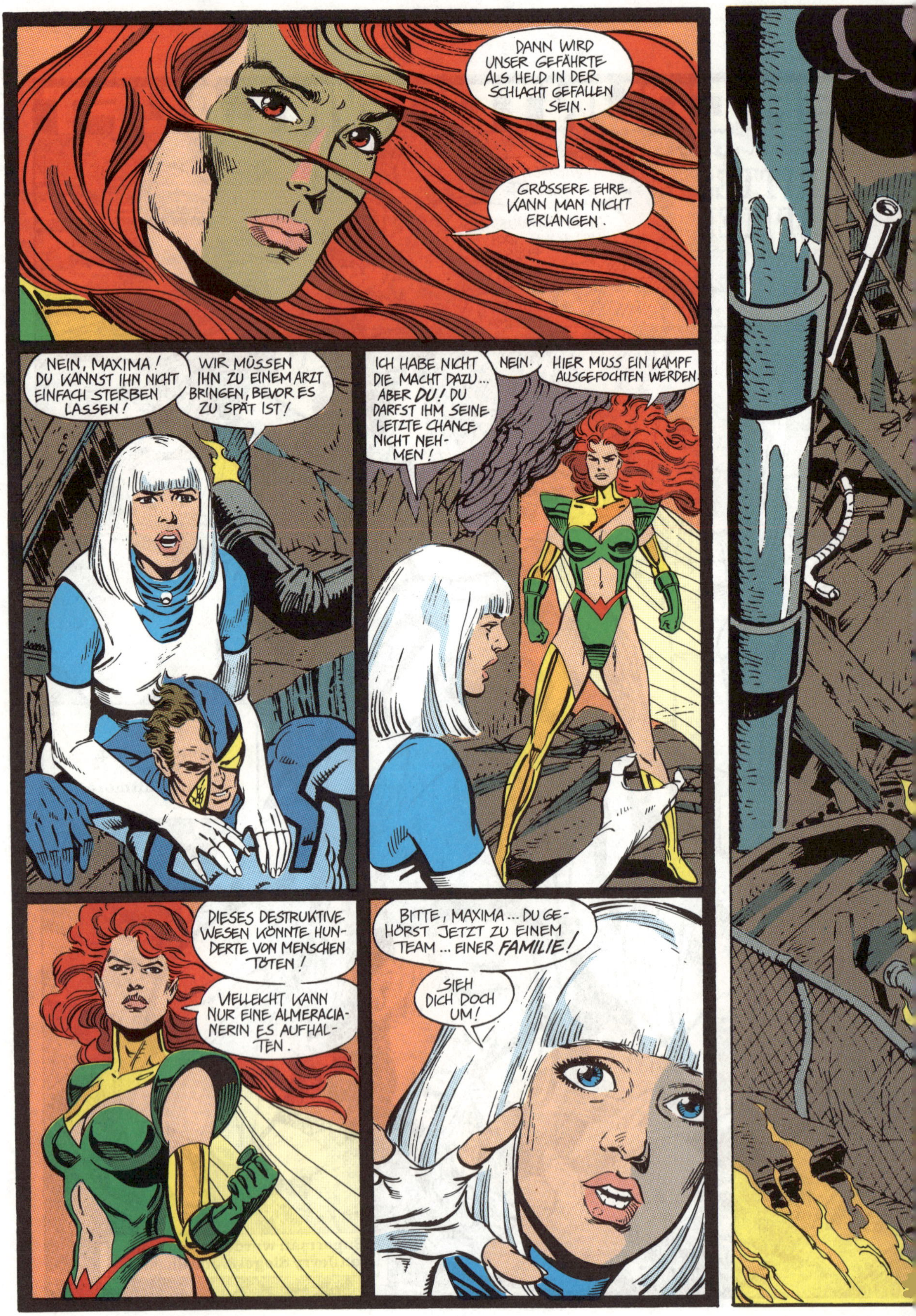
DANN WIRD UNSER GEFÄHRTE ALS HELD IN DER SCHLACHT GEFALLEN SEIN.
GRÖSSERE EHRE KANN MAN NICHT ERLANGEN.
NEIN, MAXIMA! DU KANNST IHN NICHT EINFACH STERBEN LASSEN!
WIR MÜSSEN IHN ZU EINEM ARZT BRINGEN, BEVOR ES ZU SPÄT IST!
ICH HABE NICHT DIE MACHT DAZU... ABER DU! DU DARFST IHM SEINE LETZTE CHANCE NICHT NEH-MEN!
NEIN.
HIER MUSS EIN KAMPF AUSGEFOCHTEN WERDEN.
DIESES DESTRUKTIVE WESEN KÖNNTE HUN-DERTE VON MENSCHEN TÖTEN!
VIELLEICHT KANN NUR EINE ALMERACIA-NERIN ES AUFHAL-TEN.
BITTE, MAXIMA... DU GE-HÖRST JETZT ZU EINEM TEAM... EINER FAMILIE!
SIEH DICH DOCH UM!

DIESER MISTKERL IST ZÄH ... SOVIEL STEHT FEST.
ABER JETZT KANNST NUR DU TED KORDS LEBEN RETTEN.
ICH KÜMMERE MICH UM DAS MONSTER, BIS DU ZURÜCKKOMMST.
Let O Ho!
ICH BIN KRIEGERIN. ES VERSTÖSST GEGEN MEINE NATUR, ANDERE MEINE ARBEIT TUN ZU LASSEN.
DOCH IHR HABT MIR IM KAMPF GEGEN STARBREAKER GEHOLFEN.
ICH BIN EUCH MEINE HILFE SCHULDIG!
HOFFENTLICH ÜBERSTEHST DU DEN ZORN DES MONSTERS BIS ZU MEINER RÜCKKEHR.
UND JETZT ... BEKOMMT BEETLE SEINE MEDIZINISCHE VERSORGUNG.

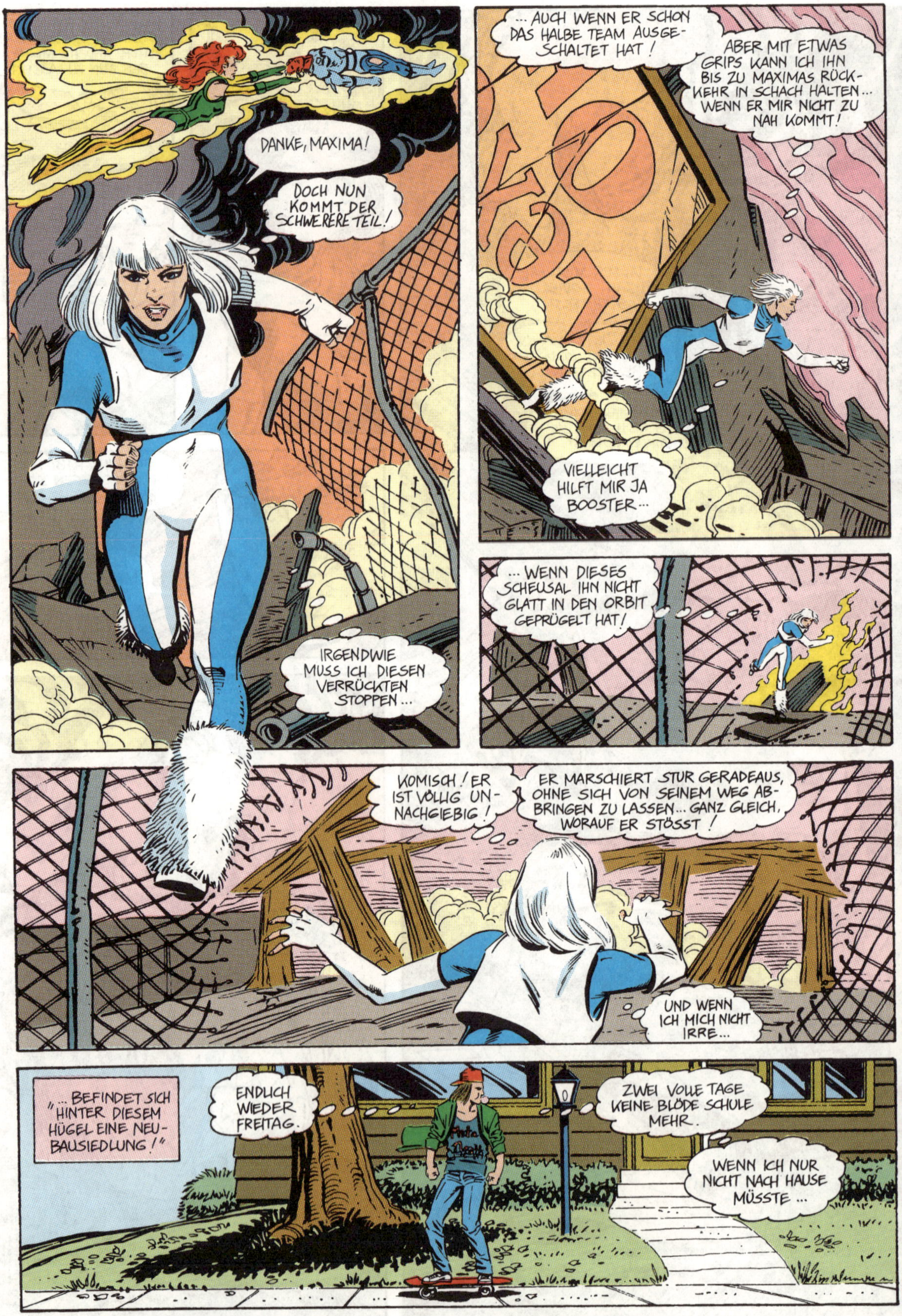
DANKE, MAXIMA!
DOCH NUN KOMMT DER SCHWERERE TEIL!
IRGENDWIE MUSS ICH DIESEN VERRÜCKTEN STOPPEN ...
... AUCH WENN ER SCHON DAS HALBE TEAM AUSGESCHALTET HAT!
ABER MIT ETWAS GRIPS KANN ICH IHN BIS ZU MAXIMAS RÜCKKEHR IN SCHACH HALTEN ... WENN ER MIR NICHT ZU NAH KOMMT!
VIELLEICHT HILFT MIR JA BOOSTER ...
... WENN DIESES SCHEUSAL IHN NICHT GLATT IN DEN ORBIT GEPRÜGELT HAT!
KOMISCH! ER IST VÖLLIG UNNACHGIEBIG!
ER MARSCHIERT STUR GERADEAUS, OHNE SICH VON SEINEM WEG ABBRINGEN ZU LASSEN ... GANZ GLEICH, WORAUF ER STÖSST!
UND WENN ICH MICH NICHT IRRE ...
"... BEFINDET SICH HINTER DIESEM HÜGEL EINE NEUBAUSIEDLUNG!"
ENDLICH WIEDER FREITAG.
ZWEI VOLLE TAGE KEINE BLÖDE SCHULE MEHR.
WENN ICH NUR NICHT NACH HAUSE MÜSSTE ...

ICH KANN MOM JETZT SCHON HÖREN: „MITCH, SCHATZ, BIST DU DAS? WIE WAR DEIN TAG?"
WARUM MUSS SIE IMMER SO BLÖD SEIN?
WARUM HAT SIE DAD BLOSS VERGRAULT?
HOME, SWEET HOME.
WAS FÜR'N MIST. ICH **HASSE** DIESES LOCH!
MITCH, SCHATZ, BIST DU DAS?
NEIN, ES IST AXL ROSE AND THE BAND.
HABEN WIR WAS VERNÜNFTIGES ZU ESSEN DA?
NIMM DIR WAS AUS DEM KÜHLSCHRANK. WIE WAR DIE SCHULE? HAT DIE MATHE-ARBEIT GEKLAPPT?
IST DOCH WURSCHT.
HE! WO IST DENN DIE LIMO?
DAS IST ***NICHT*** WURSCHT. SAG MAL, WURDE HEUTE NICHT IN ALLEN SCHULEN DAS INTERVIEW MIT SUPERMAN ÜBERTRAGEN?
MUSS TOLL GEWESEN SEIN, ODER?
NEE. DER SUPERGRUFTI WURDE VERLANGT UND IST EINFACH ABGEHAUEN!
WARUM HABEN WIR NIE LIMO DA? WARUM KANNST DU NIE SO EINKAUFEN, DASS ES FÜR EINE WOCHE REICHT?
TUT MIR LEID, ABER DEINER KLEINEN SCHWESTER GEHT'S NICHT GUT, UND DA KAM ICH HEUTE NICHT ZUM EINKAUFEN!

ICH BIN'S LANGSAM LEID, DASS SICH ALLES HIER UM DIESES BABY DREHT!
DAD HAT IN SEINER NEUEN WOHNUNG IMMER LIMO DA!
TUT MIR LEID, MITCHELL, ABER ICH KANN NICHT ALLES AUF EINMAL ERLEDIGEN.
ICH BIN NUN MAL NICHT PERFEKT, ABER ICH GEBE MEIN BESTES.
PAH.
KEIN WUNDER, DASS DAD SICH SCHEIDEN LASSEN WILL!
ICH GEH ZU AARON.
BIS DANN.
KUUU! KUUU!
WARTE! HAST DU DAS GEHÖRT?

SKRASSH
OH, MANN!
BECKY... DIE SCHERBEN!
WHUMP
MITCHELL, RUF DIE POLIZEI! SOFORT!
O GOTT... DRAUSSEN AUF DER AUFFAHRT ...
UNSER WAGEN!
IST JA IRRE!
UND DER BURSCHE MACHT DAS ALLES NUR MIT EINER HAND?

HRRR?
DAS IST ER, SUPERMAN. ER HAT DIE GERECHTIGKEITSLIGA AUSEINANDERGENOMMEN.
WIE HAST DU IHN GENANNT, BOOSTER?
ACH JA...
DOOMSDAY.
KRAKADOOM
MANN! DER SCHLAG HÄTTE EINEN BERG IN STAUB VERWANDELT, UND SUPERMAN NIMMT IHN HIN!
ACH WAS! DER WAR BLOSS ZU BLÖD, SICH ZU DUCKEN!

RRRR RAAGH!
UFFFF!!
KKRASSH
RUN-TER!!
CRASH!
KTTTSH
SKKASSH!
UNGLAUBLICH !!
BUDDADOOM
SO HART BIN ICH NOCH NIE GESCHLAGEN WORDEN!
BKOW!

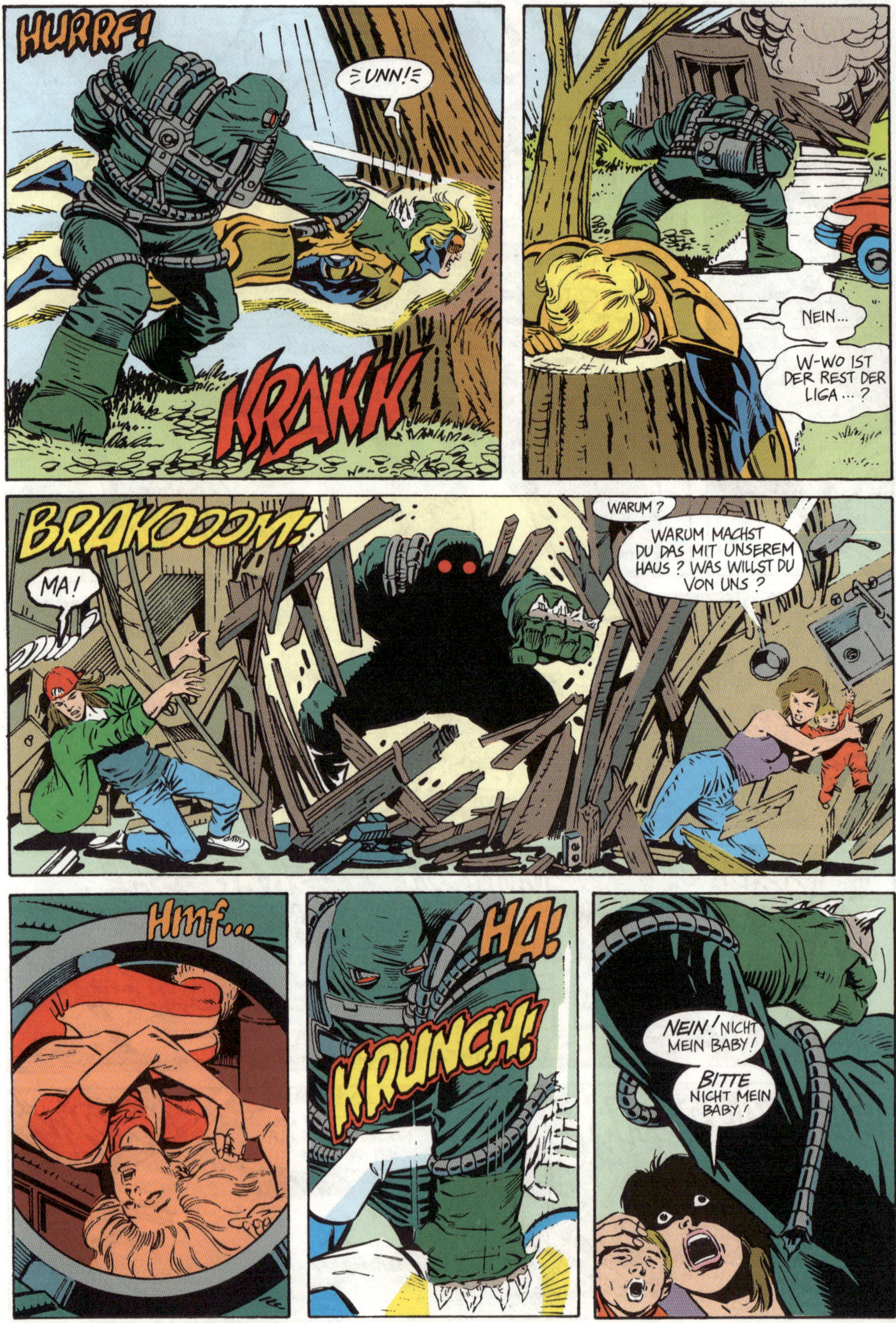
HURRF!
UNN!
KRAKK
NEIN...
W-WO IST DER REST DER LIGA ... ?
BRAKOOOM!
MA!
WARUM?
WARUM MACHST DU DAS MIT UNSEREM HAUS? WAS WILLST DU VON UNS?
Hmf...
HA!
KRUNCH!
NEIN! NICHT MEIN BABY!
BITTE NICHT MEIN BABY!

BRINGEN SIE IHRE FAMILIE HIER RAUS, MISS!
ZURÜCK!!
ICH HALTE IHN AUF... SOLANGE ICH KANN!
KRAMM
DU STEHST NICHT ALLEIN, SUPERMAN! DIE KAVALLERIE IST DA!
WAS'N LOS, BLAUER? IST DER SOGAR FÜR DICH ZU ZÄH?
GUY, DIESES MONSTER IST VIELLEICHT FÜR UNS ALLE ZU ZÄH!
O NEIN, BABY! KNÖPFEN WIR IHN UNS GEMEINSAM VOR!
ALL UNSERE KRÄFTE IN EINER GEMEINSAMEN, KONZENTRIERTEN ANSTRENGUNG.
DANN LOS!

HMF...
JETZT!
ICH KANN NICHTS SEHEN... RICHTET MAL MEINEN RING AUF SEINE HÄSSLICHE VISAGE!
GERN.
GEBT ALLES, WAS IHR HABT...
MMMMM...
...DAMIT DIESER TYP MERKT, WAS IHM BLÜHT, WENN ER SICH MIT DER GERECHTIGKEITSLIGA EINLÄSST!
DU HAST SUPERMAN GEHÖRT. WIR MÜSSEN HIER RAUS!
UND WIR KÖNNEN DIE ARME FRAU NICHT IN DER SCHUSSLINIE LIEGENLASSEN!
MANN! GUY GARDNERS GESICHT IST SO GRÜN UND BLAU GESCHLAGEN, DASS ER NICHTS MEHR SEHEN KANN.
...UND TROTZDEM KÄMPFT ER WEITER!
IRRE!

ERSTAUNLICH! ICH KANN IHN NICHT MEHR SEHEN, ABER ICH GLAUBE, ER STEHT NOCH!
QUATSCH NICHT, BLAUER, LEG LIEBER 'NE SCHÜPPE DRAUF!
ICH WERDE MÜDE...
GIB NICHT AUF, FIRE! MACH WEITER!
NEIN! MEINE FLAMME IST VERBRAUCHT!
ICH KANN NICHT MEHR!
ICH AUCH NICHT!
MEINE BATTERIEN SIND VÖLLIG LEER!
UND OHNE DIE ENERGIE MEINES ANZUGS KÖNNT IHR MICH VERGESSEN!
NA SCHÖN, DANN HÖREN WIR AUF. DOOMSDAY...
... MUSS DAS AUS DEN PANTINEN GEHAUEN HABEN!

ICH FÜRCHTE, DU IRRST DICH.
RRRRRRRR
RRARGH!
UNGLAUBLICH! ER HAT DIE GANZE ENERGIE EINFACH SO WEGGESTECKT!
FIRE, GUY GARDNER UND BOOSTER ... IHR KÖNNT EUCH NICHT MEHR VERTEIDIGEN.
HE!
ICH SCHLAGE VOR, DASS IHR EUCH ZURÜCKZIEHT UND DIESE MONSTROSITÄT SUPERMAN UND MIR ÜBERLASST.
IST NICHT DRIN, LEUTE! ER KOMMT!

SO SCHNELL ...
VOR-SICHT!
SWAKK!
WO IST ER... UHH!
CRUNCH

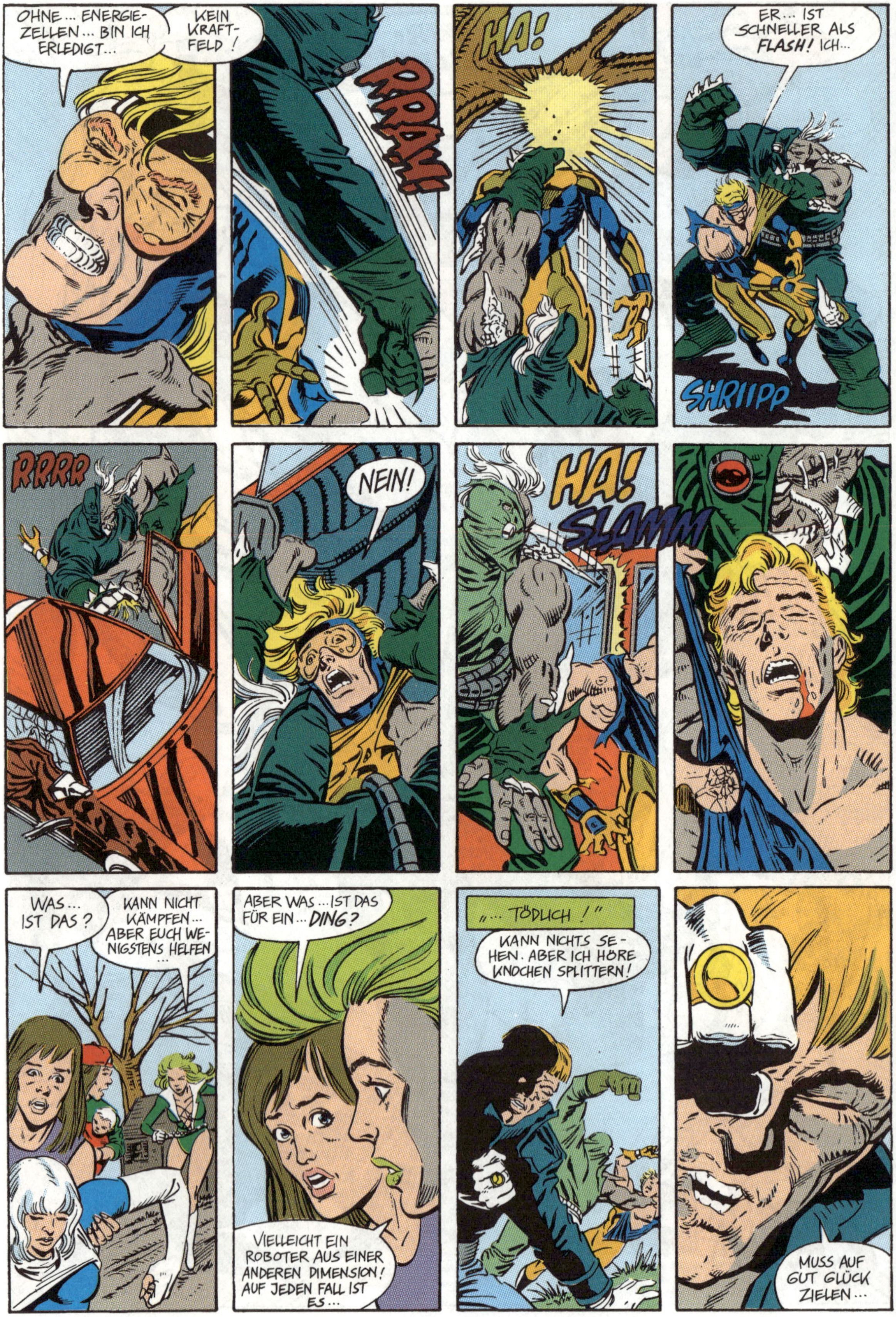
OHNE ... ENERGIE-ZELLEN ... BIN ICH ERLEDIGT ...
KEIN KRAFT-FELD!
RRRAM!
HA!
ER ... IST SCHNELLER ALS FLASH! ICH ...
SHRIIPP
RRRR
NEIN!
HA!
SLAMM
WAS ... IST DAS?
KANN NICHT KÄMPFEN ... ABER EUCH WE-NIGSTENS HELFEN ...
ABER WAS ... IST DAS FÜR EIN ... DING?
VIELLEICHT EIN ROBOTER AUS EINER ANDEREN DIMENSION! AUF JEDEN FALL IST ES ...
„... TÖDLICH!"
KANN NICHTS SE-HEN. ABER ICH HÖRE KNOCHEN SPLITTERN!
MUSS AUF GUT GLÜCK ZIELEN ...

HFFF?
HA!
UHN!
VON BEIDEN SEITEN... JETZT!
ICH WERDE DIESES DING IN...
UGH!
EERK!
MEINE STRAHLEN!
NEEIIIIN!!
MEIN GOTT! ERST MACHT UNS DAS MONSTER FERTIG UND JETZT DIE GERECHTIGKEITSLIGA!

O NEIN ... WENN ER EINS DER GASROHRE ZUM HAUS GETROFFEN HAT ...
BWHOOOOOOM!
DRECK!
TORA? TORA? ARRR!
THUD

WO ... WO SEID IHR ?
MA ? BIST DU OKAY ?
MA ?!
SO ... ZU VIEL RAUCH ...
KRIEGE... KEINE... LUFT ...
HAHAHA
NEIN.
DIESER...
... IRRE ENTKOMMT MIR NICHT!

MA!
O MANN, SIE MUSS VERLETZT SEIN ODER SO!
DAS FEUER HAT UNS EINGESCHLOSSEN! ICH KRIEG SIE HIER NICHT RAUS!
BRAUCHE HILFE ...ABER DIE LIGA IST ERLEDIGT!
„FIRE..."
„ICE..."
„BOOSTER GOLD... DER BLUTTYP..."
„SOGAR GUY GARDNER!"
UND DER EINZIGE, DER UNS HELFEN KANN...
...IST HINTER DIESER MORDMASCHINE HER!
SUPERMAN!

ICH WEISS NICHT, WER ODER WAS DIESER DOOMSDAY IST, ABER WENN ES SEIN MUSS, PRÜGLE ICH DIE ANTWORT AUS IHM RAUS!
ER SCHEINT KEINE MAGISCHEN KRÄFTE ZU HABEN ... DARAN LIEGT ES ALSO NICHT!
BITTE, SUPERMAN! DU MUSST MICH HÖREN!
DIESER JUNGE ... ICH HÖRE IHN ... ABER ICH DARF MICH NICHT DARAN STÖREN! ICH HABE DOOMSDAY FAST!
HILF UNS! BITTE!
WENN ICH IHN ENTKOMMEN LASSE, KÖNNTE ER EINE NOCH VIEL GRÖSSERE VERWÜSTUNG VERURSACHEN.
SO LEID ES MIR TUT ... ICH MUSS BEI IHM BLEIBEN UND DEN HILFERUF IGNORIEREN!
BITTE, SUPERMAN ...
... DU MUSST ZURÜCKKOMMEN ...
BITTE!

„DAS IST VÖLLIG VERRÜCKT ... ICH KOMME VON DER SCHULE NACH HAUSE, KRIEGE MICH WIEDER MIT MA IN DIE WOLLE ...“
„... UND DANN GERATE ICH MITTEN IN EINE PRÜGELEI DER GERECHTIGKEITSLIGA MIT JEMANDEM NAMENS DOOMSDAY!“
„DAS HAUS LIEGT IN SCHUTT UND ASCHE ... ÜBERALL BRENNT ES.“
„DAS WAR DIESER DOOMSDAY ... UND JETZT IST SUPERMAN HINTER IHM HER!“
„GUY GARDNER HAT'S WIRKLICH ÜBEL ERWISCHT ...“
„DIESE BEIDEN MÄDCHEN, ICE UND FIRE, KÖNNTEN TOT SEIN ...“
„UND NACH DEM, WAS ICH SO HÖRE, SECHS METER WEG, IN UNSEREM EHEMALIGEN WOHNZIMMER ...“
„... WÜNSCHT SICH DIESER BOOSTER GOLD WOHL ...“
„... ER WÄRE TOT!“

„ICH HÖRE MEINE MA! SIE RUFT MICH ... ABER ICH KANN WEDER IHR NOCH MEINER KLEINEN SCHWESTER HELFEN!"
„DURCH DEN DICKEN, SCHWARZEN RAUCH SEHE ICH HOCH ÜBER UNS SUPERMAN ... UND HÖRE SEINE FAUST-SCHLÄGE!"
„BITTE, LIEBER GOTT ... HOFFENTLICH HÖRT ER MICH AUCH!"
UNTER BESCHUSS
„SONST KANN UNS NIEMAND HELFEN ... BIS DIE FEUERWEHR KOMMT, IST ES LÄNGST ZU SPÄT."
„SIE SCHEINEN SCHON SEIT STUNDEN ZU KÄMPFEN ... OBWOHL ES WAHRSCHEINLICH ERST SEIT EIN PAAR MINUTEN SO GEHT!"
KAFF
MITCH, ES IST SINNLOS ... ICH MUSS ETWAS UNTERNEHMEN ...

Text: Jerry Ordway
Zeichnungen: Tom Grummett
Tusche: Doug Hazlewood
Farbe: Glenn Whitmore
VIERTES KAPITEL
„DER RAUCH IST ZU DICHT ... MA MUSS DURCHHALTEN! ICH MUSS LAUTER RUFEN, DAMIT ER MICH HÖRT!"
SUPERMAN! BITTE ... DU MUSST UNS HELFEN! MEINE MA IST NOCH IM HAUS!

SUPERMAN! NUR DU KANNST UNS NOCH HELFEN!!
≡KAFF≡ DARF NICHT AUFGEBEN ... ≡UNNG≡ DIESES KIND UND SEINE MOM BRAUCHEN HILFE!
≡KAFF-KAFF≡ GUY, ES TUT WEH ... MEINE RIPPEN ... KANN NICHT AUFSTEHEN ...
ABER ICH MUSS GUY HELFEN ... DIESES MONSTER HAT BLUE BEETLE SCHON IN EIN KOMA GEPRÜGELT ... ICH MUSS ...
„... ES SCHAFFEN ...“
ICH HABE KEINE STIMME MEHR ... DER RAUCH ... ABER ICH MUSS ES WEITER VERSUCHEN! ODER ... WILL ER MICH NICHT HÖREN?
ACH WAS ... ER IST EIN HELD ... DIE MÜSSEN UNS HELFEN! ABER WENN DIESER DOOMSDAY IHN VERMÖBELT? WAS DANN?
HILF UNS, SUPERMAN ... BITTE!

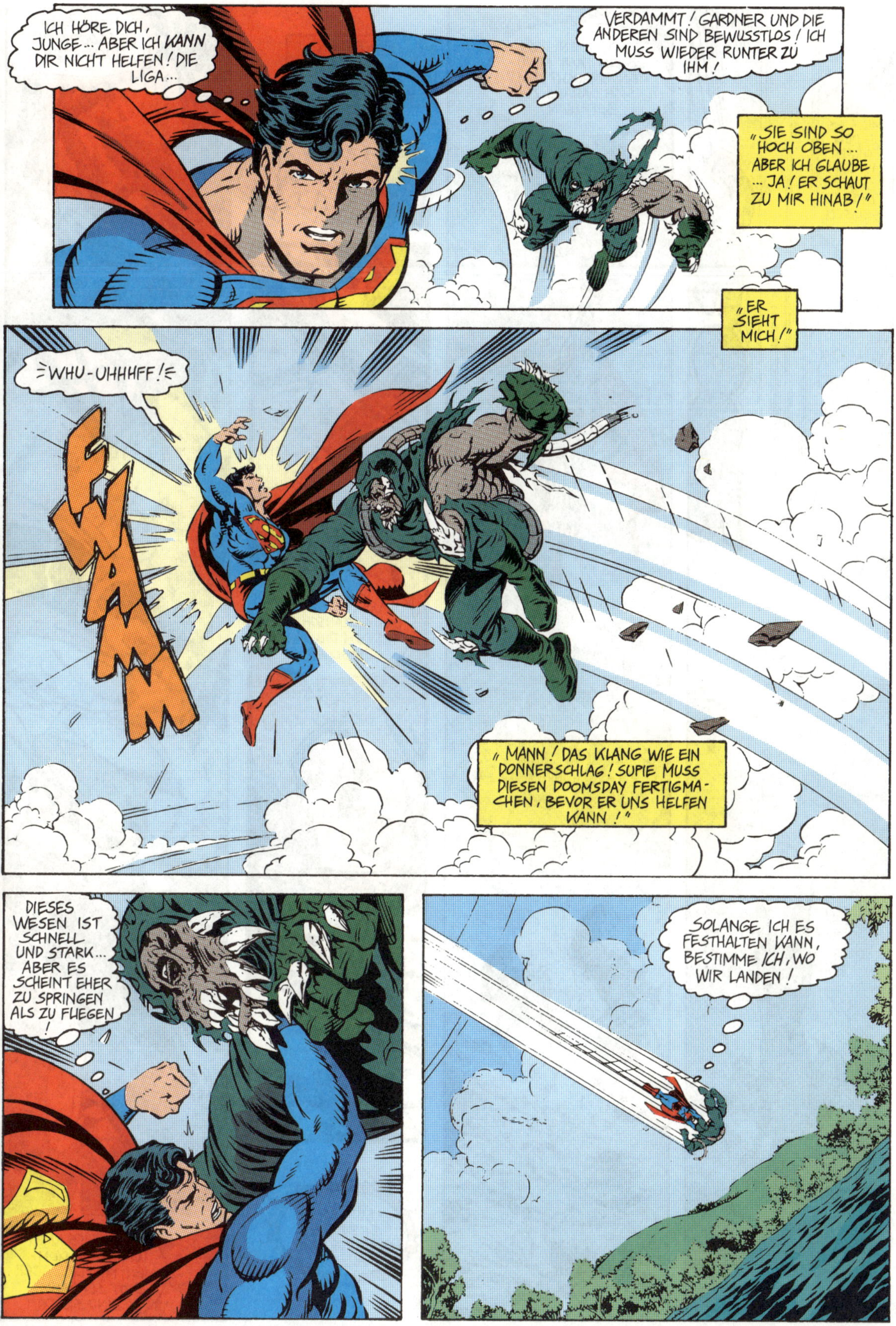
ICH HÖRE DICH, JUNGE ... ABER ICH KANN DIR NICHT HELFEN! DIE LIGA ...
VERDAMMT! GARDNER UND DIE ANDEREN SIND BEWUSSTLOS! ICH MUSS WIEDER RUNTER ZU IHM!
„SIE SIND SO HOCH OBEN ... ABER ICH GLAUBE ... JA! ER SCHAUT ZU MIR HINAB!“
„ER SIEHT MICH!“
WHU-UHHHFF!
CWAMM
„MANN! DAS KLANG WIE EIN DONNERSCHLAG! SUPIE MUSS DIESEN DOOMSDAY FERTIGMACHEN, BEVOR ER UNS HELFEN KANN!“
DIESES WESEN IST SCHNELL UND STARK ... ABER ES SCHEINT EHER ZU SPRINGEN ALS ZU FLIEGEN!
SOLANGE ICH ES FESTHALTEN KANN, BESTIMME ICH, WO WIR LANDEN!

ICH MUSS ES IN DEN SCHLAMM AUF DEM SEEGRUND STOSSEN ...!
CHOOM
... HOFFEN, DASS ES EIN PAAR MINUTEN BRAUCHT, UM SICH DARAUS ZU BEFREIEN ...
„... UND BETEN, DASS ICH DIESER FAMILIE NOCH HELFEN KANN!"
KERACK
O GOTT ... LASS DAS NICHT DAS GERÄUSCH SEIN, MIT DEM DIE BALKEN BRECHEN!
ƎUGHNNƐ GEBT DIE HOFFNUNG NICHT AUF ...
... NICHT, SOLANGE BLOODWYND NOCH STEHT!
ICH WEISS NICHT, WOHER SIE KOMMEN, MISTER ... ABER GOTT SEI DANK SIND SIE DA!

SIE UND IHR KIND SOLLTEN AUCH SUPERMAN DANKEN!
BLOODWYND... ALLES IN ORDNUNG? DU SIEHST MITGENOMMEN AUS...
WIE ALLE AUS DER LIGA... ABER DIE UNVERWÜSTLICHKEIT DIESES BURSCHEN ÜBERRASCHT MICH!
S-SUPERMAN... WAS IST MIT MEINEM SOHN... MITCH?
ER IST DA UNTEN BEI DEN SANITÄTERN, MISS.
SIE HABEN'S GESCHAFFT! SIE HABEN MOM UND BEKKY GERETTET!
AMBULAN
IHR MÜSST INS KRANKENHAUS... IHR HABT ZUVIEL RAUCH EINGEATMET!
GUY... BLEIB LIEGEN.
KOMMEN SIE, ICH SCHAU SIE MIR MAL AN.
NEIN. ICH BRAUCHE KEINE MEDIZINISCHE HILFE.
ICH MÖCHTE NUR ALLEIN SEIN.
KOMISCH... BLOODWYND IST TELEPORTIERT, STATT SICH BEHANDELN ZU LASSEN...!
GANZ RUHIG... WAS WILLST DU SAGEN?

≡KAFF≡ LASS MICH NICHT IM STICH, KLEINER! LEG DIESEN DOOMSDAY IN 'NEN SARG...
...ODER ICH KRIECH VON DIESER LIEGE UND TRETE EUCH BEIDE IN DEN ARSCH! ≡KAFF≡
ICH KÜMMERE MICH DARUM, GUY... LASS DIR JETZT VON DEN ÄRZTEN HELFEN!
SIE DA ... IHR KRANKENHAUS SOLL MIT MAXWELL LORD IN NEW YORK CITY KONTAKT AUFNEHMEN. SIE HABEN DIE MEDIZINISCHEN AKTEN MEINER FREUNDE.
UND JETZT... MAL SEHEN, OB DIESER „DOOMSDAY" NOCH AN ORT UND STELLE IST!
„DIE FRAGE IST NUR... WIE BÄNDIGE ICH IHN, WENN DIE GESAMTE GERECHTIGKEITSLIGA NICHT DAZU IMSTANDE WAR?"
SPLASH!
VERDAMMT!... DA UNTEN IST UNSER ZIEL, RALPH!
ER KOMMT SCHNELL NÄHER, ABER WIR HABEN IHN IN DER ZIELOPTIK! FEUER FREI FÜR DIE HELLFIRES...

CRASSH
MAYDAY! MAYDAY! DIE RAKETEN SIND AUSSER KONTROLLE!
MEIN GOTT, LEBT DIESES MONSTER NUR, UM ZU VERNICHTEN?
ICH BRINGE DIESES PROJEKTIL AUF DEN RICHTIGEN WEG UND KÜMMERE MICH UM DIE PILOTEN!
KA-CHOOM
HAB SIE!
UND WÄHREND „MR. ZERSTÖRUNG" IM FREIEN FALL STÜRZT, SAMMLE ICH LIEBER DIE BEIDEN ANDEREN RAKETEN EIN!

KIRBY COUNTY POLICE
JEMAND HAT EINE SIEDLUNG AN DER ROUTE 110 AUSEINANDERGENOMMEN, RUSTY!
LOWELL HAT GEMELDET, MEHRERE MITGLIEDER DER GERECHTIGKEITSLIGA WÄREN INS SPITAL GEBRACHT WORDEN!
HE, HABEN SIE DAS GEHÖRT? WIE IN EINEM ZEICHENTRICKFILM, BEVOR EINE BOMBE EXPLO...
SOLL ICH ZIVILSCHUTZALARM AUSLÖSEN, CHIEF? VIELLEICHT SOLLTEN ALLE IN DEN KELLER GEHEN ...
GNÄDIGE GOTTESMUTTER!
CRASHHT
KIRBY COUNTY POLICE STATION
ÄH, CHIEF... ICH GLAUBE, ICH BRAUCHE EIN STÄRKERES KALIBER!
SSSSSSSSS

HE... SCHON WIE-DER DIESES GERÄUSCH ...
SCHLUSS MIT DEM GE-PLÄNKEL, DOOMSDAY! JETZT GEHT'S ZUR SACHE!
WHAMACK!
KA-DOOM
VERDAMMT! DIESE NETTEN AL-TEN KUMPELS REISSEN DIE MAIN STREET AUF!
RUFEN SIE SOFORT DEN GOUVERNEUR AN!
UGNHH
IST... ES MÖGLICH, DASS ER STÄR-KER WIRD?

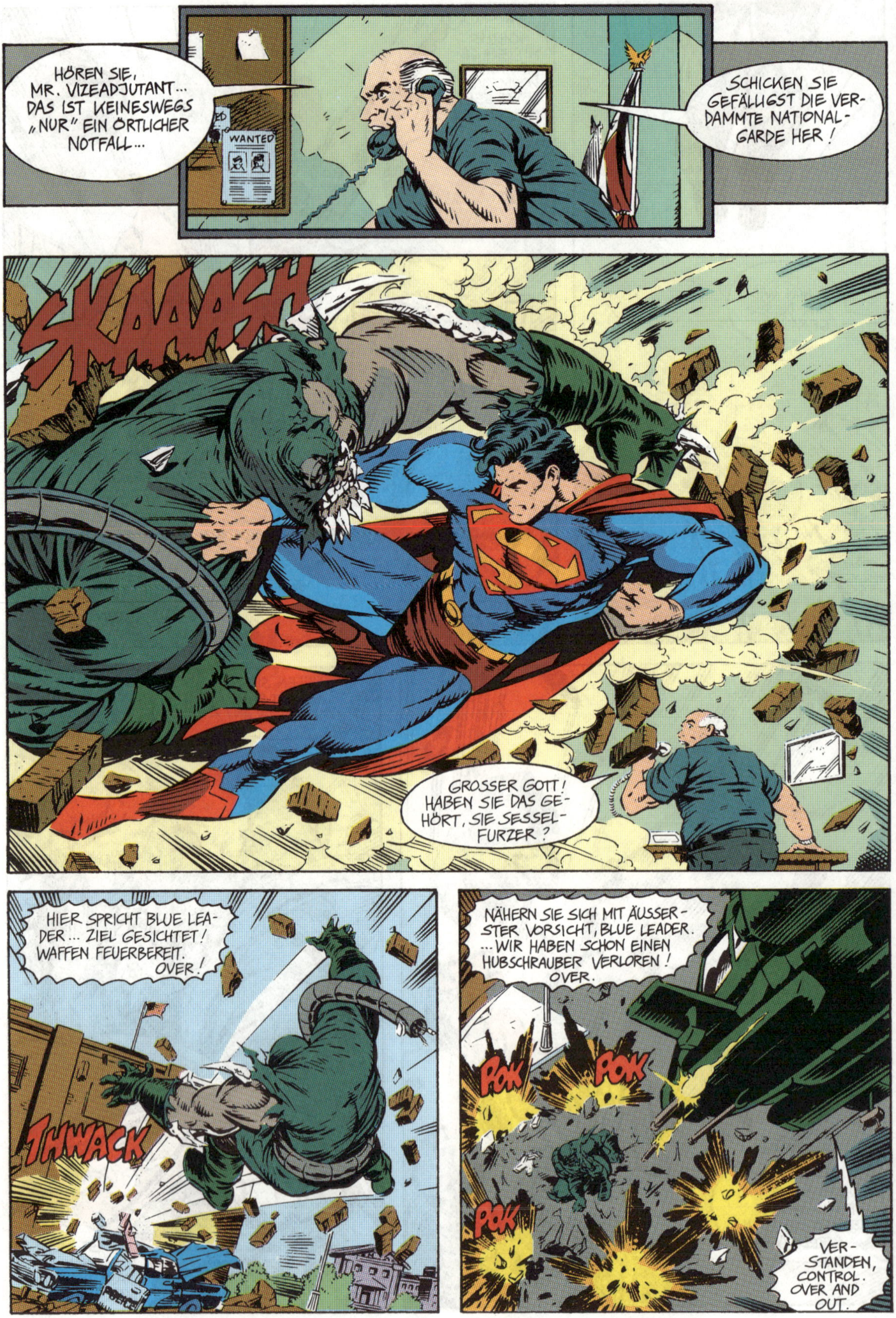
HÖREN SIE, MR. VIZEADJUTANT... DAS IST KEINESWEGS „NUR" EIN ÖRTLICHER NOTFALL...
WANTED
SCHICKEN SIE GEFÄLLIGST DIE VERDAMMTE NATIONALGARDE HER!
SKAAASH
GROSSER GOTT! HABEN SIE DAS GEHÖRT, SIE SESSELFURZER?
HIER SPRICHT BLUE LEADER... ZIEL GESICHTET! WAFFEN FEUERBEREIT. OVER!
THWACK
NÄHERN SIE SICH MIT ÄUSSERSTER VORSICHT, BLUE LEADER. ...WIR HABEN SCHON EINEN HUBSCHRAUBER VERLOREN! OVER.
POK
POK
POK
VERSTANDEN, CONTROL. OVER AND OUT.

MAIN ST.
R-R-RANK
THWOCK
MENSCH ... DER NIMMT UNSERE SALVEN MIT 'NEM GEQUÄLTEN LÄCHELN HIN!
CHANK
WAS? WIR WURDEN GETROFFEN!
NEIN... AUFGESPIESST!
SYSTEME UND NOTSYSTEME AUSGEFALLEN! ER BESTIMMT, WOHIN WIR FLIEGEN!
KEINE ZEIT MEHR ZUM ABSPRINGEN! MAYDAY!

WAS? WER IST DAS?
GANZ RUHIG ... ICH BRINGE EUCH IN SICHERHEIT. ABER ...
... DAS RATHAUS DA UNTEN WIRD WOHL LANGE FÜRS PUBLIKUM GESCHLOSSEN BLEIBEN.
SHOOM!
TOWN HALL
JETZT ENTSCHULDIGT MICH, JUNGS, ABER IN DEN TRÜMMERN SITZEN EINIGE LEUTE FEST, DIE MEINE HILFE BRAUCHEN!
„DU STEHST INMITTEN DER ZERSTÖRUNG UND SCHWELGST DARIN, KRIEGER ...!"
DEINE MOTIVE SIND NOCH UNKLAR ...
... ABER WENN DU DEN KAMPF ERSEHNST, STEHE ICH, MAXIMA, DIR ZUR VERFÜGUNG!
KA-POW
„SIE KÖNNEN DA NICHT EINFACH REINPLATZEN, LADY!"

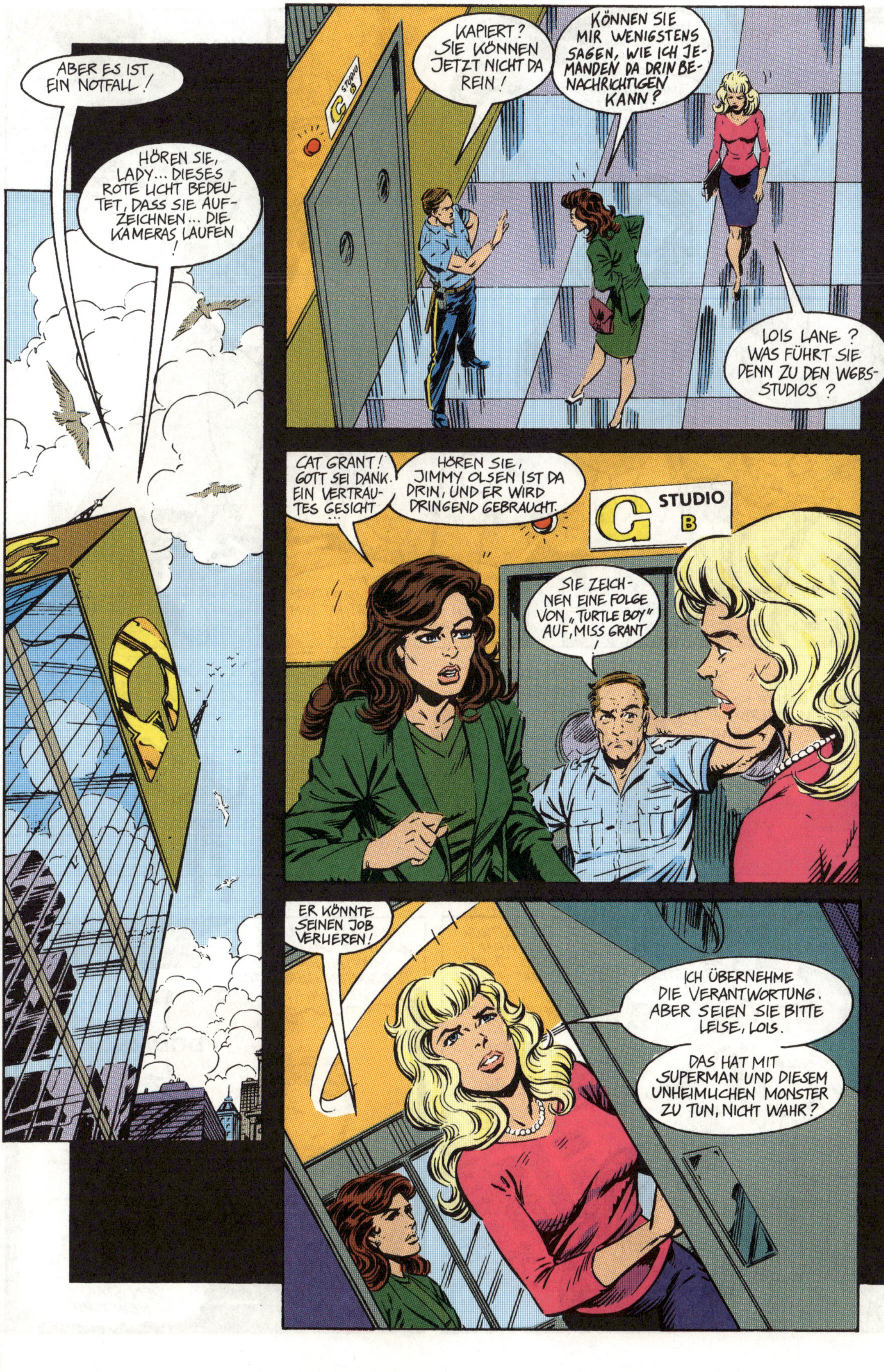
ABER ES IST EIN NOTFALL!
HÖREN SIE, LADY... DIESES ROTE LICHT BEDEUTET, DASS SIE AUFZEICHNEN... DIE KAMERAS LAUFEN!
KAPIERT? SIE KÖNNEN JETZT NICHT DA REIN!
KÖNNEN SIE MIR WENIGSTENS SAGEN, WIE ICH JEMANDEN DA DRIN BENACHRICHTIGEN KANN?
LOIS LANE? WAS FÜHRT SIE DENN ZU DEN WGBS-STUDIOS?
CAT GRANT! GOTT SEI DANK. EIN VERTRAUTES GESICHT...
HÖREN SIE, JIMMY OLSEN IST DA DRIN, UND ER WIRD DRINGEND GEBRAUCHT.
STUDIO
G
B
SIE ZEICHNEN EINE FOLGE VON „TURTLE BOY" AUF, MISS GRANT!
ER KÖNNTE SEINEN JOB VERLIEREN!
ICH ÜBERNEHME DIE VERANTWORTUNG. ABER SEIEN SIE BITTE LEISE, LOIS.
DAS HAT MIT SUPERMAN UND DIESEM UNHEIMLICHEN MONSTER ZU TUN, NICHT WAHR?

HALLO, „TURTLE BOY".
WAS GEHT HIER VOR?
JIMMY, DER BOSS WIRD DICH ZUR SCHNECKE MACHEN. DEINE MITTAGSPAUSE DAUERT NICHT DREI STUNDEN!
LOIS!
ÄH ... ES DAUERTE HEUTE ETWAS LÄNGER. ABER DAS IST MEINE ERSTE TV-SERIE!
WARUM FLÜSTERST DU?
PERRY WILL, DASS WIR ÜBER DIESEN „DOOMSDAY" BERICHTEN. NED WARTET MIT DEM HUBSCHRAUBER AUF UNS. KOMM!
SEHT EUCH LIEBER VORHER NOCH WAS AN! GBS UNTERBRICHT „THE BRAVE AND THE BOLD" MIT EINER SONDERSENDUNG!
NA LOS, „TURTLE BOY"!
FÜR DICH MISTER „TURTLE BOY".
KLAR, GEHT NUR FÜNF MINUTEN, BEVOR WIR FERTIG SIND!
HI, LEON. DÜRFEN WIR ZUSEHEN?
JAU.
...EINE SONDERSENDUNG DER GBS. ICH BIN STEVE LOMBARD.
DIE DESTRUKTIVE KRAFT NAMENS „DOOMSDAY" HAT BISLANG 30 TODESOPFER GEFORDERT...
HUNDERTE WURDEN VERLETZT, DARUNTER AUCH MITGLIEDER DER BERÜHMTEN GERECHTIGKEITSLIGA.
DOOMSDAY
„DOOMSDAY" ZIEHT EINE SPUR DER VERNICHTUNG VON OHIO DURCH DEN STAAT NEW YORK.

MAN VERMUTET, DAS GESCHÖPF KÖNNE AUF DIREKTEM WEG NACH... ODER DURCH... METROPOLIS SEIN.
NUN SCHALTEN WIR WIEDER UM ZU „THE BRAVE AND THE BOLD“.
DOOMSDAY
VERDAMMT!
LEX, ICH MUSS ZU IHM... VIELLEICHT KANN ICH HELFEN.
ICH KÖNNTE UNENDLICH VIEL TUN...
HÖR ZU, SCHATZ... DU KANNST NICHT EINFACH ALLES STEHEN UND LIEGEN LASSEN! ICH BRAUCHE...
...MEIN SUPERGIRL HIER BEI MIR...
„WIR MÜSSEN EINEN NOTPLAN AUSARBEITEN...“
„...FÜR DEN FALL, DASS DIESE BEDROHUNG ES BIS NACH METROPOLIS SCHAFFT.“
FOOD
ERMARKET
BEIM HAUS ALMERAC ... DU STEHST NOCH IMMER, WAS?

KRAAAAAASH
ABER DU WIRST VOR MIR KRIECHEN!
MAXIMA? WAS ZUM TEUFEL...
IN DEM SUPERMARKT SIND VIELLEICHT MENSCHEN...
IM KRIEG GIBT ES IMMER UNSCHULDIGE OPFER!
WILLST DU MICH ETWA MASSREGELN, SUPERMAN?
HÖR ZU... ERST DENKEN, DANN HANDELN. KLAR, PRINZESSIN? WIR MÜSSEN ZUSAMMENARBEI...
THWACK!
UGHNN
WAM

UFF! SCHNELL, MAXIMA! NIMM IHN DIR VOR! ICH KANN IHN...
...NICHT MEHR HALTEN!
SMACK
WIESO IST ER NUR SO SCHNELL?
ER ÜBERRASCHT MICH NICHT...
THWOCK
...NOCH MAL! UFF!
EAG
EAGLE
SKLAM

DEIN ANGRIFF STIMULIERT MICH NUR, GESCHÖPF!
MAXIMA HEISST DEN KAMPF WILLKOMMEN! NUR WENN DER TOD DROHT, IST EIN KONFLIKT WIRKLICH WÜRDIG!
MAXIE SCHWELGT DARIN, UND DOOMSDAY WIRD NICHT MAL LANGSAMER...
SLAM
CHOOOSH
...ABER ICH WEISS NICHT, WIE LANGE ICH DAS NOCH DURCHSTEHE!
UND ZU ALLEM ÜBERFLUSS SCHIESST AUCH NOCH BENZIN IN DIE LUFT!
HALT IHN FEST, KRYPTONIER! MAXIMA WIRD NICHT NOCH EINMAL IHR ZIEL VERFEHLEN!
MAXIMA! VORSICHT! EIN FUNKE GENÜGT, UND...
ZZAKT

KAA-BOOOOOM
„ICH SAH DEN DICHTEN RAUCH AUS EINER MEILE ENTFERNUNG.“
„ICH BENÖTIGTE DIE MODERNEN ORTUNGSINSTRUMENTE UNTER MEINEN FINGERSPITZEN GAR NICHT.“
„ICH FOLGTE EINFACH DEM RAUCH.“

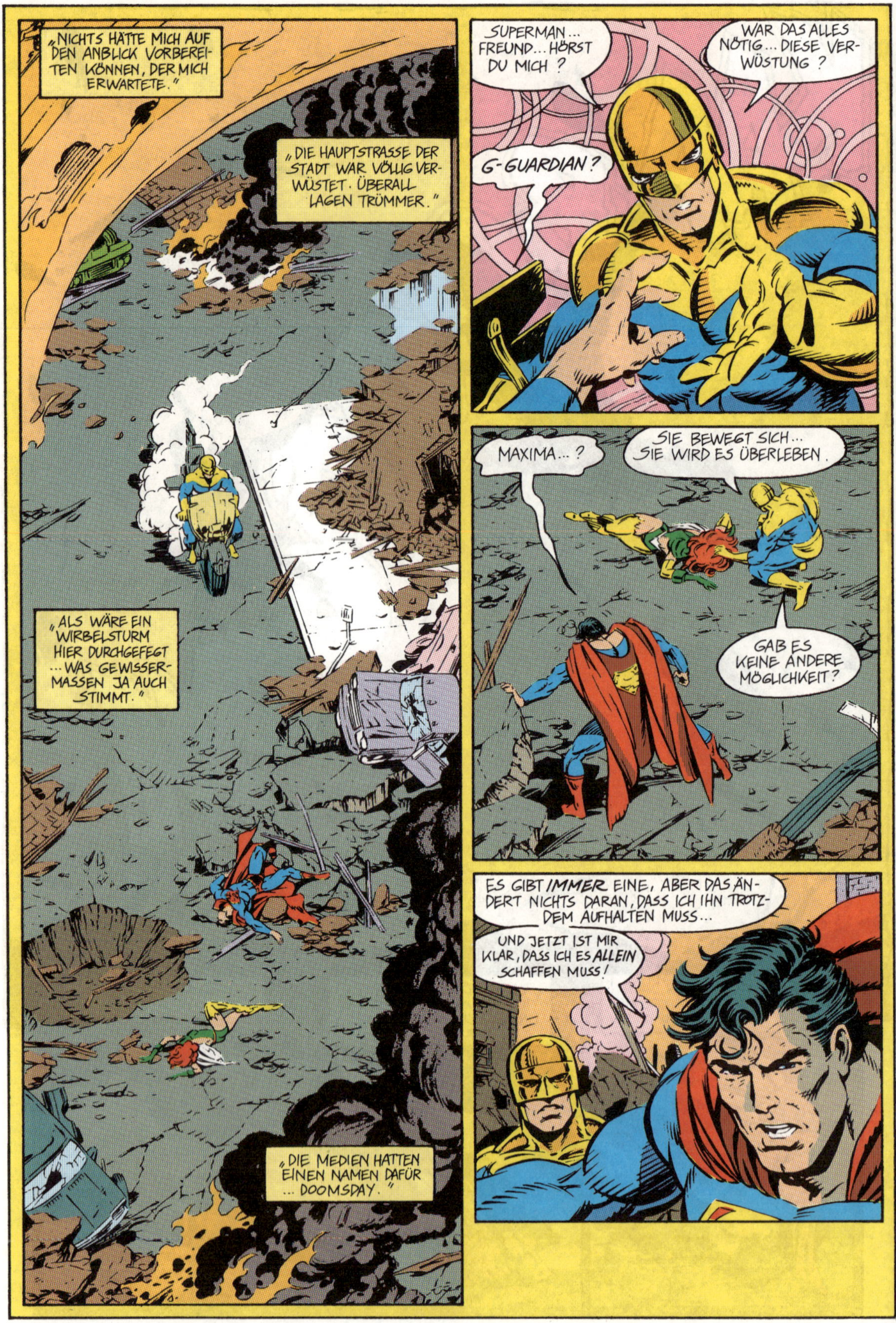
„NICHTS HÄTTE MICH AUF DEN ANBLICK VORBEREITEN KÖNNEN, DER MICH ERWARTETE."
„DIE HAUPTSTRASSE DER STADT WAR VÖLLIG VERWÜSTET. ÜBERALL LAGEN TRÜMMER."
„ALS WÄRE EIN WIRBELSTURM HIER DURCHGEFEGT ... WAS GEWISSERMASSEN JA AUCH STIMMT."
„DIE MEDIEN HATTEN EINEN NAMEN DAFÜR ... DOOMSDAY."
SUPERMAN... FREUND... HÖRST DU MICH ?
WAR DAS ALLES NÖTIG... DIESE VERWÜSTUNG ?
G-GUARDIAN ?
MAXIMA... ?
SIE BEWEGT SICH... SIE WIRD ES ÜBERLEBEN.
GAB ES KEINE ANDERE MÖGLICHKEIT?
ES GIBT IMMER EINE, ABER DAS ÄNDERT NICHTS DARAN, DASS ICH IHN TROTZDEM AUFHALTEN MUSS...
UND JETZT IST MIR KLAR, DASS ICH ES ALLEIN SCHAFFEN MUSS!

FÜNFTES KAPITEL

MAXIMA HAT RECHT. DOOMSDAY MUSS AUFGEHALTEN WERDEN. ER IST EINE BEDROHUNG FÜR ALLES LEBEN.
ABER SIE IST NICHT IN DER VERFASSUNG DAZU.
BRING SIE IN EIN KRANKENHAUS, GUARDIAN.
ICH HALTE DOOMSDAY AUF... UND WENN ES DAS LETZTE IST, WAS ICH TUE!
LETHAL
MEL G
O GOTT... SIEH DIR DAS AN!
ALS FOLGE MAN DEM WEG EINES WIRBELSTURMS ... DOOMSDAY HAT ÜBERALL EIN VÖLLIGES CHAOS ZURÜCKGELASSEN!
IN DIESER GEGEND GIBT ES EIN HALBES DUTZEND GROSSSTÄDTE... DIESES MONSTER GEFÄHRDET ÜBER 25 MILLIONEN MENSCHEN!
WENN ICH NUR WÜSSTE, WOHER DOOMSDAY KOMMT...

„ICH HABE NOCH NIE ETWAS GESEHEN ...“
KTOOM
„... AUF DER ERDE ODER ANDERSWO ... DAS IHM AN SCHIERER KRAFT GLEICHKOMMT!“
„WENN ICH BEDENKE, WAS ER GUY GARDNER ANGETAN HAT ...“
FRAKAMM!
„ER IST ZIELSTREBIGER ALS DAMALS DRAAGA ... UND IRRATIONALER ALS LOBO, FALLS DAS ÜBERHAUPT MÖGLICH IST.“
GRAUHRRR!
„EIN ERSCHRECKENDER GEDANKE ... LOBO HAT MIR MEHR ALS EINMAL HART ZUGESETZT ... ABER WAS SEINE KRAFT, SEINEN ZORN BETRIFFT, KANN MAN IHN AUCH NICHT ANNÄHERND MIT IHM VERGLEICHEN.“

„SEIN VORGEHEN WIRKT VÖLLIG UNMOTIVIERT."
MEIN GOTT, DIE BRÜCKE IST EINGESTÜRZT!
WAS KOMMT DA RAUS?
NEIN! KANN NICHT MEHR BREMSEN! WIR...
HRAURR!
...STOSSEN ZUSAMMEN...
WAS? WIE HAT ER...
O MEIN GOTT... UNMÖGLICH!
ICH... FLIEGE?
„ER WANDERT EINFACH VON ORT ZU ORT UND GREIFT ALLES AN, WAS ER SIEHT."
RAUR?

DAS GIBT'S NICHT. ICH MUSS TRÄUMEN.
GENAU... ICH BIN AM STEUER EINGESCHLAFEN. ICH MUSS AUFWACHEN, BEVOR ICH EINEN UNFALL BAUE!
WACH AUF, CHARLIE...
MANN... ICH MUSS FAST 'NE MEILE HOCH SEIN... VON HIER OBEN SIEHT ALLES SO HÜBSCH AUS... SO ECHT.
WAS IST LOS MIT MIR? WACH SCHON AUF!
WIR WERDEN LANGSAMER. O MEIN GOTT, JETZT GEHT'S WIEDER ABWÄRTS!
DAS IST KEIN TRAUM. ICH WERDE STERBEN.
SCHON GUT! ICH HAB SIE!
DU HAST MICH. HAH. KLAR.
ARMER BURSCHE. ER IST HYSTERISCH!
HABEN SIE KEINE ANGST. IHNEN WIRD NICHTS PASSIEREN. ICH BIN SUPERMAN.
S-S-SUPER... MAN?
DA BESTEHT KEINE GEFAHR. SPRECHEN SIE WEITER, UND ATMEN SIE TIEF UND RUHIG DURCH. FALLEN SIE NICHT IN EINEN SCHOCK.
HOFFENTLICH BIST DU ECHT. SONST BIN ICH TOT!
ICH SUCHE DAS WESEN, DAS SIE ANGEGRIFFEN HAT. IST IHNEN IRGEND ETWAS AN IHM AUFGEFALLEN?

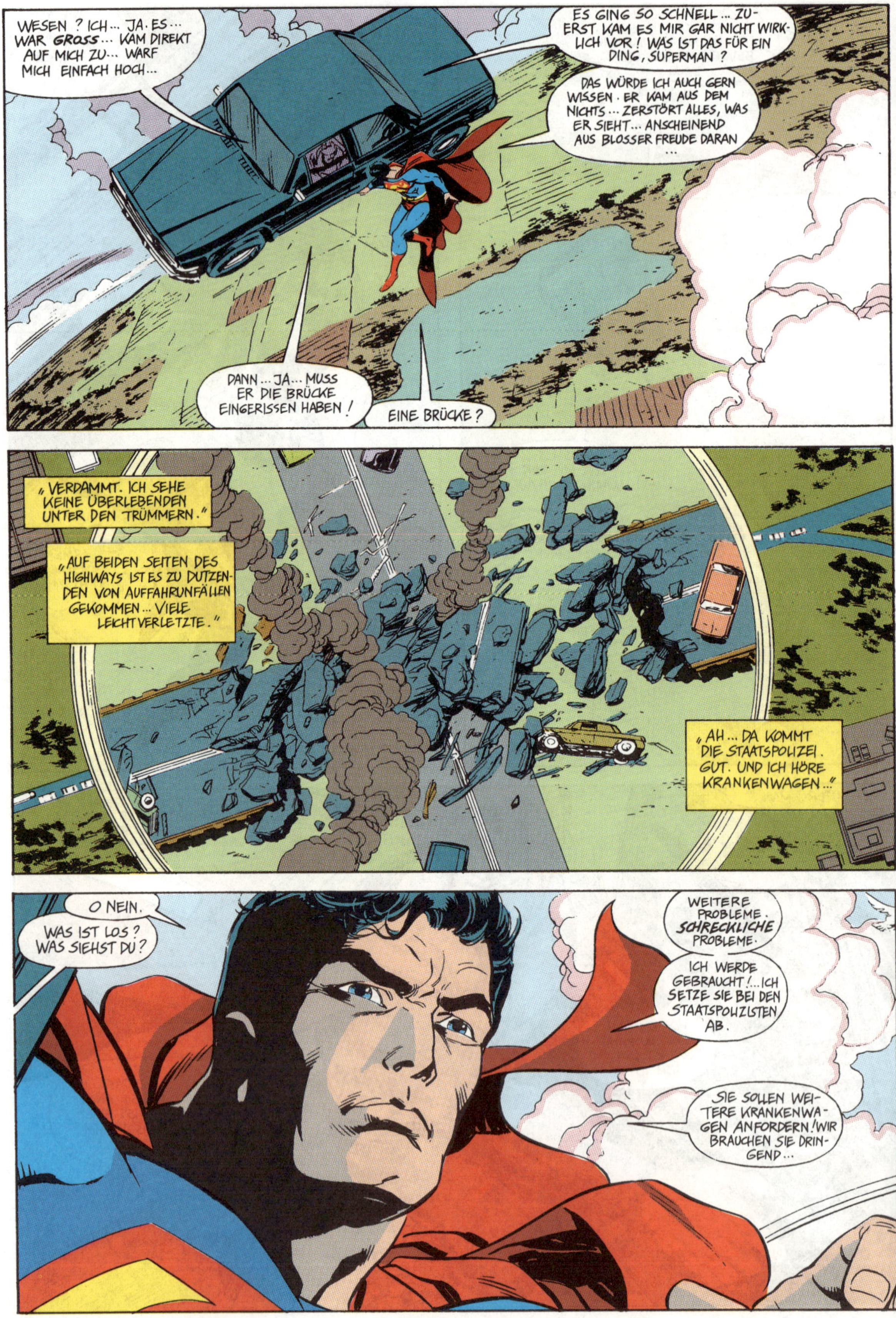
WESEN ? ICH... JA. ES... WAR GROSS... KAM DIREKT AUF MICH ZU... WARF MICH EINFACH HOCH...
ES GING SO SCHNELL... ZUERST KAM ES MIR GAR NICHT WIRKLICH VOR! WAS IST DAS FÜR EIN DING, SUPERMAN ?
DAS WÜRDE ICH AUCH GERN WISSEN. ER KAM AUS DEM NICHTS... ZERSTÖRT ALLES, WAS ER SIEHT... ANSCHEINEND AUS BLOSSER FREUDE DARAN ...
DANN... JA... MUSS ER DIE BRÜCKE EINGERISSEN HABEN !
EINE BRÜCKE ?
„VERDAMMT. ICH SEHE KEINE ÜBERLEBENDEN UNTER DEN TRÜMMERN."
„AUF BEIDEN SEITEN DES HIGHWAYS IST ES ZU DUTZENDEN VON AUFFAHRUNFÄLLEN GEKOMMEN... VIELE LEICHTVERLETZTE."
„AH... DA KOMMT DIE STAATSPOLIZEI. GUT. UND ICH HÖRE KRANKENWAGEN..."
O NEIN.
WAS IST LOS ? WAS SIEHST DU ?
WEITERE PROBLEME. SCHRECKLICHE PROBLEME.
ICH WERDE GEBRAUCHT!... ICH SETZE SIE BEI DEN STAATSPOLIZISTEN AB.
SIE SOLLEN WEITERE KRANKENWAGEN ANFORDERN! WIR BRAUCHEN SIE DRINGEND...

„... IM EINKAUFSZENTRUM AM STADTRAND VON MIDVALE."
LAUFT! LAUFT UM EUER LEBEN!
LEX-MART
MEIN AUTO...!
MEINE KINDER! O GOTT, WO SIND MEINE KINDER?
VEREHRTE KUNDSCHAFT, DAS IST EIN NOTFALL.
BITTE VERLASSEN SIE DAS GESCHÄFT RUHIG UND GEORDNET.
GRAUR!
HILFE!!
HE, DU!
URR?
JA, ICH SPRECHE MIT DIR! KOMM HER!

DU WILLST DOCH SICHER NICHT DAS GRÖSSTE SPEKTAKEL IN DER GESCHICHTE DES CATCHENS VERPASSEN, ODER?
WUNK THUD
ICH SPRECHE VON DEN BESTEN TEAMS ÜBERHAUPT!
VIDEO CENTER
GALAXY
PANAVISION
ICH SPRECHE VON KÄMPFEN OHNE DIE GERINGSTE GNADE.
LADIES WEA
Lex-MART SPECIAL LIST PRICE
72 INCH BIG SCREEN GALAXY TV
$2,995.00
REMOTE CONTROLLED
LEX MART
UHN?
ICH SPRECHE VON WAR-BASH 9000! AN DIESEM WOCHENENDE IN METROPOLIS!
ICH BIN MAJOR MAYHEM ... UND ICH WILL EUER BLUT!
ICH KÄMPFE GEGEN DEN MÄCHTIGEN GORILLA! DIE WÜTENDE WALZE! UND DEN MASKIERTEN KNOCHENBRECHER! UND ICH WERDE SIEGEN!
DIESMAL... GIBT ES KRIEG!!
THE METROPOLIS
ARENA
CATCHEN, WIE IHR ES NOCH NIE GESEHEN HABT! AN DIESEM WOCHENENDE IN DER METROPOLIS-ARENA ... METROPOLIS-ARENA ... METROPOLIS-ARENA!
IHR KOMMT DOCH, ODER?
MHH-TRR-PLSS!
WAR-BASH 9
GET READY FOR BLOOD!!

DOOMSDAY !!
URRGH?!
KTOOM!
MANN... WAS WAR DAS... ?
ICH GLAUBE ... DER BLAUROTE FLECK IST SUPERMAN. UND WAS DAS ANDERE DING IST, WILL ICH GAR NICHT WISSEN !
RAUS HIER, IHR BEIDEN ! WIR MÜSSEN DAS GEBÄUDE EVAKUIE-REN... SOFORT !

HAH-HA-HAH-HA-HA!
AU! DAS IST IRRSINN!
JE MEHR ICH MICH BEMÜHE ... DESTO MEHR SPASS SCHEINT ES IHM ZU MACHEN!
ER KÄMPFT SCHON FAST DEN GANZEN TAG ÜBER, DOCH ER IST STÄRKER UND EIFRIGER DENN JE ZUVOR!
WENN SEINE ENERGIERESERVEN SO GROSS SIND WIE MEINE, KRIEGE ICH SCHWIERIGKEITEN!
WUP-WUP-WUP!
WAS? HUBSCHRAUBER?
DER GANZ VORN GEHÖRT DEM *DAILY PLANET* ... UND ...
„O GOTT! LOIS UND JIMMY SIND AN BORD! HOFFENTLICH HÄLT DER PILOT ABSTAND!"
DAS IST DOOMSDAY? MANN, IST DER GROSS!
SEHR GROSS. SEI VORSICHTIG, CLARK.
„... DER LEX-MART IN MIDVALE LIEGT IN TRÜMMERN, WÄHREND SUPERMAN GEGEN DAS GEHEIMNISVOLLE WESEN KÄMPFT." NEUER ABSATZ.

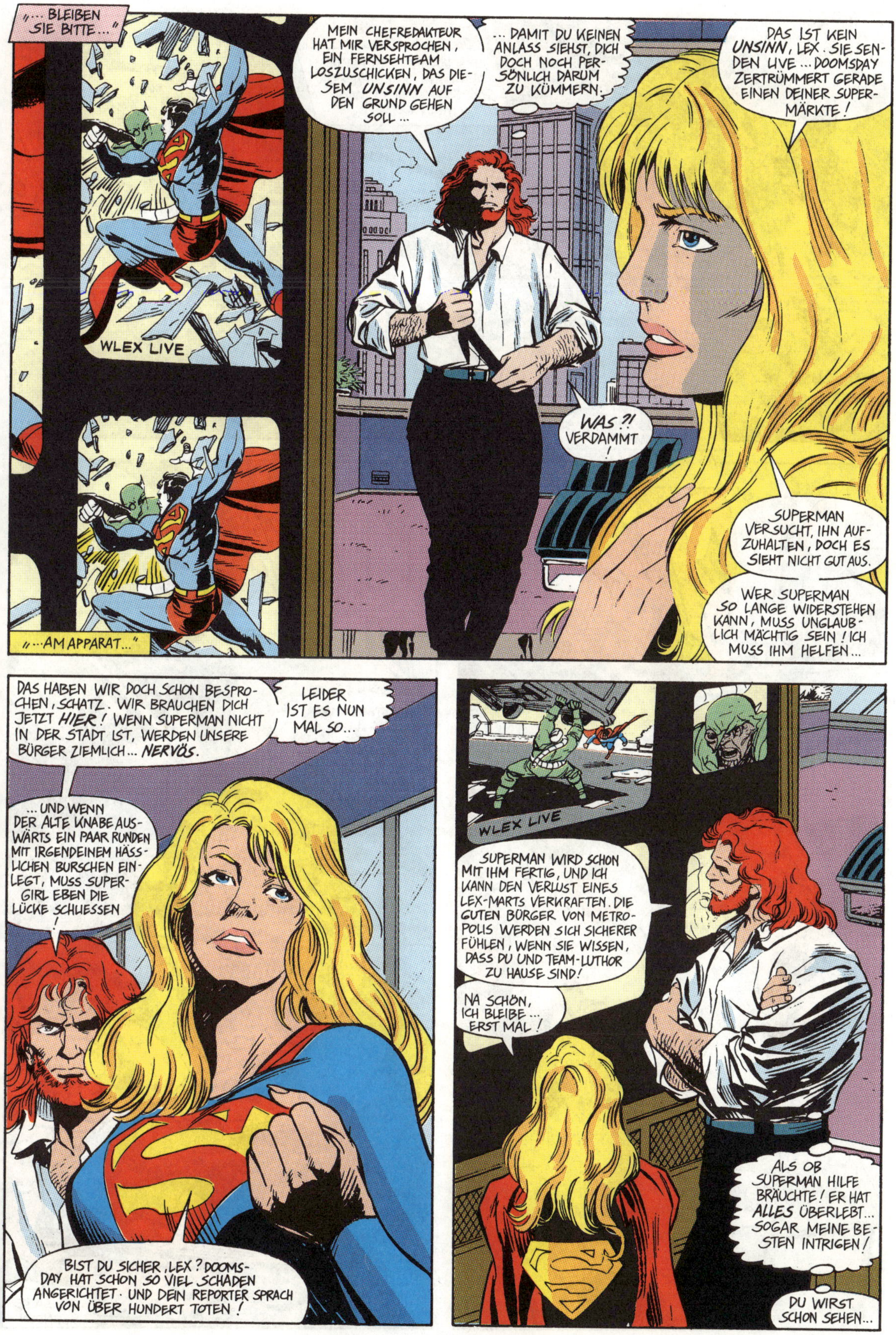
„... BLEIBEN SIE BITTE ...“
WLEX LIVE
„... AM APPARAT ...“
MEIN CHEFREDAKTEUR HAT MIR VERSPROCHEN, EIN FERNSEHTEAM LOSZUSCHICKEN, DAS DIESEM UNSINN AUF DEN GRUND GEHEN SOLL ...
... DAMIT DU KEINEN ANLASS SIEHST, DICH DOCH NOCH PERSÖNLICH DARUM ZU KÜMMERN.
DAS IST KEIN UNSINN, LEX. SIE SENDEN LIVE ... DOOMSDAY ZERTRÜMMERT GERADE EINEN DEINER SUPERMÄRKTE!
WAS?! VERDAMMT!
SUPERMAN VERSUCHT, IHN AUFZUHALTEN, DOCH ES SIEHT NICHT GUT AUS.
WER SUPERMAN SO LANGE WIDERSTEHEN KANN, MUSS UNGLAUBLICH MÄCHTIG SEIN! ICH MUSS IHM HELFEN ...
DAS HABEN WIR DOCH SCHON BESPROCHEN, SCHATZ. WIR BRAUCHEN DICH JETZT HIER! WENN SUPERMAN NICHT IN DER STADT IST, WERDEN UNSERE BÜRGER ZIEMLICH ... NERVÖS.
LEIDER IST ES NUN MAL SO ...
... UND WENN DER ALTE KNABE AUSWÄRTS EIN PAAR RUNDEN MIT IRGENDEINEM HÄSSLICHEN BURSCHEN EINLEGT, MUSS SUPERGIRL EBEN DIE LÜCKE SCHLIESSEN!
BIST DU SICHER, LEX? DOOMSDAY HAT SCHON SO VIEL SCHADEN ANGERICHTET. UND DEIN REPORTER SPRACH VON ÜBER HUNDERT TOTEN!
WLEX LIVE
SUPERMAN WIRD SCHON MIT IHM FERTIG, UND ICH KANN DEN VERLUST EINES LEX-MARTS VERKRAFTEN. DIE GUTEN BÜRGER VON METROPOLIS WERDEN SICH SICHERER FÜHLEN, WENN SIE WISSEN, DASS DU UND TEAM-LUTHOR ZU HAUSE SIND!
NA SCHÖN, ICH BLEIBE ... ERST MAL!
ALS OB SUPERMAN HILFE BRÄUCHTE! ER HAT ALLES ÜBERLEBT ... SOGAR MEINE BESTEN INTRIGEN!
DU WIRST SCHON SEHEN ...

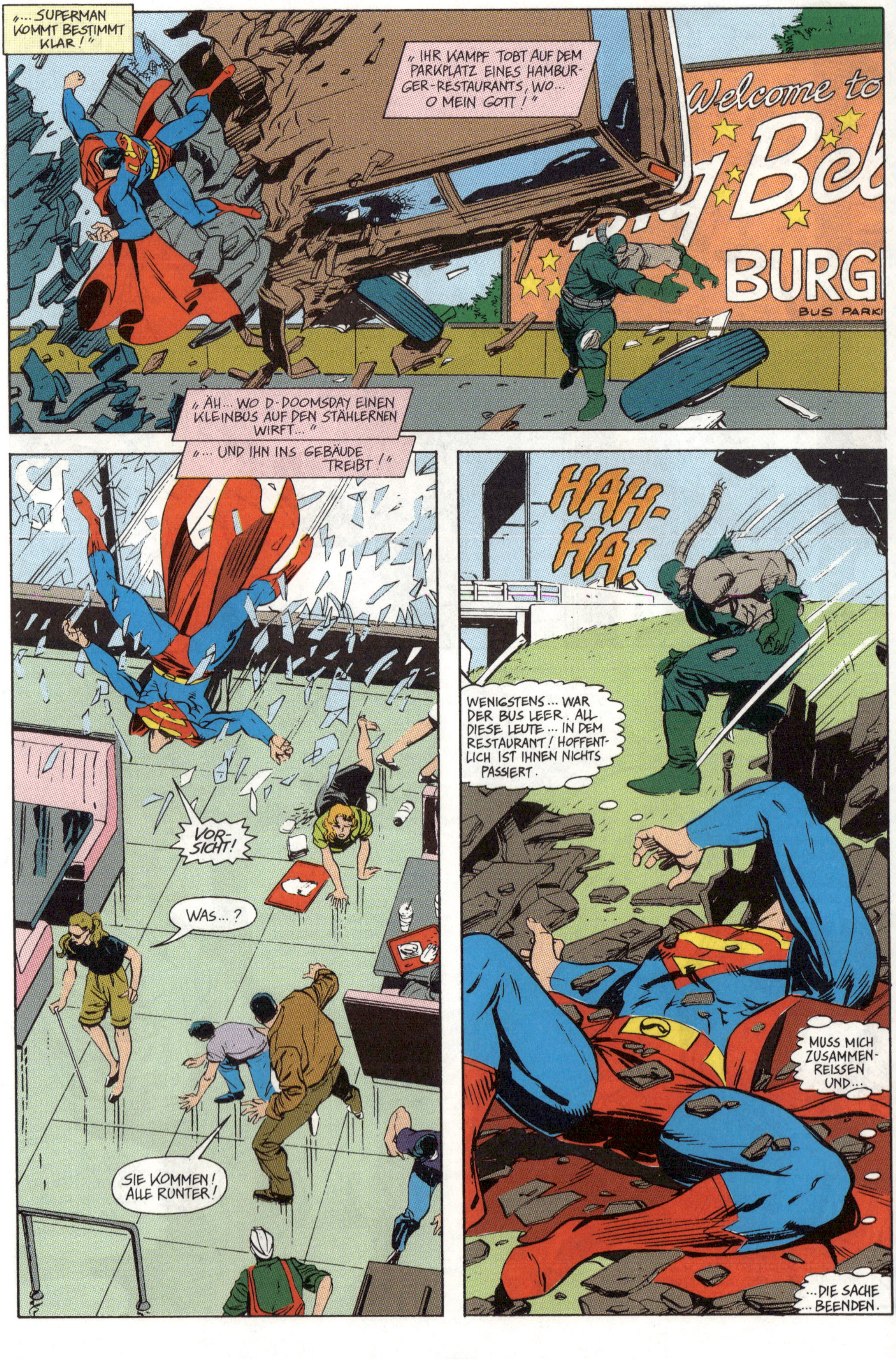
„... SUPERMAN KOMMT BESTIMMT KLAR!"
„IHR KAMPF TOBT AUF DEM PARKPLATZ EINES HAMBURGER-RESTAURANTS, WO... O MEIN GOTT!"
Welcome to
BURG
BUS PARK
„ÄH... WO D-DOOMSDAY EINEN KLEINBUS AUF DEN STÄHLERNEN WIRFT..."
„... UND IHN INS GEBÄUDE TREIBT!"
VORSICHT!
WAS...?
SIE KOMMEN! ALLE RUNTER!
HAH-HA!
WENIGSTENS... WAR DER BUS LEER. ALL DIESE LEUTE... IN DEM RESTAURANT! HOFFENTLICH IST IHNEN NICHTS PASSIERT.
MUSS MICH ZUSAMMENREISSEN UND...
...DIE SACHE ...BEENDEN.

HAH-HA...HUH? MHH-TRR-PLSS?
MHH-TRR-PLSS!! WHHR-BSSH!!
O NEIN.
METROPOLIS 60 MILES
NEIN! ER ERINNERT SICH AN DIESE DUMME WERBUNG... ZIEHT EINE VERBINDUNG...
SECHZIG MEILEN SIND FÜR DIESES MONSTER SECHZIG SCHRITTE!
ICH MUSS IHN HIER ZUR STRECKE BRINGEN!

MANN! SUPERMAN KRIEGT DIE ZWEITE PUSTE ODER SO! ICH HABE IHN NOCH NIE SO HART KÄMPFEN SEHEN!
I-ICH AUCH NICHT, JIMMY!
NEUER ABSATZ ... „ER NUTZT DIE KURZE ÜBERRASCHUNG DES MONSTERS ...“
„... FÜR EINEN NEUEN ANGRIFF ...“
MUSS IHN AUS DEM GLEICHGEWICHT BRINGEN ... ER WIEGT FAST EINE TONNE!
ABER WENN ICH DIESE MASSE IN SCHWUNG SETZE ...
... KANN ICH SIE WEIT WEGSCHLEUDERN ... FORT VON METROPOLIS!

DOOMSDAY HAT BISLANG ALLES WEGGESTECKT! VIELLEICHT SETZT ES IHM ZU, WENN ICH IHN MIT EIN PAAR HUNDERT STUNDENKILOMETERN IN DIE HÜGEL RAMME!
DIESMAL KÖNNTE ICH WIRKLICH HILFE GEBRAUCHEN ... ABER DIE GERECHTIGKEITSLIGA IST AUSSER GEFECHT!
ES ÜBERRASCHT MICH, DASS DER JUNGE LEX LUTHOR NOCH NICHT SUPERGIRL LOSGESCHICKT HAT... JETZT, NACHDEM DOOMSDAY SEINEN SUPERMARKT ZERTRÜMMERT HAT!
LEX DER ZWEITE IST EIN AKTIVERER TYP, ALS SEIN VATER ES WAR... WIESO IST ER NOCH NICHT MIT EINEM TEAM-LUTHOR-GESCHWADER ANGERÜCKT?
LEBTE SEIN VATER NOCH, WÜRDE ICH ANNEHMEN, DASS ER DIESES DOOMSDAY-MONSTER IRGENDWIE KONSTRUIERT HAT!
ICH VERLIERE SIE, MISS LANE! SIE SIND EINFACH ZU SCHNELL!
BLEIBEN SIE DRAN, GARRET!
METROPOLIS IST NICHT WEIT WEG ... ICH WETTE, SUPERMAN VERSUCHT, DOOMSDAY VON DER STADT FERNZUHALTEN!
TJA, DIE RICHTUNG STIMMT...
„... ABER DA OBEN IST NICHT VIEL. NIEMAND DARF DIESE HÜGEL BETRETEN."
BUH-BOOM!
„DIE GANZE GEGEND IST SPERRGEBIET..."

„ICH GLAUBE, DA OBEN IST IRGENDEIN PROJEKT DER REGIERUNG ANGESIEDELT."
BUH-BOOM!
CADMUS PROJECT
@#*%!!
WAS GEHT DA VOR? IST DAS EIN ERDBEBEN?
UNVORSTELLBAR! DAS IST EINE DER GEO-PHYSIKALISCH STABILSTEN REGIONEN DER USA! NEIN...
...DAS PROJEKT CADMUS WIRD ANGEGRIFFEN!
GANZ RUHIG, WESTFIELD! WIR GEHEN DER SACHE AUF DEN GRUND.
JA... JA, NATÜRLICH, SIE HABEN RECHT, JOHNSON!
AUSGERECHNET JETZT IST DER GUARDIAN NICHT DA! DAS IST AUSSER-ORDENTLICH UNANGENEHM... AUSSER... SIE GLAUBEN DOCH NICHT...? NEIN, DAS WÄRE EIN ZU GROSSER ZUFALL...
„UND DOCH... ICH FRAGE MICH, OB DIESE SEISMISCHEN ERSCHÜTTERUNGEN ETWAS MIT DIESEN BERICHTEN ÜBER DIESES MONSTER ZU TUN HABEN, DENEN DER GUARDIAN NACHGEHEN WOLLTE."
UHHN... HHUNGH...

...HRRAARH!!
VERDAMMT, ER IST NOCH BEI BEWUSSTSEIN! IN EINER SEKUNDE STEHT ER WIEDER!
DIESE SEKUNDE DARF ER NICHT BEKOMMEN!
BROKK!
ICH MUSS IHN MIT SCHLÄGEN EINDECKEN!
DIE BÄUME SIND MIR IM WEG, ABER ... WAS? DAS SIND KEINE NORMALEN BÄUME!!
DAS SIND KÜNSTLICHE GEBILDE! WIR SIND MITTEN IN EIN GETARNTES FORSCHUNGSZENTRUM GERATEN!
ZUM GLÜCK IST ES VERLASSEN! JA, JETZT ENTSINNE ICH MICH WIEDER ... ICH HATTE MICH SO STARK DARAUF KONZENTRIERT...
... DOOMSDAY VON METROPOLIS FERNZUHALTEN, DASS ICH NICHT MEHR AN DAS PROJEKT CADMUS GEDACHT HABE!
EIN REGIERUNGSUNTERNEHMEN, DAS HIER IN DIESER WILDNIS ANGESIEDELT WURDE! HMMM... DER GEDANKE GEFÄLLT MIR GAR NICHT! KÖNNTE CADMUS FÜR DIESES MONSTER VERANTWORTLICH SEIN?
„SIE HABEN NICHT NUR DIESE BÄUME MITTELS GENETISCHER MANIPULATION ERZEUGT ... IN IHREN LABORS SIND SCHON ...“

„... ALLE MÖGLICHEN LEBEWESEN ENTSTANDEN ...!"
MAXIMA KOMMT WIEDER AUF DIE BEINE... WIE SIE MIT DEN ÄRZTEN UMGESPRUNGEN IST!
NEEP. NEEP. NEEP!
EH? DAS NOTSIGNAL! WAS...?
GUARDIAN... KOMM SOFORT ZURÜCK!
WAS IST LOS, RODRIGUES?
KEINE AHNUNG... DIE BASIS SCHEINT ANGEGRIFFEN ZU WERDEN...
„... VON UNGLAUBLICH STARKEN KRÄFTEN!"
ES ≥UNNGH≤ WIRD IMMER SCHWERER! MIR TUT ES SCHON WEH, IHN NUR ZU SCHLAGEN... UND ER WIRD EINFACH NICHT SCHWÄCHER!
HRAH-HAH-HA!
ICH... BIN ERSCHÖPFT. MUSS MEINE TAKTIK ÄNDERN...
DIESER BAUM DA... JA!

ER IST GROSS GENUG!
HHUNH?
ER MAG ZWAR ORGANISCHEN URSPRUNGS SEIN... ABER ER IST HART WIE STAHL!
VERSUCHEN WIR'S...
PTOOM!
GUARDIAN AN BASIS! MEIN GOTT... UNSERE STÜTZBALKEN BRECHEN ZUSAMMEN WIE EIN KARTENHAUS!
UND SUPERMAN UND DIESES MONSTER SIND MITTENDRIN!
ICH SEHE MIR DAS MAL NÄHER AN... HALTET DIESEN KANAL OFFEN!

G-GUARDIAN? WIESO BIST... DU HIER? WO IST ... DOOMSDAY?
BEGRABEN... UNTER DEN TRÜMMERN UNSERES PROJEKTS. DU BIST GERADE NOCH RAUSGEKOMMEN.
DU HAST SCHRECKLICHE SCHLÄGE EINSTECKEN MÜSSEN... WARUM BIST DU NICHT EINFACH DAVONGEFLOGEN?
ZU... ERSCHÖPFT... MUSS MICH AUSRUHEN... SOBALD ICH DOOMSDAY AUFGEHALTEN HABE.
DIESMAL HAST DU IHN ERWISCHT...
HOFFENTLICH... ABER ICH MUSS MICH ÜBERZEUGEN. ICH KANN... NICHT DURCH DIE TRÜMMER SEHEN... ALLES VERSCHWIMMT...
KRAKATOOM!
GRAUHRARR!

HRRARH?!
HNNHH!
MHH-TRR-PLSS!
≷SKRAWK≶ GUARDIAN? WIR WAREN KURZ UNTERBROCHEN. HÖRST DU MICH?
WIR HABEN EINE WEITERE ERSCHÜTTERUNG GEMESSEN... NEIN, ZWEI! WAS GEHT DA VOR?
GUARDIAN? GUARDIAN!!
DR. RODRIGUES, HIER SPRICHT DER SICHERHEITSDIENST! WIR HABEN AUF DEM RADAR ANSCHEINEND DEN ABSCHUSS EINES GEGENSTANDS BEOBACHTET... ES IST ETWAS GRÖSSER ALS EIN MENSCH.

...UND BEWEGT SICH MIT HALBER SCHALLGE-SCHWINDIGKEIT NACH SÜDSÜDOST!
GROSSER GOTT!
METROPOLIS
50 MILES
VERBINDEN SIE MICH MIT DEM BÜRGERMEISTER VON METROPOLIS ...SOFORT!
THOOM!
WIR MÜS-SEN DIESE AR-MEN MENSCHEN WARNEN...
...DOOMSDAY KOMMT!

„DAS MONSTER NAMENS DOOMSDAY HAT OHIO UND DAS WESTLICHE NEW YORK HINTER SICH GELASSEN UND NÄHERT SICH MIT SPRÜNGEN VON JEWEILS ZEHN MEILEN…"
„…DER OSTKÜSTE UND METROPOLIS. 'NEUER ABSATZ.'"
AMERICAN
WAS IST DAS?
KEINE AHNUNG! WEG HIER!
MHH-TRR-PLSS!
METROPOLIS! ER SAGT MET…
KRAKK
„METROPOLIS? ÄH… LOIS… SIEHST DU IHN SCHON?"

KLANNG!
„NEGATIV, FRAN. WIR VERFOLGEN DOOMSDAY MIT HÖCHSTGESCHWINDIGKEIT."
„CAT GRANTS WGBS-HUBSCHRAUBER IST DICHT HINTER UNS..."
HRARRRH!
„... ABER SUPERMAN IST DEM DING AUF DEN FERSEN."

„ZIEH DEN KOPF EIN, FRAN! UNSEREN BERECHNUNGEN ZUFOLGE MÜSSTE DAS MONSTER JETZT JEDE SEKUNDE METROPOLIS ERREICHEN!"

DOOMSDAY IST DA!
SCHLUSS JETZT, DOOMSDAY! DEIN AMOKLAUF ENDET HIER!
Text: Louise Simonson
Zeichnungen: Jon Bogdanove
Tusche: Dennis Janke
Farbe: Glenn Whitmore
SECHSTES KAPITEL

HURH?!
UND WENN ER WEISS, WAS GUT FÜR IHN IST, BLEIBT ER DA OBEN.
ICH... HOFFE ES, JOE. DOOMSDAY IST WAHRSCHEINLICH SUPERMANS TÖDLICHSTER GEGNER.
MANN, DAS IST MEIN GLÜCKSTAG! SO GUTE FOTOS HAB ICH NOCH NIE GESCHOSSEN!
KEINE ANGST, LOIS. ER IST SUPERMAN!
KLIK-WRRR KLIK-WRRR
WIR HABEN IHN, FRAN! NEUER ABSATZ.
„DOOMSDAYS AMOKLAUF IN PARK RIDGE FAND EIN ENDE, ALS SUPERMAN DAS MONSTER PACKTE...“
„... UND ES VON METROPOLIS FORT INS VAKUUM DES WELTALLS BEFÖRDERTE.“ NEUER ABSATZ.

"... IHM PASSIERT SCHON NICHTS!"
GUARDIAN ... BIST DU IN ORDNUNG?
DUBBILEX! WAS ... IST PASSIERT?
DOOMSDAY HAT DIE ANLAGE ZERSTÖRT. DIE TRÜMMER BEGRUBEN DICH!
UND SUPERMAN ...?
ER KÄMPFT GEGEN DAS WESEN.
ICH FÜRCHTE, ALLEIN WIRD ER NICHT MIT DOOMSDAY FERTIG!
DOOMSDAY GEHÖRT VIELLEICHT ZU UNS, GUARDIAN. EIN GEKLONTER ALIEN DES PROJEKTS CADMUS!
VERSUCH DIE GEDANKEN DES WESENS ZU LESEN, DUB. FINDE ES HERAUS. UND BETE, DASS CADMUS NICHT ...
"... FÜR DIE ZERSTÖRUNGEN DIESES MONSTERS VERANTWORTLICH IST!"
WHACK
DAS WESEN IST SO FLINK ... WIE ES STARK IST! ICH KANN ... ES NICHT HALTEN ...
DER TRITT ... NIMMT MIR ... DIE LUFT ...
IN SEINEM GEIST IST LEDIGLICH ZORN!

NUR DER GEDANKE AN ZERSTÖRUNG!
ICH KANN NICHT SAGEN, WOHER ES KOMMT. ABER DAS SPIELT AUCH KEINE ROLLE.
WIR MÜSSEN ES AUFHALTEN ... FALLS MAN ES AUFHALTEN KANN.
LOIS, DA! DOOMSDAY IST FREI!
ICH SEHE IHN, JIMMY! O GOTT, WO IST SUPERMAN?
DA! ... HOFFENTLICH IST IHM NICHTS PASSIERT. NEUER ABSATZ, FRAN.
„HOCH ÜBER METROPOLIS RISS DAS MONSTER SICH LOS UND SCHLEUDERTE DEN STÄHLERNEN ZU BODEN ...“
DA UNTEN IST SUPERMAN! NÄHER RAN, VERDAMMT! WGBS BRAUCHT EINE GROSSAUFNAHME!
KRAZH
THROMB

DAS IST UNSER SOHN, JONATHAN! ER WIRD FÜRCHTERLICH VERPRÜGELT...
... UND DIESE FERNSEHREPORTER MACHEN DARAUS UNTERHALTUNG!
CLARK IST UNSER JUNGE, MA. ABER FÜR DIE WELT IST ER SUPERMAN!
SIE SIND NICHT HERZLOS. ZUMINDEST WOLLEN SIE ES NICHT SEIN. NUR...
"... SIE GLAUBEN EINFACH NICHT, DASS IHM ETWAS PASSIEREN KÖNNTE!"
ICH MUSS ES SCHNELL ZU ENDE BRINGEN ... ODER ICH ÜBERLEBE ES NICHT!
ER IST SCHON WIEDER ENTKOMMEN. ABER ICH FINDE IHN...

„... INDEM ICH DEM PFAD DER VERNICHTUNG FOLGE."
KRACK
THOMB
WAS BRICHT DURCH DIE UNTERWELT?
DIE DECKE!
VORSICHT!
WAS DAS SEIN?
GROSSER TYP!
ER VIELLEICHT GEFANGENE BEFREIEN?

DAS HABT IHR DAVON, DASS IHR KRIEGSWELTLERN DEN PROZESS MACHEN WOLLTET!
≷ HURF ≶ (RIECHE...)
(...GAS?)
CRAKSH
TK-TK! (EGAL, WIE ER RIECHT, KRL'LI! ER IST UNSERE FAHRKARTE IN DIE FREIHEIT!) TK-TK!

WIR DANKEN EUCH FÜR EURE BEMÜHUNGEN, HERR.
NATÜRLICH HABT IHR DIES GENAUSO FÜR EUCH WIE FÜR UNS GETAN.
SCHLIESSLICH SIND **WIR** DIE FÜRSPRECHER FÜR WESEN WIE EUCH...
...DIE ARMEN UND UNTERDRÜCKTEN...
ZZPLATT!
ZZPLATT!
RHAR!
...AUSGESTOSSENEN DER ÜBERWEL...!
ZZPLATT!

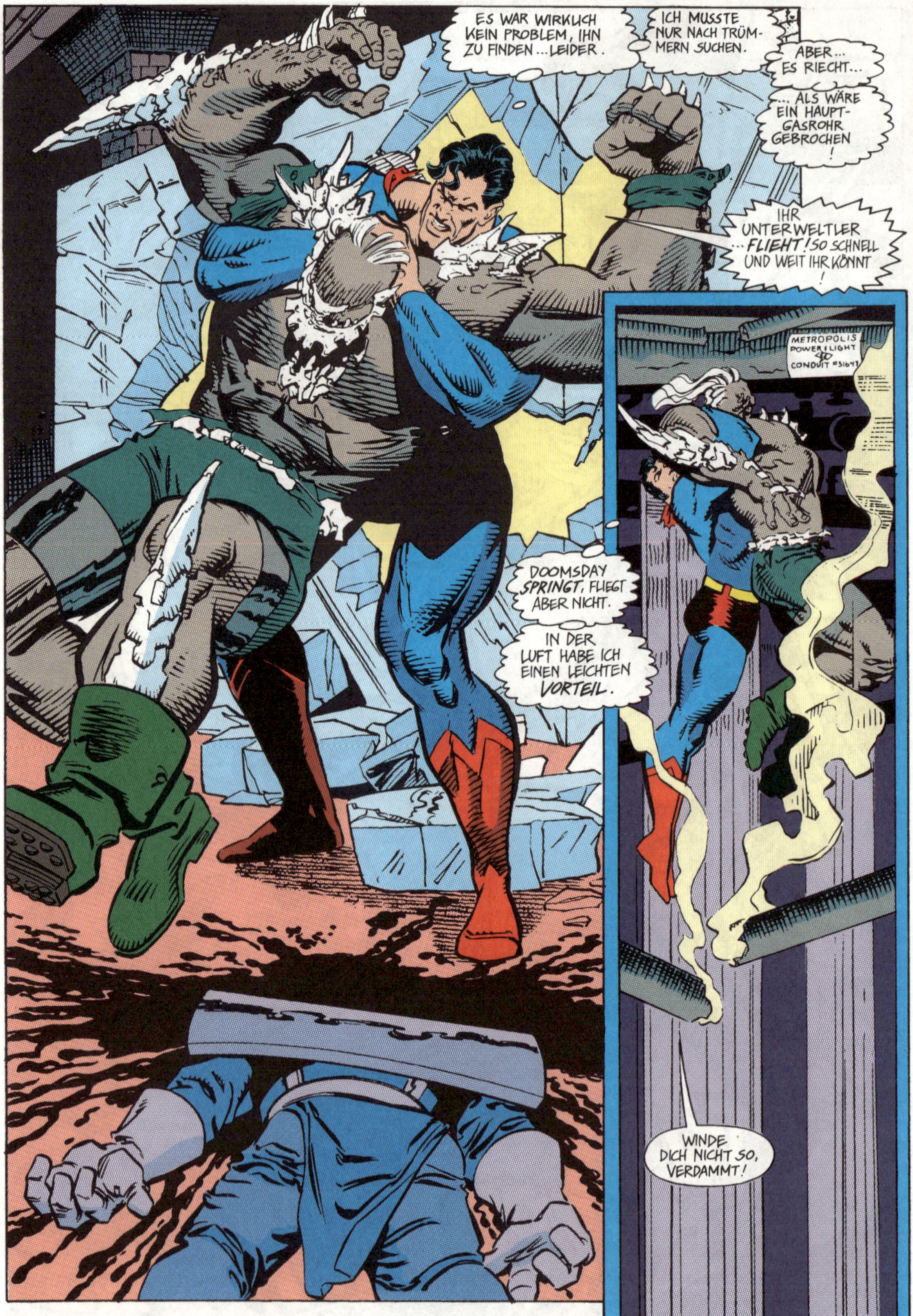
ES WAR WIRKLICH KEIN PROBLEM, IHN ZU FINDEN ... LEIDER.
ICH MUSSTE NUR NACH TRÜMMERN SUCHEN.
ABER ... ES RIECHT ...
... ALS WÄRE EIN HAUPTGASROHR GEBROCHEN!
IHR UNTERWELTLER ... FLIEHT! SO SCHNELL UND WEIT IHR KÖNNT!
DOOMSDAY SPRINGT, FLIEGT ABER NICHT.
IN DER LUFT HABE ICH EINEN LEICHTEN VORTEIL.
METROPOLIS POWER & LIGHT
WINDE DICH NICHT SO, VERDAMMT!

DIESMAL REISST DU DICH NICHT LOS!
SPARK
BA-DOOM!
BOK!
METROPOLIS POWER/LIGHT
CONDUIT #31647
RSSHHPP

AIIIEEE!!

EINE EXPLOSION! ODER EINE BOMBE! DIE GANZE STADT MUSS EINGEEBNET WORDEN SEIN!
WAS IST DAS FÜR EIN WESEN? WARUM ZERSTÖRT ES METROPOLIS?
ZIEH HOCH! ZIEH HOCH! WIR STÜRZEN AB!
ICH TUE, WAS ICH KANN! DIE DRUCKWELLE HAT UNS ERFASST!

SAGEN SIE IHREN ZUSCHAUERN, MISS ANDERSON, DASS LEX LUTHOR NICHT WEISS, WAS DOOMSDAY IST ODER WOHER ER KOMMT...
... ABER DASS OFFENSICHTLICH IST, WESHALB ER HIER IST!
DAS WESEN HEGT EINEN GROLL GEGEN SUPERMAN!
OH, LEX, GLAUBST DU WIRKLICH?
DAS IST DOCH KLAR, SCHATZ, ODER?
ICH FRAGE DAS NICHT GERN, DOCH BRAUCHT METROPOLIS EINEN HELDEN, DER...

... SO NEGATIVE AUFMERKSAMKEIT AUF SICH ZIEHT?
SCHADET SUPERMANS ANWESENHEIT NICHT MEHR, ALS SIE NÜTZT?
ICH GLAUBE... ALLEIN WIRD SUPERMAN MIT DOOMSDAY NICHT FERTIG!
SEI NICHT BÖSE, LEX, ABER ICH MUSS IHM HELFEN!
SEHR GROSSZÜGIG, SCHATZ. ABER DU HAST RECHT ... WIR MÜSSEN METROPOLIS SCHÜTZEN!

AGGNHHH!
KANN IHN...
SSLICKKT
...NICHT HALTEN!

SUPERMAN!!
KEINE ANGST, SUPERMAN! ICH HABE IHN!

GOTT IM HIMMEL! ER HAT SUPERMAN ABGESCHÜTTELT!
WAS... FÜR EIN WESEN IST DAS?
WAHRSCHEINLICH EINE DOOMSDAY-WAFFE, MILDRED...
... DIE DIE KRIEGSWELT ZURÜCKGELASSEN HAT, UM DIE ERDBEVÖLKERUNG ZU DEZIMIEREN!
BLASH
WIR HAM DIE LASERKANONE ENDLICH AUF'M DACH IHRES LABORS, PROFESSA...!
WORAUF WARTEN WA?
SOBALD SUPERGIRL AUS DEM WEG IST, BIBBO!
HABT IHR EURE GRAVO-GÜRTEL UMGESCHNALLT?
WENN DAS DING DEN TREFFER SPÜRT, WIRD ES STINKSAUER SEIN!
ICH HABE NOCH NIE EIN SO MÄCHTIGES WESEN GESEHEN! ES MUSS IRGENDEIN...

HRARR!
...ALIEN SEIN...
WHRAMP
SHRAKKT
SUPERGIRL IST ERLEDIGT, PROFESSA! JETZT!
WIR HABEN IHN ERWISCHT!

BA-DOOM
ER FÄLLT, ABER ...
EMIL, ER KOMMT DIREKT AUF UNS ZU!
WENNA AUF UNS FÄLLT, SINNWA PLATT! WIR MÜSSEN...
... SPRIN-GEN !!
HE, PROFESSA, SINNSE SICHER, DAT DIE GRAVO-GÜRTEL AUCH FUNKTIONIEREN ?
DARÜBER HÄTTEN SIE SICH EHER GEDANKEN MACHEN MÜSSEN, MR. BIBBOWSKI!
WARUM TUT ER DAS, EMIL ? AUS REINER FREUDE AN ZERSTÖRUNG ?
WIR WERDEN DIESES MONSTER WAHRSCHEINLICH NIE VERSTEHEN KÖNNEN, MILDRED !

EINE ZWEITE GASLEITUNG IST GEBROCHEN...
ÜBERALL UM MICH HERUM...
...EXPLOSIONEN...
BR-
BROMB!
KANN KAUM NOCH STEHEN...
HILFE! SUPERMAN... HILFE!
ES SIND KEITH...
...UND MYRA AUS DEM WAISENHAUS!
ICH TAUGE NUR NOCH WAS... ALS SCHUTZSCHILD!
SUPERMAN! ICH WUSSTE, DASS ER KOMMT!
ABER WAS IST DIESER DOOMSDAY, MYRA?
HAT IHN JEMAND GESCHAFFEN... WIE FRANKENSTEIN?
KEINE AHNUNG, BABY! ICH WÜRDE EHER SAGEN... ER IST DER TEUFEL IN PERSON...
...DER DAS ENDE DER WELT EINLÄUTET!
BRA-
DOOM!

DA KOMMT ER, MAGGIE! EIN FIESER KERL!
DU BIST EIN MEISTER DER UNTERTREIBUNG, TURP!
LOS! NAGELT IHN...
...FEST!
BLAM
BAM
BKAM
BRAM
DRAM
DBAM
KRAK
KDAM
ER SPÜRT ES NICHT!

ARRRG!
TURP!

BRING MAGGIE UND DIE SC-UNIT RAUS, TURPIN! SOFORT!
WHUUMPPP!
SUPERMAN!
KSMAZH!
DOOMSDAY HAT NICHT MAL EINEN KRATZER DAVONGETRAGEN.
GANZ IM GEGENSATZ ZU…

HRRARRRRGH!
... MIR!
ICH MUSS ALLE KRÄFTE MOBILISIEREN...
... UND HOFFEN, DASS ER GENAUSO MITGENOMMEN IST WIE ICH... OBWOHL ES NICHT DEN ANSCHEIN HAT!
KRAK!
SLIKT!
VISUELLE SICHTUNG BESTÄTIGT, SIR! DOOMSDAY IST DIREKT UNTER UNS!
FEUER FREI!
DIE WAFFENEXPERTEN VON CADMUS SCHWÖREN, DASS DIESE SCHOCKKANONEN ES SCHAFFEN! HOFFENTLICH STIMMT'S!
SIE SIND ZU SCHNELL! WAS, WENN DIE KANONEN AUCH SUPERMAN „SCHAFFEN"?
DIESES RISIKO MÜSSEN WIR EINGEHEN!
SUPERMAN SCHAFFT ES JEDENFALLS NICHT... ZUMINDEST NICHT...

... ALLEIN!
KRAKK!
HIER ENDET DEIN AMOKLAUF, DOOMSDAY!
UND WENN ES MICH ...
THOOM!
... DAS LEBEN KOSTET ... METROPOLIS ...
„... ZERSTÖRST DU NICHT."

DIE SCHLACHT HAT EINEN GROSSEN TEIL DER USA VERWÜSTET... UND EINE LANGE SPUR DER ZERSTÖRUNG ZURÜCKGELASSEN.
DIE MÄCHTIGSTEN HELDEN DER ERDE SIND DOOMSDAY IN DIESEM MÖRDERISCHEN KAMPF UNTERLEGEN.
NUR EINE HOFFNUNG, EIN MANN BLEIBT.
HIER HÖRT ES AUF! DIESER WAHNSINN ENDET IN METROPOLIS!

KONZENTRIERT DAS FEUER AUF DAS GESCHÖPF!
DIE EIERKÖPFE VOM PROJEKT CADMUS BEHAUPTEN, DIESE SCHOCKKANONEN KÖNNTEN EINEN PANZER PLATTMACHEN!
DAILY PLANET
NÄHER RAN! WIR ÜBERTRAGEN DAS LIVE!
ABER NICHT MAL SUPERMAN WÜRDE MIT IHM FERTIG! DAS IST VIELLEICHT WIRKLICH ...
LEXPARK 4.50
ALL DAY SATURDAY
SUNDAY 5.00
ONE WAY
HURFF!
SKRAKK

DER JÜNGSTE TAG!
Text und Zeichnungen: Dan Jurgens
Tusche: Brett Breeding
Farbe: Glenn Whitmore
SIEBTES KAPITEL
MUSS SCHNELLER SEIN ... SO SCHNELL WIE DOOMSDAY ... ODER ICH BIN ERLEDIGT!
HAH!

VOR-SICHT!
ZU SPÄT, MISS LANE! UNSERE HYDRAULIKKABEL WURDEN GERADE ZERFETZT!
MIST! DIESE ZUSCHAUER UND HUBSCHRAUBER MACHEN ALLES VIEL KOMPLIZIERTER! SIE SIND MIR IM WEG!
HIER WIRD ES UNANGENEHM, MISS GRANT! WIR ZIEHEN UNS ZURÜCK!
NICHTS DA! WIR VERPASSEN NICHT DIE STORY DES JAHRHUNDERTS!
Seth's

MANN, NICHT ZU FASSEN! ICH BEKOMM DIE BESTEN FOTOS ALLER ZEITEN...
...ABER ES KOSTET UNS DIE HALBE STADT!
SUPERMAN, BIST DU IN ORDNUNG? DU WIRKST SO... SO...
ICH WÜRDE EUCH GERNE AUS DER GEFAHRENZONE BRINGEN, ABER ICH HABE EINFACH NICHT DIE ZEIT DAFÜR!
WER WEISS, WIE VIELE MENSCHEN DOOMSDAY WÄHRENDDESSEN UMBRINGT!

ER ZERFETZT DIE KANONE, ALS WÄR SIE PAPIER! MAN KAN IHN NICHT AUFHALTEN!
Welcome to Metropolis
BITTE ZIEH DICH ZURÜCK UND HOL HILFE! FALLS JIMMY RECHT HAT...
KRETCH!
RRAARRH!
ZU SPÄT, LOIS! DIE GERECHTIGKEITSLIGA HAT ER SCHON AUSGESCHALTET, UND ES SIND ZU VIELE UN-SCHULDIGE IN GEFAHR!
ES LIEGT AN MIR!

CLARK... ICH...
VERGISS NICHT... GANZ GLEICH, WAS PASSIERT... ICH LIEBE DICH...
IMMER!

ABER JETZT...
... IST DOOMSDAY DRAN!
WARTE! KOMM ZURÜCK! BITTE KOMM ZURÜCK!
MANN, ICH HAB IHN NOCH NIE SO WÜTEND GESEHEN!

NIEMAND ZERSTÖRT MEINE STADT UND KOMMT UNGESCHOREN DAVON!
ICH WEISS NICHT, AUS WELCHEM LOCH DU GEKROCHEN BIST ODER WOHER DU KOMMST...
... ABER ICH SCHICKE DICH DORTHIN ZURÜCK!
BRAKOMMM!

IST DAS ZU FASSEN? WENN DAS SO WEITERGEHT, HABEN WIR BALD KEINE STADT MEHR!
BLEIB DRAN, DAMIT WIR WEITERSENDEN KÖNNEN!
DAS GANZE LAND WILL SEHEN, WIE SUPERMAN DIESEM MISTKERL IN DEN ARSCH TRITT!
WIR KÖNNEN NICHT MEHR FEUERN! SIE SIND EINFACH ZU SCHNELL!
DAILY PLANET

BAH HAA!
ICH... UHF!
BRAKKT

ZURÜCK, MISS LANE! WIR MÜSSEN FÜR EIN GUTES FOTO NICHT SO NAH RAN!
WAS INTERESSIEREN MICH FOTOS? SUPERMAN HAT PROBLEME ...
... UND ICH WILL IHM HELFEN!
DAILY PLANET
HURM?
ONE WAY

GRRRRRRR
DAZU WIRD'S WOHL NICHT KOMMEN! JETZT SIND WIR DRAN!
SCHNELL, JIMMY! ICH LENKE IHN AB, WÄHREND DU FLIEHST!
SKOWW

SCHLUSS JETZT, DOOMSDAY! WENN DU MEINE FREUNDE VERLETZEN WILLST...
... MUSST DU MICH VORHER TÖTEN!
BARRH!
WAS WILL ER? WAS IST ER?

ER WILL ZERSTÖRUNG UND TOD!
UM IHN AUFZUHALTEN, MUSS ICH GENAUSO GRAUSAM...
...UND ERBARMUNGSLOS SEIN WIE ER!
ABER... DAS KANNST DU NICHT.
ER WILL DICH TÖTEN... UND DU ...KANNST NICHT TÖTEN!

IN ÜBEL DRAN ... NOCH BEI BE- USSTSEIN !
UNNGHH!
ES GILT... JETZT...
...ODER NIE!

WENN DIESE KNOCHEN NUR SKELETTERWEITE-RUNGEN SIND...
JA! ICH HABE IHN ZUM ERSTENMAL VERLETZT!
AAARRGH!
SNAKKT
LUTHOR DONAT BUILDING:

SKRASH
SKRASH
SKRASH
SKRASH
DAILY PLANET
BDAMMM
HUHH!
ERSCHÖPFT ... ABER ICH MUSS WEITERKÄMPFEN ... BIS ICH UMFALLE ...
... ODER ER!
SIE PRÜGELN SO HEFTIG AUFEINANDER EIN, DASS DIE FENSTERSCHEIBEN ZERSPRINGEN!
PASS AUF DIE SCHERBEN AUF!

ANSCHEINEND SIND WIR BEIDE ... AM ENDE ... UNSERER KRÄFTE ANGELANGT!
FÜR LOIS ... UND JIMMY ... UND DIE *GANZE STADT* ... MUSS ICH IHN BESIEGEN ... SOLANGE ICH NOCH KANN!
RRRRRRR

WIE MÜDE BOXER, DIE ÜBER 15 RUNDEN GEGANGEN SIND, PRALLEN DIE KÄMPFENDEN IN EINER LETZTEN ANSTRENGUNG AUFEINANDER.
EINIGE WENIGE ZEUGEN WERDEN VON DER MACHT DIESER SCHLÄGE ERZÄHLEN KÖNNEN ... DASS SIE BUCHSTÄBLICH DIE SCHOCKWELLEN GESPÜRT HABEN.
ANDERE WERDEN SICH AN DEN KRATER ERINNERN, DEN DIE SCHIERE WUCHT DIESER SCHLÄGE ERZEUGT HAT.
ABER DIE MEISTEN WERDEN SICH AN DIESEN TRAURIGEN TAG ERINNERN ...

... ALS AN JENEN, AN DEM DER STOLZESTE, EDELSTE MANN, DEN SIE JE KANNTEN ...
... DOCH NOCH FIEL.
NEIN.
FÜR DIE, DIE IHN LIEBTEN ...
... DIE IHN IHREN GATTEN NANNTEN ...
... ODER IHREN FREUND ...
LEXCAM

...ODER DIE IHN SOHN NANNTEN...
...IST DIES DER DUNKELSTE TAG, DEN SIE SICH NUR VORSTELLEN KONNTEN.
SIE HABEN IHN ERZOGEN, EIN HELD ZU SEIN ...UND DEN WERT EINES OPFERS ZU KENNEN.
DEN WERT DES LEBENS.

UND DENEN, DIE MIT SUPERMAN DEM SCHUTZ ALLEN LEBENS DIENTEN...
... BLEIBT DER SCHOCK DES VERSAGENS.
DIE ERKENNTNIS, ZU SPÄT GEKOMMEN ZU SEIN.
WIR... HABEN ES NICHT RECHTZEITIG GESCHAFFT!
ER MUSS ÜBERLEBEN. SO KANN ES NICHT ENDEN!
DOCH SO ENDET ES.
DAMIT EINE STADT LEBEN KANN, HAT EIN MANN ALLES UND MEHR GEGEBEN.

DAILY PLANET

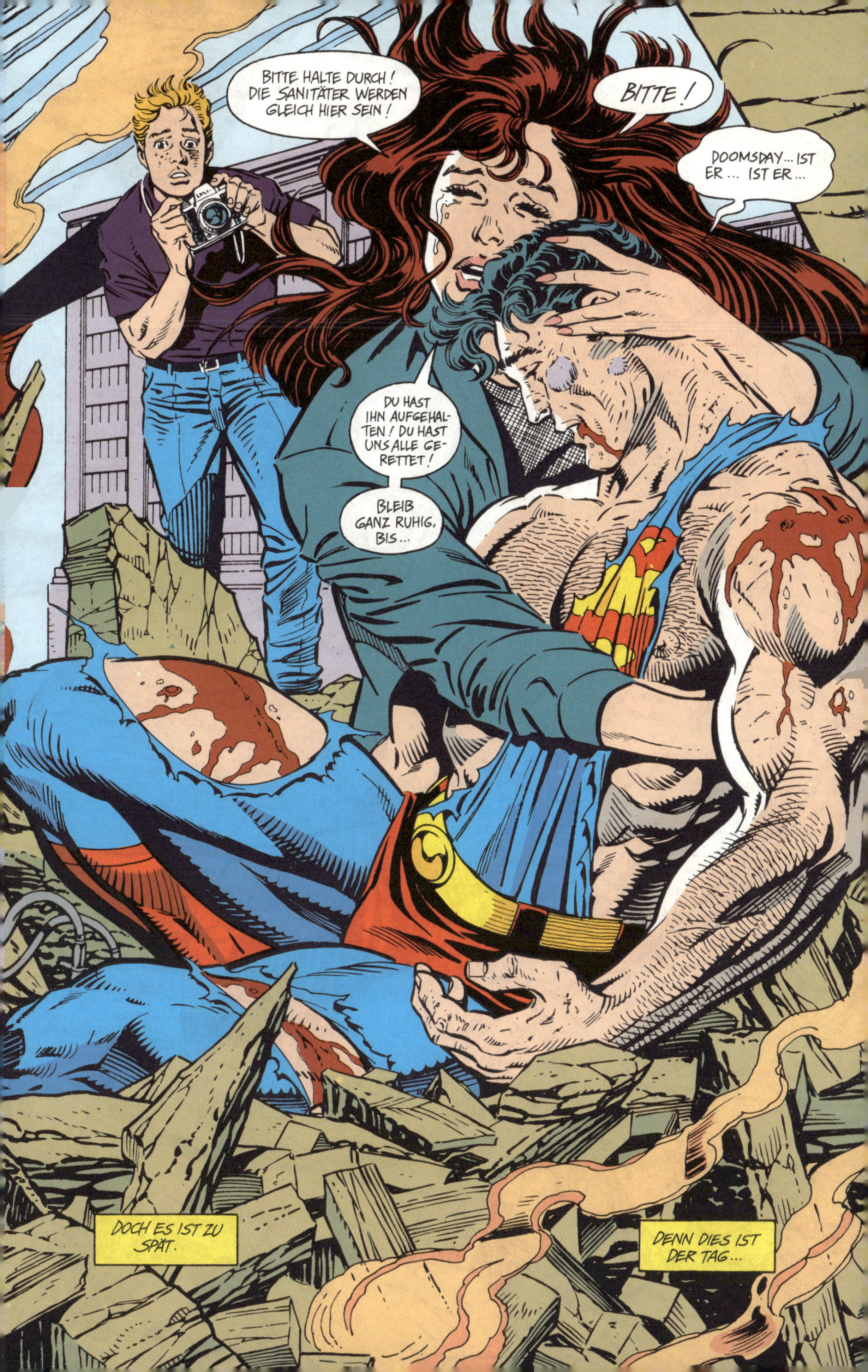

BITTE HALTE DURCH! DIE SANITÄTER WERDEN GLEICH HIER SEIN!
BITTE!
DOOMSDAY... IST ER ... IST ER ...
DU HAST IHN AUFGEHALTEN! DU HAST UNS ALLE GERETTET!
BLEIB GANZ RUHIG, BIS...
DOCH ES IST ZU SPÄT.
DENN DIES IST DER TAG...

... AN DEM SUPERMAN STARB.

Mes Contes gourmands

du Ventoux et du Luberon

Tableau de première de couverture :
La Grappe de raisin,
huile sur toile de Zanella.

René Provane

MES CONTES GOURMANDS

du Ventoux et du Luberon

Temps Gourmands
AUTRES TEMPS

Du même auteur :

L'Ovoïde, épuisé.
Papy casse-cou, épuisé.
Contes et Légendes en Provence, Autres Temps, 1998.
La Gloire de Tonin, Lacour, 1999.
Mes nouveaux contes de Provence,
Autres Temps, 2001.

Avec mes amitiés à :

Mme Yvonne Guyot de Saint-Cyr-au-Mont-d'Or
(documentation)
M. Henri Courtil de Courthézon
(traduction en provençal)

Il n'y a pas plus heureux homme
que celui qui digère...
R. P.

BEDOIN

La chasse miraculeuse
La sauce aux truffes

QUOI ! vous ne connaissez pas le village de Bedoin ?

– *Aqui sian bèn*... (Ici, on est bien...) Les malheureux qui ne se sont pas encore arrêtés dans ce village ne connaissent pas la perfection ! Le ciel bleu horizon, comme le tissu de nos poilus de 14, y est parfaitement immobile. L'air est parfumé et léger. Est-ce parce que les fleurs se renouvellent chaque jour sans jamais se faner, ou est-ce parce que, par pudeur, elles se cachent pour mourir ? On ne se lasse pas de ce printemps, que dis-je, de cette saison de douceur qui vient d'entamer son récital d'été. Les nuits, qui sont belles comme le jour, se peuplent chaque soir de planètes nouvelles et les étoiles y scintillent comme des milliers de clins d'œil amoureux.

Bedoin, haut perché, est partie intégrante du mont Ventoux. Il en est le départ. Il en est l'arrivée.

Mais, coquin de sort, il faut aller, explorer ses rues, son église, ses remparts. Il faut sillonner sa campagne et aller admirer les « Demoiselles coiffées », répliques des célèbres « Cheminées de fées » de la Cappadoce en Turquie (tronc de terre surmonté et coiffé d'une large plaque de roche tendre).

Allez vous promener dans le village, aller y admirer les fontaines aux pierres moussues chantant la grâce de leur eau fraîche et claire qui dégringole de leur bec en laiton dans un bruit de cristal.

Imprégnez-vous de l'atmosphère vivifiante de ce village ensoleillé. C'est un des bons endroits de la Provence avec lequel les villageois entretiennent un rapport amoureux. Chacune des pierres jaunes garde en elle la lumière du soleil, qui semble ici plus qu'ailleurs recevoir les rayons et la chaleur rassurante de l'astre céleste. À voir la vie villageoise s'écouler heureuse et paisible, personne n'oserait penser que, sous la Révolution, Bedoin fut l'image même de la désolation et de la persécution. L'un des tout premiers massacres dans un village, comme ce fut le cas à Oradour-sur-Glane 150 ans après… une abomination complète, tout ça parce qu'à Bedoin l'arbre de la liberté avait été arraché… Mais c'est une autre histoire !

Page beaucoup plus glorieuse, Bedoin fut renommé au XIXe siècle pour ses fabriques de *toupins* (soupières). Les anciens, les vieux de la vieille, n'ont pas connu cette époque, mais ils se souviennent par ouï-dire et par ce dicton : « *A Mazan fan de gàbi, a Bedoin fassien de toupins.* » (À Mazan ils font des cages – à oiseaux –, à Bedoin nous faisions des soupières.) Pour confirmer la présence de ces potiers, le cultivateur de nos jours trouve encore parfois, en labourant son champ (surtout derrière la cave coopérative de Bedoin), des vestiges de terre cuite que le soc de la charrue met à jour, comme lors de fouilles archéologiques. Ces débris cassés proviennent en général des *toupins*… qui attesteraient qu'à Bedoin nos grands-mères faisaient de bonnes soupes… Va savoir ! de toute façon, il n'y a pas à Bedoin de recette particulière de soupe ou de potage !

Une autre page d'histoire locale nous parle des « glacières ». Ces glacières ne sont pas exclusives à Bedoin puisque Flassan, Sault et d'autres communes peuvent aussi se glorifier d'en avoir possédé, mais c'est à Bedoin qu'il y en avait le plus.

L'hiver, les hommes les plus courageux bravaient la neige et le froid pour monter dans le Ventoux, vers les combes. Arrivés là, nos hommes – qui avaient monté pelles, pioches et « dames », qui avaient sué sang et eau – avant d'entreprendre leur labeur s'asseyaient, silencieux comme des moines, et dégustaient, les yeux fermés comme s'ils buvaient le sang du Christ, une bonne bouteille de rosé encore toute gavée de soleil.

Puis, ravigotés, pleins d'ardeur, ils se mettaient à entasser la neige. Ils l'écrasaient, la damaient, la rendaient compacte et dure. Ceux qui avaient pu monter de l'eau l'aspergeaient pour la ramollir et pour encore mieux la tasser durant les quelques jours où la neige salvatrice tombait sur le Ventoux. Ils s'épuisaient à l'agglomérer dans les recoins les plus à l'ombre. Prenant de la neige aux alentours pour combler la combe, ils la protégeaient du soleil en recouvrant ces glacières avec des branches feuillues à vie de pins et de sapins du Ventoux, comme le fait la voilette des capelines pour abriter le visage de nos belles demoiselles.

L'été venu, ces mêmes hommes, armés de pics, de pelles, de scies, de burins et de barres à mine, remontaient vers les combes pour récupérer cette neige glacée, préservée de la chaleur par la fraîcheur du bloc compact qu'elle formait.

Les tombereaux ou les charrettes étaient laissés parfois à quelques centaines de mètres de là, faute d'accès. Les « glaciers » (comme ils étaient appelés) affrontaient alors ces combes pour en extraire des morceaux de glace qu'ils plaçaient dans ces tombereaux recouverts de feuillage, de mousse ou de terre pour faire un « berceau » amoureux et paternel à leurs reliques glacées, cassées ou sciées.

Ainsi protégés, ces pains de glace étaient descendus sous haute surveillance et avec délicatesse dans ces mêmes véhicules vers les villages des alentours, puis à Carpentras, Cavaillon, même en Avignon et Orange et parfois, dit-on, à Marseille.

Il était facile de suivre ce transport à la trace, car tel le petit Poucet qui semait des cailloux pour repérer son chemin, le convoi perdait un interminable filet d'eau s'écoulant de la glace qui fondait au fil des heures.

Eh oui ! le trajet Mont-Ventoux-Marseille, parcouru pourtant durant la nuit, provoquait une perte de 50 % de cette marchandise chèrement récoltée.

Les morceaux de glace restants étaient vendus suivant leur grosseur aux commerçants ou aux habitants des villes avides de fraîcheur. Nos aïeuls aimaient aussi boire le pastis à l'eau fraîche !

Certains de ces morceaux de glace étaient revendus à quelques boulangers ou à quelques Italiens qui, les malheureux, pour survivre ou mieux vivre, concassaient cette glace, pour la rendre fine, très fine. Ils ajoutaient à cette purée du sirop de fraise, d'abricot ou de menthe. Ces « glaciers », comme ils étaient appelés, vendaient aux passants leurs glaces colorées et odorantes. Il paraît qu'ils avaient quelques succès... Les valeureux se sont bien rattrapés depuis !...

Ce commerce était lucratif, il remboursait largement le travail fourni. Les « glaciers » étaient en général aisés... mais avec le modernisme, l'électricité arrivant, débutèrent les premières usines à glace... et disparurent les « glaciers » manuels. Ainsi va la vie.

Si vous souhaitez en savoir plus, allez vous reposer près du syndicat d'initiative, à l'ombre bienfaisante des platanes. Vous y rencontrerez des anciens du village et la bande à « Paul » qui, assise sur le banc devant sa porte, n'en finit pas de raconter des récits de chasse, de truffes, ou même des histoires sur des raisins dattiers, hélas disparus. Dattiers dont les grappes étaient dans la plupart des cas plus grosses qu'un ballon de rugby, avec des grains, oh ! bien plus gros qu'un « bouchon » de pétanque… ou bien encore des anecdotes sur certaines spécialités culinaires du pays…

Allez prendre l'atmosphère du village dans les cafés, par exemple chez le cousin Gosard au café de l'Observatoire, siège des plus importantes associations sportives du village. Là, sur sa vaste terrasse, vous goûterez l'ambiance typique de la cité.

Pour plus de « sérieux », vous allez chez « Lucette et André » sur le cours. Dans cet estaminet, vous puiserez toute la nostalgie de Bedoin et vous pénétrerez dans les arcanes vifs du village.

Buvez un pastis et écoutez.

Le café est plein de monde, sur la terrasse comme à l'intérieur. Devant le bar en zinc, chacun parle, tous les consommateurs ont une histoire à raconter. Arrive Jean Vit, « l'Explorateur » (cinq ou six séjours en Amazonie !) ; il n'a pas franchi la porte qu'il demande, d'une voix puissante :

– André, deux Ricard, s'il te plaît… dont une « mauresque ».

André le regarde avancer tout seul, droit comme un i, le torse bombé à s'en faire péter les boutons de chemise.

– Les voilà… mais pour qui est la mauresque ? tu es tout seul !

– Bé pardi ! mais pour New-Look, mon chien… Il y a droit, non ?

– Pas de problème… mais pourquoi tout à coup cette attention anisée pour ta bête ?

– Parce que c'est le meilleur chien au monde, le plus doué. Il me cherche que le gibier que je veux tuer, pas les autres. C'est le meilleur, je te dis.

– Bien sûr, si tu le dopes à l'anis et à la réglisse…

– Ah non ! seulement à l'E.P.O.

– C'est quoi ce truc ? C'est pas le machin des sportifs, leur drogue ? Ça veut dire quoi ?

– Non, c'est un dopant provençal, ça veut dire : Envoyez Pastis Orgeat…

Sans plus attendre, le chien lape son Ricard. Durant ce temps, Jean, qui est un crack de la chasse reconnu de tous, raconte sans se faire prier quelques-uns des exploits de sa bête.

L'auditoire laudatif est stupéfié devant la superbe de New-Look et le récit de ses prodiges.

– Il lui manque que la parole, dira Cissaou admiratif, et encore je sais pas si je viens pas de l'entendre dire : « Oh mais ! j'ai encore beaucoup de choses à raconter… »

André, le patron du bar, pourtant blasé, confirmera que Jean (le maître de New-Look) fait des chasses peu communes en rapportant chaque fois lapins, faisans, perdrix… alors que ce gibier a pratiquement disparu du Ventoux et que neuf chasseurs sur dix reviennent bredouille. Chaque dimanche, Jean « l'Explorateur » fait des exploits…

André, chasseur lui-même, s'exclame :

– Té ! puisqu'on en parle ! Je suis d'autant plus curieux de savoir comment tu réalises tes tableaux que tu t'achètes jamais de cartouches.

– Pardi que non ! Je me les fabrique à la poudre noire et à la bourre faite de morceaux de journaux.

– Putaing, tu te les fabriques à l'ancienne ? mais qué plomb tu y mets ?

– T'es fou ou quoi, je mets jamais de plomb. Je chasse pas pour tuer ou blesser au fusil, moi ! Je veux le gibier intact, sans blessure. Moi, je chasse seulement pour réguler le gibier, pour assainir l'écosystème comme on dit aujourd'hui, ou encore pour maintenir en santé l'environnement giboyeux...

– Oh ! l'ami, comment tu causes maintenant : « écosystème », « environnement giboyeux », mais on dirait un Parisien qui parle !

– Voué et alors !... Comprenez : je veux dire que je me tue que les malingres, les maladifs et les déprimés.

– Comment tu sais ça ? Ton gibier malingre porte pas le brassard de la Croix-Rouge ? Alors, comment tu fais ?

– Pas compliqué. Comme chez les humains, les animaux ont aussi des sujets maladifs ou chétifs, qui ne peuvent pas résister à la vie sauvage, de même, y a des peureux, des suicidaires... Alors mon New-Look et moi, on cherche que ce gibier-là !

– Putaing de coquin de sort ! explique-nous... Je pédale dans la lavande... C'est facile de chercher un gibier agonisant ? Il se promène en chaise roulante... ? Et dis-moi, l'autre dimanche, comment tu as fait pour tuer cette lièvre et la bécasse ? Elles étaient malades ? dit-il en riant grassement et en ouvrant une bouche telle qu'on pourrait y enfourner le pain pour tout Bedoin.

– Non, réplique Jean sans se démonter, sûr de lui, la *lèbre*, c'était une suicidaire, une malheureuse ! La bécasse, elle, c'était une neurasthénique et une peureuse.

– Eh bé, comment tu le savais ça ? Et comment tu te les trouves ces bestiaux ?

Le cercle des auditeurs s'était agrandi dans un silence d'église, que dis-je, de cathédrale. On aurait entendu tousser un perdreau... Plus rien d'autre ne comptait que la conversation entre André et Jean qui, très fier, poursuivit son récit :

– D'abord mon chien, qui n'aime pas se fatiguer comme un prince qu'il est (il est issu de champions anglais), il renifle pas pour rien et marche pas sans raison, il s'économise... New-Look ne chasse que le gibier indolent, celui qui ne fuit pas, qui ne s'envole pas à plus de vingt centimètres de sa truffe. En ce cas, nous nous décrétons que c'est soit un gibier congénitalement fainéant, maladif même dans sa tête, soit un vrai con qui n'a pas alors besoin de vivre et de nous encombrer !

Donc, l'autre dimanche, j'étais au Ventoux ; oh ! pas très haut, juste à la combe au-dessus de Bélézy. Après quelques minutes de chasse stérile, juste au moment où nous nous apprêtions à faire la pause – une bonne demi-heure après notre départ ! c'est que, couillon, nous avions déjà fait au moins deux kilomètres ! –, mon New-Look marque un temps d'arrêt, il me regarde comme pour me dire : « Cette fois, j'en tiens un qui a pas l'air de bouger beaucoup, il se déplace lentement. » Je m'arrête aussi. Je regarde mon chien qui zigzague ; son ventre raclant le sol, il avance à pas lents, courts et mesurés, tandis que sa truffe, au ras du sol, suit la piste chaude du gibier. Sûrement une bécasse.

C'était la quatrième depuis ce matin. Les autres, il les avait abandonnées au bout de trois minutes car elles étaient vives, alertes et, à deux mètres de lui, elles partaient telle une flèche… Je n'avais même pas tiré, les voyant trop pleines de vie.

Cette fois, New-Look marque l'arrêt et frétille de la queue pour me dire : « Prépare-toi, celle-là c'est la bonne ! » et de fait, je vois la bécasse qui est là, tapie, tremblante, tétanisée, prête à se faire happer par le chien sans réagir… Mais, dans un dernier sursaut de désespoir, hésitante, elle s'envole à dix centimètres de la truffe mouillée de New-Look. Elle monte droite, encore fière d'elle-même. Ses plumes grises aux reflets marron brillent au soleil. Elle grimpe mollement, un peu comme les premières fusées Apollo. Elle est à dix mètres ; si elle passe les vingt, je la laisse tranquille, je me dis. Puis, vers les douze à treize mètres, la pauvrette, comme essoufflée, marque un temps d'arrêt pour virer à droite.

J'ajuste mon tir. Avec une cartouche sans plomb mais à la poudre noire qui pète comme la grosse Bertha, le coup part, et le souffle, chargé de quelques menus morceaux de journaux, passe juste devant la bécasse qui, surprise, bloque ses ailes, puis les replie. Elle bascule en avant, la tête la première ; son long bec servant d'étrave, elle pique vers la terre comme une pierre inerte, comme une flèche en bout de course qui retombe, sans vie. Elle était morte. Morte de peur.

C'était soit une bécasse cardiaque, qui n'aurait pas fait de vieux os dans la nature hostile, soit une bécasse émotive qui se serait fait tuer par hasard et par n'importe qui... Voilà, c'est là que mon travail écologique entre en jeu. Je sélectionne les morts en puissance, je ne prélève pas sur la faune, je l'équilibre, je l'assainis.

Dans le café, les applaudissements jaillissent.

– Oué, c'est pas con ton truc, d'accord pour la bécasse ! répond, pas fou, Cissaou qui trépigne d'impatience et demande, fort en gueule : Oué à la rigueur, mais pour ta lièvre de dimanche ? Parce que moi les lièvres, je connais. J'en ai tué des dizaines ! et des belles en jambes !

– Oui dis nous ça, clame Pierrot Bossedot qui n'a rien a envier à Cissaou pour la « parlote », car lui aussi est un *blagaïré* (blagueur, bavard) fort en gueule.

– Laissez-moi finir peuchère !... que vous me coupez tout le temps. Donc, cette bécasse pique vers le sol de plus en plus vite, le bec en avant comme un dard. Au sol, dans son gîte, la lièvre se terre. Elle est elle aussi sans réaction, même à nos bruits ; c'est une rêveuse, une malheureuse, une malchanceuse de nature qui, sans avoir bougé, reçoit la bécasse en plein sur la tête ; son bec fin et dur comme une lance avait transpercé le crâne *dé la lebra*. Enfin, la lièvre, comme libérée de sa nonchalance, de sa neurasthénie, heureuse d'en finir avec sa triste vie, fait un bon de joie, brasse l'air puis la terre, et avec ses pattes qui enfin s'activent, elle creuse le sol comme pour s'y cacher encore…

Je m'approche. La lièvre est bien morte, le sourire aux lèvres. La bécasse, intacte et sereine, est là, plantée sur son crâne comme un chapeau trop petit, comme un clown, té oui, vé on dirait un clown.

Toutes les deux, la bécasse et la lièvre, épatées, ivres de joie, ont été tuées net sans rien avoir compris à la mort, comme elles n'avaient rien compris à la vie.

La lièvre, toute dans sa joie de quitter enfin ce monde ennuyeux, avait fait avec ses pattes une petite excavation dans le sol. Je regardai dans le trou… et je me ramassai au moins cinq cents grammes de truffes noires, grosses comme des abricots et luisantes comme le bout des chaussures du député. Des truffes, y en avait peut-être d'autres, mais j'avais pas envie de creuser…

Crénom ! dans le bistrot d'André plus personne ne cause. Lucette, le verre à la main – et pourtant Lulu, un pastis, elle ne le laisse pas chauffer ! –, reste comme figée : on dirait la statue du « brave Crillon » dont le regard morne est fixé sur l'horizon. L'assistance est muette, même les forts en gueule qui, les yeux ronds et vides semblables à deux boules de pétanque oubliées dans un coin de la place, revivent en pensée cette action de chasse étonnante, qui fait craquer d'envie les chasseurs moins chanceux (ou moins mythomanes). Té, je ne vous parle pas du silence qui suivit. Personne n'osait rompre le charme de peur d'effacer cette histoire.

Jean, fier comme un arc bandé, quitte le café dans un profond silence en lançant à la ronde :

– Té ! je vous laisse les consommations.

Personne ne répond. Les clients sont tétanisés, aphones… et pourtant laisser certains Bedouinais sans voix, c'est pas facile !

Sacré Jean, va. Il ne nous avait jamais parlé de ses histoires de chasse qui feraient pâlir d'envie tous les Nemrod de Sologne ou d'Alsace.

Songeur, Jean-Pierre Art, demande :

– Mais pourquoi il n'a pas ramassé le reste des truffes ?

Ses amis sont comme lui, ils ne comprennent pas, laisser des « rabasses », c'est criminel…

– Non, dira Yvon Rosset, qui le connaît un peu mieux. Non, il ne tue ni de trop ni il ramasse plus qu'il n'en veut. Des truffes il en trouve sous les chênes de son grand-père Louis, et il vend et il consomme que ce qu'il lui en faut pour vivre, pas plus. Même en Amazonie, poursuit Yvon, s'il lui fallait un seul poisson pour le repas, il n'en pêchait pas deux. Il tient ça de famille. J'ai connu son grand-père Louis et sa grand-mère Léonie, ils habitaient à côté de chez moi, purée… ! ils étaient toujours calmes, pas un mot plus haut que l'autre, toujours contents, et la Léonie, bonne cuisinière avec ça. D'ailleurs tenez, approchez, je vais vous dire un secret.

Sa grand-mère faisait une sauce aux truffes qui vaut tous les délices des Mille et Une Nuits… C'est le sommet, c'est l'extase…

– Alors, raconte ! dira Cissaou toujours pressé.

– Voilà… Pour 4 personnes, tu sais il ne faut pas être bien plus pour déguster des truffes !… *Pour 4 donc, tu prends 2 grosses truffes, pas besoin qu'elles soient énormes, belles c'est tout, quoi ! de 50 à 60 g pièce. Tu te les laves et tu les fais égoutter. Ensuite tu te fais roussir oignons et jambon (100 g) coupés en petits morceaux ou, pour ceux qui apprécient, 60 à 80 g d'anchois (moi j'aime moins). Bien remuer, bien mélanger. Ajouter un peu d'eau et un verre de vin blanc sec. Continuer à faire cuire à feu moyen. Râper une truffe et couper l'autre en morceaux ou en lamelles. Laisser un peu épaissir, pas trop ! Pendant ce temps, ou juste avant de servir, faire bien dorer 4 morceaux de pain dans du beurre. Encore chauds, les mettre sur le plat de service, et verser dessus la sauce brûlante… déguster les yeux fermés !*

Croyez-moi, « c'est le petit Jésus en costume de velours »… Laissant là son auditoire, Yvon Rosset lui aussi s'en va sans dire un mot.

Jean-Pierre Art, abasourdi, sort à son tour, rêveur. Mais arrivé devant la porte du café, doucement il se retourne et dit :

– Oui, on se damnerait pour ça. Oui, on pourrait en mourir de joie… puis, il s'arrête, réfléchit et conclut… oui, mais payer de ma vie un tel élan serait, pour moi, mourir au-dessus de mes moyens.

Il faut vous dire qu'il y a truffes et truffes. Helen Adam, grand « rabassier », nous dit que dans le Ventoux, il se récolte la meilleure truffe du monde. Celle qui se gorge des parfums les plus subtils, et qui exhalera dans la poêle ou le « fricot » ses arômes délicats. Car, elle est peu nourrie et donc peu gâchée par l'eau de pluie, mais seulement enrichie des saveurs de la terre. Cette reine des truffes se nomme : *Tuber melanosporum*. Bien brossée, elle est noire, noire comme du charbon. Tranchée, on découvre une chair finement marbrée, parcourue de minuscules stries blanches. Il s'en dégage un parfum capiteux, entêtant, animal. Sacré Helen, il en parle comme d'une maîtresse...

SAULT

La lettre recommandée
L'omelette au lard

SAULT est le frère jumeau de Bedoin. L'un et l'autre, qui ont chacun le mont Ventoux pour mère, sont établis sur le versant ouest. Sault vient du latin *saltus* (pays de forêts).

L'histoire ancienne de Sault remonte aux années 400. Mais la première fois qu'on parla de cette cité, ce fut en 859, lorsque, chassé par les Normands, Charles Ier, roi de Provence et arrière-petit-fils de Charlemagne, entouré de dix évêques et de l'assemblée des peuples, s'y réfugia pour regrouper ses alliés, afin de reconquérir son royaume.

Sault est environnée de bois de sapins et de champs de lavande : assortiments d'arômes développant une saveur subtile qui flotte dans la cité, surtout les jours venteux.

Blottie en rond autour de son beffroi, Sault dispose ses rues étroites et pavées tout au long de belles maisons d'époque. Les parcourir, c'est revenir deux siècles en arrière. Outre son boulevard-promenade bordé d'antiques platanes, Sault réserve aussi aux touristes le mont Ventoux, à 26 km, et les fabuleuses gorges de la Nesque, avec leur belvédère, à moins de 11 km. Mais vous en saurez beaucoup plus en lisant les *Carnets du Ventoux* chers à J.-P. Bonnefoy.

Durant la guerre de 39-45, Sault mérita bien de la France et de notre souvenir, puisque le maquis y écrivit une page d'histoire. Le Ventoux tout proche et le vaste plateau d'Albion, de par sa situation, étaient autant de cachettes inexpugnables, qui mobilisèrent et bloquèrent dans le secteur beaucoup de régiments allemands retirés du front... mais qui occasionnèrent aussi quelques batailles meurtrières. Sault souffrit de représailles allemandes. À la Libération, elle fut décorée de la croix de guerre et de l'étoile de vermeil, avec citation. Là encore, vous en saurez plus en allant à l'Espace livres, avenue de la Résistance, chez M. Richard.

Avec la fuite du temps, rêvons plus joyeusement à des évasions gastronomiques dans la région. En premier lieu, n'oubliez pas de déguster l'épeautre. Cette graminée, déposée par les dieux sur les champs de la région, fait la richesse de ses cultivateurs, tout comme la lavande qui ondule par vagues océanes dans tous les alentours. Sault apparaît d'ailleurs, vue du sud, comme un bateau sur une mer bleu lavande. Sault est le premier producteur français de cette plante aromatique, reine de la Haute-Provence. Le plateau de Sault assure à lui seul 40 % du marché français.

Un vieux de la vieille, l'ami Préjean, nous dit doucement, en confidence dans sa barbe blanche et légère comme la neige du Ventoux, ce qu'il en pense :

– Nos paysans sont vernis, ils cultivent tout en « biologique » parce que les gens achètent plus cher. Biologique ! s'exclame-t-il dans un rire de gorge, vous avez tous plus que ça à la bouche : « biologique », mais nos blés, nos lentilles, notre lavande, notre épeautre sont tous biologiques ; c'est une façon de cultiver de fainéant ! Ici nos paysans ne traitent pas, ne cultivent pas, ils laissent pousser... Surtout le petit épeautre... Les cinq épaisseurs de cosse de la graine le protègent de toutes pollutions. Voué regardez ! mon grand-père et mon père portaient à l'aire (lieu du battage) dix charrettes remplies à ras bord d'épis d'épeautre, alors que le lendemain, pour revenir charger le grain, ils retournaient qu'avec un seul tombereau... c'est te dire le déchet... À l'époque l'épeautre servait seulement à faire la soupe et à donner aux poules... Biologique ! dit-il en hochant la tête, tu parles... elle pousse toute seule dans nos cailloux, bien au sec. Si tu l'arroses, si tu y mets de l'engrais, si tu y remues la terre avec une charrue (qui ne pourra d'ailleurs pas passer dans nos champs), si tu la sèmes dans une terre trop riche (comme ils ont voulu le faire à Orange !), eh bé ! notre épeautre y poussera pas, elle va se languir et dépérir, té pardi, alors que dans nos cailloux, sans traitement, ni travail, oué je te le dis, sans travail... elle grandit, belle et prospère. C'est pas une chance ça, pour nos paysans : depuis que l'épeautre a du succès, putaing, ils récoltent sans avoir fait le moindre labeur...

Culture biologique ? qué culture ?

Sault domine, par la prestance de ses coquettes maisons en pierres, toute une partie de la Provence rhodanienne cachée des regards envieux. Mais c'est surtout à l'abri de la bise acérée du Mistral que Sault, bien protégée par les bras voluptueux du Ventoux, se prélasse au soleil.

Étendues à son pied, comme un tapis de fête, toutes les couleurs, toutes les saveurs et toutes les richesses du monde. L'olivier tordu et rabougri distribue aux vents l'argent de ses feuilles charnues, tandis que le chasselas, avec ses feuilles rouillées, donne l'or de ses grains juteux et que la truffe noire, grosse comme une châtaigne fripée, fait tinter la bourse des rabassiers (chercheurs de truffes).

Sault, sur son promontoire rocheux, semblable à l'étrave d'un bateau, pourfend le bleu des champs de lavande, qui ondulent doucement comme les vaguelettes d'une baie tranquille sous le soleil. Ce bleu si intense, c'est la Méditerranée du Ventoux.

Une histoire véridique et humoristique, contée par Maurice Constant, mettra un peu de galéjade dans ce récit.

Maurice habite dans une ferme sur le plateau d'Albion, à plus de 6 km de Sault. Plus qu'une ferme, son habitation et ses nombreuses dépendances forment à elles seules un hameau.

De chez lui, l'air, la vie et la vue sont un régal. Le Ventoux est là, à portée de main. Nous pouvons le toucher, le sentir, l'entendre vivre. Être chez Maurice est un moment d'extase… mais le revers de la médaille, c'est qu'il se trouve éloigné de l'agglomération.

« Deux Sous », mon arrière-grand-père, était affublé, dit-il, de ce surnom amical car pour ce rude paysan un sou était un sou ! Deux Sous donc ne recevait jamais la visite du facteur. Il ne savait pas ce qu'était une lettre. C'était l'employé des impôts qui se déplaçait… et pas toutes les fois ! Mon père Vincent, poursuit-il, lui, voyait le facteur deux fois par an… et encore pas toujours, car le brave homme hésitait à faire les six kilomètres pour lui remettre son courrier et comme ses lettres n'étaient que des documents administratifs, en particulier les impôts, il n'y avait rien d'urgent ! Le facteur laissait alors le « papier bleu » chez le boulanger du village et mon père le prenait au passage 8 ou 15 jours plus tard.

Nous avions un voisin très âgé, demeurant à un bon kilomètre de chez nous ; c'était l'occasion pour mon père de prendre son courrier en attente chez ce même boulanger et de le lui porter. Parfois le facteur laissait un mot pour cette vieille personne, il écrivait : « Tu as reçu une carte postale du cousin Léon, elle était trop belle, et toi comme tu ne t'en intéresses pas, je l'ai gardée, mais je te dis que Léon va bien, et qu'il t'envoie le bonjour… »

Les facteurs, vers 1850, étaient de solides gaillards qui accomplissaient leurs tournées à pied, dépassant souvent les 30/35 km par jour et par tous les temps. Ils allaient à travers champs. Coupant tout droit pour économiser les kilomètres, ils prenaient toujours le même chemin qu'on appelait alors la « draille (le chemin) du facteur ».

Notre ami Alfred, le facteur du quartier est-sud-est de Sault, qui distribue entre autres le coin des « Petites Pourraches », hésitait à desservir les Constant, car cela allongeait sa tournée de presque cinq heures. Alfred n'était pourtant pas un fainéant... Il aimait marcher dans les prés et les champs de vignes ou de lavandes ; c'était un infatigable dégustateur de la nature. Dans sa tournée journalière, il se fiait au soleil ; à force de le précéder au plus près, Alfred s'était transformé en une sorte d'horloge ambulante et, sur son passage, les habitués disaient :

– Té il est 10 heures (ou, suivant l'endroit, « Té il est 15 heures ») et ils avaient raison. Alfred était à l'heure, et « avançait » comme un métronome.

Comme je l'ai dit plus haut, Alfred n'était pas fainéant. Au contraire il mettait un point d'honneur à n'être jamais en retard, et ses longues jambes, régulières comme les aiguilles d'une montre, arrivaient toujours à l'heure. Pourtant, les lettres devenaient de plus en plus nombreuses ; le modernisme passant par là, le courrier s'épaississait en volume. On stigmatise la nonchalance proverbiale des gens du Midi, et en particulier l'indolence des facteurs de nos campagnes ? Moi, je vous dis que ce n'est pas vrai. C'est parce qu'on les exploite, qu'on les épuise, qu'on les condamne aux travaux forcés en portant des lettres, souvent sans intérêt, qui contribuent à réduire leur temps de sommeil à seulement douze heures par jour… !

Aussi, s'il pouvait s'éviter de la route Alfred ne disait pas non, et c'est pourquoi il laissait le courrier chez le boulanger de Sault. Ses collègues facteurs étaient un peu jaloux de cette pratique, car « eux » n'osaient pas abandonner les lettres dans d'autres mains que celles des destinataires. L'un deux, Antonin, jaloux sûrement, disait d'Alfred : « C'est un trompe-couillon » et il pensa à se venger, à lui faire une blague… Oui mais voilà, laquelle ? Il hésita à lui cacher ses chaussures de marche, qu'il mettait le matin au bureau de poste avant de partir en tournée. Trop méchant songea-t-il ; comme il avait encore une goutte de « bon sang », l'idée de laisser partir Alfred faire sa tournée en sandales d'été lui serrait le cœur. Il ne fit rien sur-le-champ… et le temps passa.

Un jour, Alfred eut en main une lettre recommandée pour Amédée Deux Sous, vous savez, l'arrière-grand-père de Maurice Constant. Une lettre recommandée ! Mais de qui ? Il n'y avait rien d'inscrit sur l'enveloppe, sauf qu'elle venait de Bonnieux, une commune voisine. Alfred pensa : « Je vais la laisser chez Marcel le boulanger… » Puis un sursaut de responsabilité lui fit abandonner cette idée lâche et peu professionnelle : pensez donc, une L.R., c'est du sérieux !

– Tant pis, je vais aller la lui porter, mais je n'y arriverai pas avant midi, ce qui fait que ce soir je vais finir au moins à huit heures, pensa-t-il tristement.

Il était un peu plus de onze heures quand Alfred, se trouvant en bas, vers le pont de la D 6, s'apprêta à grimper pour aller aux « Petites Pourraches » chez les Constant... Il n'était même pas à mi-chemin de chez lui.

« Purée ! » (purée ! là, je raconte poliment ! car il a dit autre chose !) jura Alfred, au moins 1 h 30 de marche sous ce soleil de plomb, et d'ici, il n'y a presque pas de « drailles » qui mènent à la ferme. C'est uniquement la route avec son goudron qui fond et colle aux pieds, accentuant la fatigue.

Pour se changer les idées, Alfred pensait à la chasse, pensait à la pétanque, son sport favori. Mais rien n'arrivait à lui occuper l'esprit, sinon de penser de faire le geste pour s'éponger la sueur qui coulait dans son cou... et il n'était que dans les premiers 800 mètres. Les lavandes étaient en fleur et en feu, et le moindre souffle de vent apportait de chauds effluves enivrants... si ce n'était que de lui, il chercherait un coin d'ombre, s'allongerait et ferait une sieste, mais alors une sieste comme il n'en avait encore jamais fait ! Cette idée enfla dans sa tête, délicieuse et apaisante, et cela lui donna du ressort.

Tantôt le chemin vagabondait entre murailles de pierres sèches, luisantes, « astiquées » (polies) par le vent, la pluie et le soleil (ces pierres étaient tellement brillantes qu'elles semblaient des miroirs) ; tantôt le sentier se fondait au milieu des larges et râpeuses feuilles de figuiers qui se penchaient jusqu'à lui caresser les cheveux ; tantôt la « draille » contournait les buissons de clématites et de vignes blanches, comme si elle voulait volontairement lui nuire. Plus la réalité est douce, plus elle semble vous simplifier la vie, plus elle vous la complique… Les cigales chantaient leur monocorde refrain, assez fort pour le tenir éveillé. Il ne remarquait même pas que son passage dérangeait les petits lézards gris qui, la bouche ouverte, buvaient les rayons du soleil implacable. Ces bestioles sont des dormeurs invétérés… Alfred, l'infatigable buveur de Ricard, rêvait, très bizarrement, d'un grand verre d'eau fraîche. La sueur dégoulinait tout le long de son corps. Ses pieds semblaient patauger dans de l'eau chaude. Son sac à lettres, porté en bandoulière, pesait plus lourd à chaque pas. Ses yeux étaient irrités par la sueur acide et salée coulant de son front qu'il n'arrivait plus à éponger.

C'est à la limite de ses forces, marchant comme un zombie, épuisé, grillé comme une saucissette sur la braise, les vêtements trempés comme s'ils avaient reçu la pluie, qu'il arriva chez les Constant. Amédée Deux Sous le regarda venir, riant sous sa barbe grise… Alfred, sans un mot (il ne pouvait même plus parler), lui tendit la lettre. Deux Sous dit un merci sec et impersonnel, enfouit la lettre dans le gousset de son gilet, signa le registre que lui tendait le facteur, dit au revoir et entra dans la cuisine sans y inviter Alfred !

Notre facteur, étonné de l'attitude si peu hospitalière d'Amédée, restait sur le pas de la porte. Il était là, droit et raide, il n'avait plus la force ni de marcher ni de parler.

Deux Sous regarda ce pauvre hère, il eut mal au cœur de sa détresse. Il ne voulut pas le laisser plus longtemps dans l'expectative et lui demanda :

– Veux-tu entrer un moment ? Tu as faim ?

– Oui, je veux bien entrer une minute, répondit Alfred rassuré, mais juste pour boire un grand verre d'eau (mais aussi et surtout, pensa-t-il, pour savoir qui avait écrit cette lettre recommandée et même savoir ce qu'elle disait...)

– Nous on a mangé, mais je vais te préparer une omelette et te sortir de la cave une bonne bouteille de vin du Ventoux, tout frais.

– Non, pas la peine, un verre d'eau suffira, j'ai encore du boulot. Mais tu pourras lire ta lettre du temps...

– Écoute vieux, tu me les gonfles, il est presque une heure, tu as rien mangé. Eh bien ! moi, Amédée, je vais me la sortir cette bouteille de bedoin, si tu veux pas te la boire, tu te la laisseras.

Alfred, bien entendu, en avait envie, mais ce qu'il aurait surtout voulu savoir, c'est ce que contenait la lettre recommandée. Curieux comme tous les facteurs, qui lisent les cartes postales et les adresses des expéditeurs et se croient les gardiens des petits secrets locaux, se faisant leur petit « cinéma » personnel avec la correspondance des destinataires, il répondit :

– Bon, c'est d'accord, mais vite fait alors.

Assis sur une chaise, avachi même sur la table, Alfred continuait de transpirer et reprenait son souffle. Amédée arriva, brandissant la bouteille devant lui comme un étendard.

– Té, goûte-moi ça…

Alfred tendit son verre tout en disant de façon anodine :

– Oh ! l'Amédée, tu n'es pas curieux de savoir ce que t'apporte ta lettre recommandée ?

– Non, pourquoi ? Je la lirai à tête reposée. Té, peut-être du temps que tu te mangeras mon omelette, tu sais, c'est une omelette que me faisait mon grand-père, personne n'en fait plus comme ça de nos jours.

De plus en plus intéressé par le contenu de la lettre, Alfred finit par accepter de manger la fameuse omelette ; pourtant il n'avait pas faim. Soif ? oui, d'accord et toujours, mais faim, non. Épuisé, il n'aspirait qu'au repos, mais avant, « crénom de merde », il voulait savoir ce que contenait la lettre recommandée ! Tant pis, il subirait la préparation de ce festin, et du temps de le manger, tout doucettement, Alfred espérait bien que Deux Sous lirait la lettre…

Amédée vide son garde-manger des quatre œufs restant du matin. Il les casse dans une vasque en terre vernie. Il les bat brièvement, juste à peine moussus. Il va chercher un gros morceau de lard ; à même la table, il découpe des petits dés, pas trop petits. Il met ces lardons dans une poêle en fer, presque rouillée, jamais lavée, seulement essuyée, réservée exclusivement aux omelettes. Il ajoute des tranches d'oignons pelés. Il fait couler dessus une belle rasade d'huile d'olive. Il active le feu sous la plaque (les ronds du fourneau) d'une cuisinière toujours allumée, hiver comme été.

Du temps que les deux hommes boivent deux verres du vin de Bedoin, *la poêle est mise sur les côtés des ronds pour ne pas faire chauffer trop vite le mélange. Amédée attend qu'elle « chuchote », que l'oignon se colore et que le lard se glace. Puis il enlève le rond central et pousse le plat au centre du foyer* ; une chaleur torride s'échappe, c'est inhumain ! pense Alfred qui suffoque. *Deux Sous fait monter la température de la poêle et verse tout de go le contenu du plat en terre verni. Amédée, très digne, remue doucement ce mélange avec une cuillère en bois ; au bout de 20/30 secondes, de sa main libre, il verse dans la poêle une petite rasade de « niôle », eau-de-vie de marc que Deux Sous fait lui-même. Il secoue la poêle en rapides va-et-vient, ajoute poivre et sel, quelques fleurs de thym,* puis sans attendre il fait glisser l'omelette dans l'assiette d'Alfred. Elle sent bon comme la garrigue au matin, elle exhale toutes les senteurs du maquis et l'odeur du marc lui monte à la tête... Alfred ferme les yeux et déguste...

Amédée sort la lettre de son gousset. Pris en flagrant délice, Alfred, dans son rêve gastronomique, faillit ne pas s'en apercevoir... Il s'arrêta de mastiquer. Dans sa bouche inactive l'omelette donna encore plus d'effluves savoureux, mais à présent il n'en avait cure. Les yeux exorbités, il regardait Deux Sous décacheter la lettre. D'une voix morne, Amédée dit, imperturbable : « Elle vient d'Antonin ! »

– D'Antonin ? fit comme dans un cri Alfred.

– Oué. Oué, elle est de lui. Amédée se tait, puis lit ou fait semblant. Il *parpelège* (bat des paupières) sans dire un mot.

– Alors quoi ? interroge Alfred, qu'est ce qu'il veut mon collègue ? et il se pose mille questions terrifiantes. Si Antonin écrit une lettre recommandée à 10 sous, c'est que c'est grave…

Amédée, raide comme un passe-lacet, les yeux froids, ne dit toujours rien, et d'un geste brusque il tend la lettre à Alfred.

Celui-ci, crispé, la prend doucement, tremblant même légèrement.

Il lit ces simples mots :

Amédée, reçois mon bonjour.

Antonin

Alfred laisse retomber la lettre. La fatigue de sa montée, accumulée, se déclare au centuple. Il s'abat sur la table, et se met à pleurer…

– C'est pour ça que je suis monté jusqu'ici ? crie-t-il dans un sanglot convulsif de rancœur.

Amédée, pris de remords, le prend par l'épaule et lui dit doucement :

– C'est rien, c'est une blague… C'était pour te faire venir là, tout en haut !

Alfred se lève d'un bond, furieux, il crache :

– On ne rigole pas avec l'administration. Une LR est un chef-d'œuvre de la Poste, il ne faut pas la bafouer. Vous êtes de grands couillons… des freluquets, des *langastos* (tiques). Il se lève et s'en retourne sans un au revoir continuer sa tournée.

Alfred, tout en marchant, furieux, humilié, rumine une réplique fulgurante à cette blague.

Nous verrons bien !

Je vais me la mitonner bien « bonne » sulfureuse. Laissons passer du temps, pense-t-il, et ma vengeance sera impitoyable…

MALAUCÈNE

La ferme de Bel-Air
Les brassadeaux

MALAUCÈNE, blottie toute guillerette autour de son clocher, dispose ses rues étroites et pavées tout au long de vieilles demeures pleines de charme. Mais le voyageur qui passe en voiture devant son église fortifiée ne s'arrête pas toujours pour jouir du spectacle de ses ruelles fraîches, chargées d'histoire. Voilà l'erreur.

Malaucène nous offre deux visages : celui de l'été, celui de l'hiver, et propose aussi deux options de loisirs totalement différentes mais complémentaires.

L'été, à deux kilomètres, un paradis de douceur champêtre vous attend au Grozeau, coin idyllique que tous les Vauclusiens connaissent pour y avoir fait au moins une fois un pique-nique et y avoir goûté l'eau glacée qui descend du Ventoux par une source pure comme le diamant.

Sous les vastes et drus feuillages des platanes qui bordent le chemin, le soleil ne se laisse que deviner. Cette immense tonnelle ne semble avoir été mise là que pour le plaisir des amoureux du pique-nique. On y trouve aussi des irréductibles et fervents adeptes de la sieste, qui viennent ici comme le moine va s'agenouiller devant l'autel. J'ai connu des « siesteux » qui avaient fait plus de 12 kilomètres pour fermer les yeux sous la miraculeuse fraîcheur des ombrages du Crozeau. Ceux qui ne savent pas ce qu'est la sieste ne comprendront pas… Une « rêverie » bien orchestrée n'a pas de prix. « Daniou », le beau Daniel Boro, fait la sieste éveillé, lui, les yeux ouverts, un peu comme le ch'timi surveille les Flamands, pas les roses, mais les autres Belges… Ah ! ce n'est pas donné à tout le monde que de se reposer le cerveau ainsi, en pensant seulement aux beautés et aux largesses de la vie.

J'ai connu un Hollandais qui voulait se convertir au *pénéquet* (sieste), mais il n'arriva jamais à se transmuter, jamais il n'arriva à prendre toute sa jouissance. Aussi, un jour il se fit attacher à son lit, comme le capitaine B. lors du naufrage de son bateau. Peine perdue, il y resta la journée à dépérir, car le sommeil réparateur de l'après-midi ne vint jamais. Oh, oui, le soir, il s'endormit de fatigue comme tout un chacun… mais dormir, « siester » sans en avoir le besoin, juste pour le plaisir, il n'y goûta jamais.

L'hiver, c'est la neige qui vient à vous. À même pas dix minutes du centre du village, le mont Serein s'habille et vit comme une station de ski des Alpes, avec hôtels, restaurants, remonte-pentes.

Bien que située sur la commune de Beaumont, cette « montagne », accolée au nord sur les versants du Ventoux, prête ses pentes ensoleillées, calmes et sereines, à sa voisine Malaucène.

Au mont Serein (proéminence accrochée au nord du Ventoux), si le soleil de Provence accepte de couler ses rayons délicats et soyeux sur la neige du Ventoux, ce n'est pas le but de son existence, qui est uniquement de faire mûrir le muscat, syrah ou grenache, ou encore le melon et la tomate ; mais pas celui de faire briller la neige et de la mettre en valeur. Pourtant sur le mont Ventoux, au fil du temps, celle-ci est devenue un peu sa sœur, qu'il cajole, câline, dorlote… té ! on dirait même qu'ils s'aiment d'amour, tellement ce mariage anachronique est agréable à voir et à vivre. De ce fait, le mont Serein est devenu sous cette association divine la coqueluche de toute une population avide de glisse et de bronzage.

C'est dans une maison tout à côté du calvaire que j'ai rencontré mamé Léa. C'est une grand-mère qui a déjà laissé loin derrière elle ses 90 ans. Elle est toujours droite comme un piquet, grande, brune de peau, comme gardant sur elle les rayons du soleil captés depuis bientôt un siècle sur les coteaux du Ventoux. Quelques rides sont là seulement pour dire : « Vous voyez, chaque sillon me rappelle un souvenir, chaque repli m'apporte un rêve que je garde au fond du cœur, c'est ma coquetterie à moi ! » Elle porte fièrement une épaisse chevelure blanche qui fait penser à de la mousse vaporeuse. Léa, c'est la vie, la mémoire du pays.

Elle me dit : « *L'as counneigu tu, lou tèms di brassadèu* ? (Tu as connu toi le temps des brassadeaux ?) *Bélèu, parles pas lou patés* ? (Peut-être ne parles-tu pas patois ?) » Avant que je puisse répondre, elle ajoute : « Je vais te parler en français. C'est pas une langue qui chante, mais tous les *totis* (idiots) la parlent. »

Elle explique : « Chez nous en Provence, avec la semaine de Pâques, on s'active dans nos maisons pour la fabrication des "brassadeaux"... Aujourd'hui, *pécaïre* (peuchère !), c'est le boulanger qui nous les fabrique, mais de mon temps, c'était le chacun de nous qui faisait sa pâte. Dis-moi, tu as connu le grand-père maternel de Michel P. ? »

– Non, c'est trop vieux pour moi. En plus, il y a vingt ans, je ne connaissais même pas Michel.

– Bon, eh bien ! Casimir *lou reïré-grand* (arrière-grand-père) était le grand-père de Berthe Eysseri, dite Zézé, la maman de Michel. Ce Casimir était un véritable dur à cuire, mais dans le sens grand type charmant, costaud et bon vivant. Musicien, il faisait danser tout le canton au son de son accordéon. Il roulait ses larges épaules, et ces dames, par une contraction spéciale de son nom, l'appelaient « Chéri ». C'est lui qui avait fabriqué le grand four à pain dans la ferme de Bel-Air. *Boute, savié ié faire* ! (Eh bien, il savait faire !) Mais ce four, qui ne servait qu'une fois l'an pour les brassadeaux, il fallait le préparer, l'apprêter, le chauffer.

Voué ! Un four fonctionne pas comme ça, il faut le chauffer doucement, le mener à bonne température avant d'enfourner. Casimir passait trois jours à y brûler des fagots de chêne vert… Je me souviens, poursuit mamé Léa, la première fois qu'il avait mis en service ce four tout neuf, il y enfourna six gros pains. Vingt minutes plus tard, les six gros pains n'étaient plus que six masses informes brûlées et cramoisies. On aurait dit des *quèlis* (pots de chambre) remplis à ras bord et débordants. Le four était trop chaud, il a fallu le laisser ouvert une demi-journée pour lui faire perdre sa grosse chaleur. Sacré Casimir, il avait pris là son *bacèu* (gifle). Aussi, à présent… il connaît la bonne température du four rien qu'en y mettant le bout du nez.

Alors, poursuit Léa, la cuisson des brassadeaux était pour les parents et les amis l'occasion de se réunir, de boire le « ratafia » ensemble et de se raconter les histoires du pays. Aussi, chacun arrivait à la ferme avec des *banastes* (paniers) remplis de pâte qu'il avait pétrie chez lui. Car ne crois pas que le brassadeau soit chose facile à faire. C'est que poursuit Léa, *après avoir bien mélangé les œufs : pour 10 brassadeaux, il faut 12 œufs, avé le beurre il en faut en mettre bien 125 g, avé le sucre, là, pas plus de 150 g, avé la farine riche tu en mets bien 1 kg, 1 kg 300, avé le sel 50 g pas plus, avé le râpé de 2 ou 3 oranges bien mûres. Puis… tu mélanges, tu mélanges et tu te le mélanges encore. Tu te laisses reposer tout ça plus de deux heures… et du temps, tu viens à la ferme Bel-Air pour préparer la pâte à la cuisson.*

Chacun se mettait dans son coin. Qui chantait, qui parlait, qui sifflait tout en formant la pâte en rouleaux, puis en couronnes en les laissant ensuite reposer une heure.

Il y avait là, au milieu de la pièce, un énorme *rigatèu* (chaudron en fonte), large comme le « troufignon » d'Adèle, contenant plus de cent litres d'eau bouillante et là, plan-plan, nous y déposions nos couronnes qui s'enfonçaient dans l'eau jusqu'au fond du *rigatèu*, et les plus comiques d'entre nous racontaient des blagues salaces à faire rougir l'écorce du *gégérie* (melon d'eau). Comme c'étaient les mêmes chaque année, je m'en rappelle d'une, je te la dirai tout à l'heure. Mais pour le moment, surveille les couronnes de brassadeaux qui bouillent dans l'eau. Dès qu'une d'entre elles remonte à la surface, c'est qu'elle est cuite. *Fau ana d'aise e plan-planet per lis esgouta* (il faut y aller très doucement pour les égoutter), prendre la couronne du brassadeau, la mettre sur un torchon ; chacun *chaspait* (touchait amoureusement) les rondelles pour bien les disposer.

Les brassadeaux ainsi pochés allaient rester la fin de la journée et toute la nuit au repos, avant de les enfourner au matin et d'en surveiller la cuisson. Les garçons et les filles restaient eux aussi dans le fournil pour surveiller la pâte… tu parles, Charles ! nous étions là en surveillance soit, mais surtout pour chanter, rire et danser toute la nuit.

Et, toujours aussi intarissable, mamé Léa continuait son exposé :

Fête des brassadeaux, voueï ! mais aussi fête de la jeunesse. Vé, je crois que c'est là que Casimir a rencontré sa promise, la mamé Louise. Et té, c'est aussi après une de ces nuits-là que ce « couillon » de *Célou* (Marcel) a été obligé d'épouser sa *Tilde* (Mathilde).

Souriant en elle-même, elle dit nostalgique :

– *Que voulès, la pichoto a coucha eici, subre li saco de farino emé lou brave Marcèu, aqui, davans nautre, quasimen pas escoundu. Nous an ben fa rire ! Ero lou proumié cop per Matiéudo, fugue uno reüssido, ague un gandoun.* (Que voulez-vous, la petite a couché ici sur les sacs de farine avec le brave Marcel, devant nous, à peine cachés. Ils nous avaient fait bien rire ! C'était la première fois pour Mathilde, ça lui a bien réussi, elle a eu un gamin.)

C'est vrai, la Tilde s'est trouvée tout de suite enceinte. Elle devait pas savoir ce que c'était l'amour, car la pôvrette elle a pas l'éclairage à tous les étages... Elle se fixe des niveaux de performance très bas, et ne les atteint pas régulièrement. Si elle quitte Malaucène, elle va priver le village de sa *fadade*... C'est dommage, car pour un village avoir son *fada*, c'est une bénédiction du ciel. Je dis pas ça pour être méchante, oh ! que non, elle est bien brave la petite, mais c'est ça la Tilde : brave et simplette. Certains disent qu'elle a bien les deux hémisphères du cerveau mais qu'ils s'emmêlent. Car si elle en a deux ! eh bé, l'un est perdu et l'autre est parti à sa recherche...

Le matin, à tour de rôle, chacun disposait dans le four sa production de brassadeaux. Il y avait un concours amical pour voir lesquels seraient les plus dorés, les plus gonflés. Là encore qué rigolade pour celle qui avait les plus gros roudoudous ou le plus gros fessier ! Nous étions morts de rire, car nous comparions nos seins et nos culs à nos brassadeaux... À l'époque, sans la télé, il fallait bien s'amuser de rien... mais à mon avis c'était tout de même mieux que Sabatier.

Voilà la cuisson finie. Chacun et chacune, la malice aux coins des lèvres, nous repartions chez nous avec les brassadeaux enfilés sur les bras et avant-bras comme de gros bracelets. Voueï monsieur, c'est comme ça que je vous dis que nous les emportions à la maison. C'est pour ça aussi que ce type de pâtisserie s'appelle *bras sadau*. Qui n'a pas goûté le « vrai » brassadeau n'a rien mangé de bon. Car en plus, avec le brassadeau, c'est toute une tranche de vie que vous mâchez en le dégustant au petit déjeuner.

Tiens, pour l'histoire salace de tout à l'heure, précise Léa l'air malicieux, je vais te dire...

Puis la mamé s'arrête de parler ; elle regarde dans son jardin pour admirer un beau merle qui vient de se poser sur un fusain. Les yeux dans le vague, elle marmonne : « Tiens ! ça me fait penser à... » et elle s'en va vers lui. L'oiseau ne bouge pas, il semble attendre la Léa. Ils vont rester là quelques minutes à se regarder, sans bouger... Je les laisse seuls. Je pars, je ne saurai jamais l'histoire salace !

Je préfère, car je ne veux pas être en froid avec elle... je serais alors obligé de lui parler à mots couverts !

ORANGE

Un mariage mouvementé
Le maillas

ORANGE ! Qui ne connaît pas Orange ? C'est la ville dans laquelle il reste les plus beaux vestiges gallo-romains de toute la France et, à quelque chose près, même de tout le monde entier.

D'abord, arrivant du nord par la nationale 7, la première des choses que tout visiteur admire, c'est l'arc de triomphe. Il est d'une grande beauté avec ses bas-reliefs à peine émoussés par les griffes du temps. Il est le fleuron de l'avenue du même nom qui vous emmène vers le centre de la ville.

Le touriste qui arrive de Paris est encore tout embué par le crachin de la capitale, bé oui ! il faut le dire, le climat de Paris a oublié de s'habiller de soleil, et l'air qu'on y respire a oublié aussi de filtrer ses miasmes.

Aussi, que voit-il immédiatement ce « Nordique » débouchant sur la route devant le stade, oui ! que voit-il ? Eh bien ! Une immense bâtisse de pierres jaunes sculptées, et des statues grandeur nature. Alors que le soleil matinal a soudain percé l'unique nuage, son rayon jaune vif, telle une flèche, va se planter sur le sommet de l'arc de triomphe, le rendant alors encore plus triomphal !

Après avoir traversé le boulevard Édouard-Daladier – incontournable et contesté président du Conseil et « célèbre » député d'Orange, qui a fait partie de façon intrinsèque et bienfaisante de la vie politique de la ville –, vous voici dans le vieil Orange, avec sa place Georges-Clémenceau, et, tout à côté, son église Notre-Dame, du XIIIe siècle, flanquée de sa nef orientée vers Jérusalem.

À moins de 200 mètres de là se trouve le théâtre antique, le mieux conservé du monde romain. Sa façade principale, haute de 50 m, reste un prodige d'architecture. Louis XV disait : « C'est la plus belle muraille du royaume ! » Vous trouverez aussi dans ce théâtre – il faut presque deux heures pour bien le visiter – toute une série de galeries voûtées, les ruines d'une maison d'époque et les restes encore très suggestifs d'un vaste bain public.

Entention té ! Si vous vous promenez dans ces couloirs, faites gaffe de ne pas rencontrer le centurion Marc-André ! Depuis des siècles, ce valeureux soldat romain hante le théâtre à la recherche de son amie, la jolie Agrippine Lamet, splendide courtisane de la cour de César. Oh ! il ne vous fera pas de mal, mais vous risquez qu'il vous donne des boutons, car il tient toujours à la main un bouquet de chardons et d'orties. Je ne sais pas pourquoi il est sempiternellement affublé de cette gerbe, mais c'est ainsi ! Il marche d'un pas tranquille, calme et serein. Tellement calme que souvent il vous surprend ; vous avez alors une peur bleue, qui parfois fait évanouir le promeneur. C'est une histoire authentique que délivre, sans trop qu'on le secoue, Baptiste, le gardien du théâtre. C'est vrai, il en est tellement convaincu qu'il en devient *magaou* (siphonné), té peuchère ! Moi je me le crois ce brave homme. Pourquoi ça serait pas vrai ?

Il faut avoir vu, au crépuscule, depuis la colline Saint-Eutrope, les versants du Ventoux se colorer de rose. Vous y découvrirez toutes les couleurs du spectre mettre en relief les vallons du « Géant de Provence » dont le pinceau de lumières fait admirer les rides coquettes, comme celles, distinguées, d'un vigneron buriné de soleil. Découvrez aussi la coiffe blanche de pierres polies de cette montagne majestueuse, elle ressemble à s'y méprendre à une capeline à peine voilée, que notre belle Vauclusienne exhibe avec une rare élégance.

Aujourd'hui, nous allons vous emmener au mas des Aigras pour y parler du vieux temps. Actuellement, ce joli mas provençal, construit de pierres jaunes comme le miel, qui surgit au milieu des vignes et de la lavande, est un restaurant renommé. Mais voilà, il y a une centaine d'années, c'était vraiment le mas typique. Ses anciens propriétaires y marièrent leurs deux filles et leur fils.

J'y ai rencontré le vieux Désiré. Il avait été journalier au mas. Ce n'était pas son but premier.

Il était venu au mas à la fin de ses études ; pensez donc, il avait le certificat d'études. Il voulait se consacrer au métier de dentiste mais, après un travail estival pour gagner quelques sous... il resta à la ferme par plaisir, me dit-il.

– C'est le Toine qui m'a raconté l'histoire du premier mariage au mas, annonce Désiré tout ragaillardi.

– Qui était le Toine ?

– Le plus jeune fils des Dutois, alors propriétaires du mas des Aigras.

Les Dutois étaient d'importants maraîchers et fruitiers. Paul, le grand-père, immigra à Lille pour fonder une dynastie de grossistes en fruits et légumes. Stéphane, le petit-fils, est d'ailleurs appelé le « roi de la pomme ». Mieux, même, souvent il est nommé Maurice Chevalier ! Pourquoi ? Mais parce que Maurice a chanté : « ma pomme, c'est moiaaa ! » Alors ça y est, vous avez compris ? À l'époque, ici dans le Midi, leurs terres se trouvaient sur les limons de l'Aigue (rivière locale de la région d'Orange). Le sous-sol étant constamment frais, ils faisaient des récoltes énormes.

Désiré me confia que, en plus du secrétariat, il s'occupait du potager familial grand de 500 m^2, réservé à la famille et aux amis.

– Moi, j'avais le privilège de pouvoir manger ou vendre les légumes que je récoltais dans le jardin. Rien à voir avec les autres productions de la ferme, qui se tenaient sur une dizaine d'hectares. Donc, je cultivais toutes sortes de plantes maraîchères. Mais, en douce, pour les rendre plus belles, j'y ajoutais du fumier de vache et de cheval que je mélangeais à ma façon avec un autre produit tenu secret… J'arrivais à récolter des courges de 80 kg, des radis de plus de 100 g, des haricots longs de 30 cm et larges comme une lame de couteau de chasse. Des phénomènes. Une fois même, je suis allé vendre à Orange, au marché de Pourtoule (quartier à côté du parc Gasparin), une douzaine de melons cantaloup pesant chacun plus de 8 kg. J'ai été l'attraction du marché. Tout le monde voulait en acheter, j'ai dû les vendre à la criée, aux enchères, et j'en ai tiré dix fois plus cher que la normale. Mieux ! Après, tout le monde voulait me payer l'apéritif pour me faire dire comment je m'y étais pris. Même *Le Petit Provençal* m'a offert cent sous pour que je lui dise… C'est de là que j'ai compris qu'il ne faut jamais rien dire, jamais parler ou dévoiler ses exploits… surtout à un journaliste.

– Mais le plus drôle au mas, précise Désiré c'étaient les jours de mariage ; j'ai assisté aux deux derniers. L'ultime, c'était celui de *Miette* (Marie) qui avait pris *Zidore* (Isidore), un marchand de vins de Camaret. Ces deux-là s'entendaient comme deux fifres dans une même bouche. Toujours à se tirailler le meilleur… Bref, là n'est pas mon propos. C'est seulement la cuisinière qui en a fait de belles ce jour-là.

Cette cuisinière, elle se nommait *Norine* (Honorine), c'était la femme du père Bargavel. Elle faisait la cuisine de tous les mariages d'Orange. Oh ! ce qu'elle était forte la bougresse, et compétente avec ça. J'allais tout le temps lécher les plats dans sa cuisine... et rien que de ça, j'en avais les babines aromatisées toute la semaine. Elle m'avait à la bonne et me laissait faire... mais couillon, elle avait son caractère et ce n'est pas tout le monde qui pouvait entrer dans son office. Donc, ce jour-là de mariage, il y avait la tante du Zidore, une grande bringue qui se donnait l'accent « pointu » pour faire bien, qui croyait tout savoir et qui, avec ses grands airs, disait qu'elle était la meilleure de toutes. Elle voulait toujours tout faire, se mêlait de tout, bousculait tout le monde. En somme un trublion exécrable. Elle s'appelait Zitoune.

Le matin des noces, cette bécasse entre dans la cuisine de Norine qui était en train de pétrir son « maillas » (Norine avait trois spécialités : son hors-d'œuvre de fricassée, son gratin de cardons à la moelle et son gâteau, le « maillas »). Pourtant le maillas, ce n'est pas grand-chose à faire, c'est : *1 kg de farine de maïs de premier blutage, environ 50 g de peau d'orange râpée, un gros verre de lait tiède, et tu commences à bien mélanger tout ça. Puis tu y ajoutes 12 œufs, que tu bats bien avec un 1/2 verre d'eau. Ensuite tu amalgames avec force la préparation farine et orange aux œufs battus. Pour finir, tu mélanges encore 300 g de sucre avec 125 g de beurre. Mais voilà, il fallait savoir composer toutes les parties. Norine donc mélangeait avec douceur la farine de maïs, mais une farine spéciale, qu'elle faisait elle-même, elle la malaxait d'une façon précise avec le sucre qu'elle versait par doses.*

La pimbêche de Zitoune, qui la regarde faire, lui dit :

– Tiens tu fais ton maillas, vaï, ça a beau être la spécialité d'Orange, nous, à Camaret, on en fait un encore meilleur, mais on y ajoute du citron. Laisse-moi faire…

– Écoute duchesse, lui répond Norine, occupe-toi de tes fesses, tu es là endimanchée comme si c'était toi la mariée, tu va pas me faire *caguer* (aller aux WC) ! Si tu veux te rendre utile, té, va au jardin me chercher deux poireaux, je dois les couper et les mettre dans le maillas.

– Quoi ! dit Zitoune stupéfaite, tu mets des poireaux ? j'aimerais bien voir ça…

– Facile, va m'en chercher deux lui répond Norine qui semblait avoir une idée derrière la tête...

Zitoune, intriguée, file au potager avec ses petits souliers tout fins, deux bottines élégantes tendues de dentelles. Elle ne sait pas que la terre est tendre et que, sous la première petite croûte sèche de surface, arrive la terre humide, puis la boue. Zitoune avance en s'enfonçant un peu, mais pas trop, elle est légère et elle file vite, sans problème. Les soucis vont arriver dès qu'elle voudra tirer les poireaux… car vois-tu, poursuit Désiré, les poireaux sont gros comme une jambe d'adolescent et la tête blanche grosse comme deux gros poings réunis. Il faut tirer fort. Zitoune ne veut pas passer pour une mauviette, elle s'arc-boute, tire avec ses jambes qui font levier ; le poireau résiste, puis vient doucement. Mais dans le même temps, les souliers de fête s'enfoncent dans le sol meuble, et au plus elle tire, au plus elle piétine, au plus elle s'enfonce. Zitoune tente un dernier effort désespéré et réussit enfin à tirer le poireau monstrueux ; l'élan lui fait perdre l'équilibre, et comme elle a déjà de la boue à hauteur de cheville, la Zitoune tombe de tout son long sur la terre boueuse ; elle roule même un peu sur le côté, montrant son « popotin » crotté ! Elle est maculée de terre plus encore que le poireau qu'elle tient dans la main et qui ressemble à un gigot de mouton… Les deux jambes en l'air, elle montre ses jupons affriolants qui sont encore propres. Voulant redresser sa coiffe qui lui tombe sur les yeux, en la saisissant de ses mains crottées elle l'alourdit de terre, et sa capeline qui a glissé lui bouche la vue. Zitoune ne veut pas crier, mais nous sentons tous qu'elle est près de la crise de larmes. Elle essaye de se soulever, mais en appuyant ses mains pour se redresser celles-ci s'enfoncent dans la glaise. Bref, nous regardons ce corps informe, épaissi par la bourbe. Il ressemble à une boule de pétanque boursouflée de terre après avoir roulé dans de la boue grasse et épaisse. Zitoune a des morceaux de terre agglutinés en paquets sur tout le corps. Pire, la pôvrette n'arrive pas à se relever, et plus elle fait des efforts, plus elle s'enfonce. Elle finit par jeter un cri hystérique, fulgurant, désespéré. Personne n'en fait cas, tout le monde, plié en « deux doubles », rit à s'en décrocher les mâchoires.

Alors, dit Désiré, c'est moi qui prends pitié de la Zitoune et qui vais la tirer de sa gangue fangeuse. Elle est méconnaissable. Ses joues cramoisies sont en feu ; sous la terre fraîche et humide qui les macule, elles fument comme la locomotive du train Paris-Marseille. Sa tête, par sa transpiration et par la fraîcheur de la terre humide, est entourée d'un halo vaporeux. Elle veut parler mais elle s'étouffe de rage. Je la conduis à la ferme pour qu'elle se change. Elle passe, lamentable, devant ses amis et amies qui se font une joie de lui dispenser des quolibets pleins de morgue.

Norine lui dit : « Tu l'as bien cherché, tu es un *rompe-figue* (casse-pieds) qui nous fait bouillir la tête ! Peut-être comprendras-tu qu'à l'avenir tu dois être plus accommodante envers tes amis… »

Zitoune lui lance un regard méprisant de ses grands yeux hagards que s'ils avaient été des revolvers, la moitié des invités seraient tombés raides morts.

La Zitoune est rentrée chez elle à Camaret. Nous ne l'avons plus revue, plus jamais revue à la ferme. Alors que Norine est sortie grandie de son exploit, elle n'avait pourtant rien fait ! juste dit !

Désiré, lors de l'incident, avait eu ce mot pour excuser Norine :

– Allez vaï, allons boire un coup et examinons la situation. Il nous faudra tellement de temps pour la comprendre… que plus personne ne se souviendra de cet incident, ayez confiance, tout s'estompe, tout s'oublie.

Sacré Désiré ! Il savait parler…

CARPENTRAS

La féerie des fraises
Le tian d'épinards

CARPENTRAS étire sa beauté sur fond de ciel bleu tout le long de son boulevard circulaire.

Elle nous invite à entrer à l'intérieur d'elle-même soit par la porte de Mazan, soit par la sculpturale porte d'Orange qui a su garder son charme d'antan avec ses créneaux, son mâchicoulis et ses pierres façonnées par le vent. Elle est si belle qu'elle a fait l'admiration de Mérimée (un collègue… !)

Par la rue de l'Évêché, vous arrivez au centre, face à la cathédrale Saint-Siffrein (1618) avec sa magnifique porte juive du plus pur style gothique méridional. Pas très loin de là, admirez, au moins le temps du passage, le palais épiscopal (1650).

Si vous empruntez la rue Inguimbert puis la place M. Charretier, vous découvrirez l'une des plus anciennes synagogues de France (1360). À côté, moins ancien puisqu'il date du XVIIe, se trouve la vieille Charité, collège dans lequel enseigna Jean-Henri Favre, père des fourmis et des abeilles, venu en voisin de Sérignan-du-Comtat, son village d'études entomologiques.

De là, vous êtes au cœur de la vieille ville, et il ne vous reste plus qu'à vagabonder dans les petites ruelles pour y découvrir les trésors des vieilles façades et des anciennes portes cochères. Magie d'un passé chargé d'histoire.

La gastronomie est présente chez le chocolatier-pâtissier Gazoti, rue de la République. Ah ! oui, ça c'est de l'art en gâteau, goûtez et appréciez. Pour déguster le meilleur fromage, allez chez Vigier, place de l'Hôtel-de-Ville. Vous y trouverez des spécialités locales à faire saliver les papilles les plus exigeantes. Pour couronner le tout et pour apprécier avec saveur ces fromages, prenez votre pain fabriqué à l'ancienne chez Gimenez, route de Mazan, à la sortie de Carpentras, juste après le grand rond-point ; vous serez attiré par l'odeur du fournil et du bon pain qui cuit ! et ensuite par la gentillesse du couple.

Le berlingot et la fraise sont les deux friandises qui firent et font encore la renommée de Carpentras. J'aurais bien cinq ou six histoires à vous raconter sur les berlingots, mais comme je n'en ai qu'une sur les fraises, je vais vous la narrer.

Ça se passe bien sûr à Carpentras, dans une petite ferme sur la route de Pernes, au lieudit « La Bélugue » (l'étincelle).

La ferme est petite, il n'y a que deux chambres et une vaste cuisine-salle à manger sur un seul niveau. La porte d'entrée, au chambranle en pierres taillées, est imposante. Deux bacs à fleurs donnent seules une touche luxueuse à cette maison.

Eh oui, la famille Madalin est pauvre, pas miséreuse mais pas aisée non plus. Dans cette maison vivent le père, la mère et les quatre filles.

Les parents sont des gens simples, travailleurs, qui n'arrêtent leur labeur que la nuit venue.

Des quatre filles, Olga est l'aînée, puis viennent Renée, Monique et enfin Jeannette, la dernière. C'est Olga qui fait le plus de travaux domestiques, car Renée est malingre, Monique boite et Jeannette étant la petite dernière, le *caganis*, tout lui est permis, même d'être chipie…

Olga doit faire le ménage, aller aux courses, s'occuper de ses sœurs, prendre soin d'une quinzaine de lapins, des douze poules et, bien sûr, elle doit aussi ramasser les fraises la saison venue.

Les Madalin ne vivent qu'avec les ressources des fraises ; il faut donc qu'en trois mois ils puissent réunir assez d'argent pour vivre le reste de l'année. Heureusement, Siffrein Madalin cultive un grand morceau de jardin, assurant ainsi tous les légumes pour la famille, mieux même il en vend un peu. Il vend aussi (lorsqu'il en prive les siens !) des œufs, parfois des poulets et des lapins qu'il nourrit avec les 1 200 m^2 d'orge, de maïs et de blé qu'il fait pousser en limite des fraisiers. Puis surtout, une bonne partie de l'année, Siffrein se loue comme journalier dans les fermes voisines.

Olga vient tout juste de quitter l'école, avec le certificat d'études obtenu la veille. Elle est revenue de Carpentras heureuse, ravie, rayonnante de joie d'avoir ce diplôme en poche. Olga est brillante, elle aurait pu aller au lycée, mais voilà, comme il faut des bras à la ferme, elle se sacrifie.

Olga pense, avec un pincement joyeux au cœur, qu'elle a réussi son C.E. Elle pense aussi à l'homme qu'elle a croisé sur la route et qui lui a semblé très bizarre... Elle revenait de l'école quand sur son chemin, assis sur une borne, un homme barbu, un peu hirsute, peu engageant mais propre d'habits, lui demanda si elle n'avait pas un sou, car il avait faim...

Olga – bien que sa maman lui ait dit de ne jamais parler à des inconnus et encore moins à ceux rencontrés sur les routes ou sur les chemins – s'arrêta, regarda l'homme dans les yeux et vit dans ses prunelles bleues beaucoup de gentillesse et beaucoup de fatigue. Elle lui dit : « Voulez-vous que je vous accompagne chez vous ? »

– Je n'ai pas de chez moi, répondit-il, mais je veux bien que tu m'accompagnes jusque devant le cimetière, je couche là-bas, sous des cartons.

– Oui bien sûr, ce n'est pas ma route, mais je veux bien vous aider. Puis tenez, je n'ai pas mangé le goûter que m'avait préparé maman, j'étais trop énervée par mon examen. Tenez aussi, j'ai deux sous, je les conservais depuis deux mois pour m'acheter... puis ça ne vaut pas la peine de dire le pourquoi... tenez, pour vous. Olga lui tend les deux sous.

– Pourquoi fais-tu ça ? Tu ne me connais pas, dit le pauvre hère.

– Et alors ! au « caté » on m'a appris qu'il fallait être bon envers les malheureux.

– Parce que toi, tu n'es pas malheureuse ?

– Holà ! que si. Elle se reprend et dit : Oh ! non ! pas trop. À la maison nous ne mangeons jamais de viande, c'est trop cher, mais nous ne manquons de rien. Je vais même parfois m'amuser avec mes camarades, pas trop, car je n'ai pas le temps. Toutefois, je joue avec mes sœurs de temps en temps. Nous ne vivons que de la fraise…

– Où habites-tu ?

– À trois cents mètres d'ici, le chemin sur la gauche, au lieu-dit « La Bélugue ». La ferme des Madalin.

– Oui, je vois. Merci de faire tout ça pour moi, mais partageons tes deux sous, garde-t'en un.

– Non, je vous les donne, vous en avez encore plus besoin que moi…

À cet instant passe Clément et son tombereau, qui leur crie (sûrement pour dégager Olga de cet inconnu) :

– Voulez-vous que je vous emmène, où allez-vous ?

Olga regarde le tombereau : de l'intérieur de l'habitacle, se dégage une puanteur abominable, les ridelles sont maculées de purin et de fumier restés lors d'un dernier chargement. Clément semble s'en accommoder ! Comment fait-il pour supporter cette odeur ? pense Olga. Elle répond :

– Non merci, nous allons juste là, au coin.

– Aou ! Tant pis, c'était avec plaisir. Bijou et moi on aurait été contents de vous porter. Clément donne un petit coup de rêne sur le dos de Bijou et le cheval se met à trottiner, enveloppant l'atmosphère d'un parfum d'écurie.

La jeune fille laisse le vagabond devant une cabane en carton recouverte de toiles cirées, illusoires couvertures censées le protéger en cas de pluie.

Olga est rentrée à la ferme avec un peu de retard, mais doublement heureuse, et de son succès scolaire et de sa bonne action. Toute la soirée, elle s'est sentie bien, reposée, calme, joyeuse, riant d'un rien.

Au dîner ce soir-là, sa maman fit une petite fête pour honorer le diplôme de sa fille. Elle prépara la spécialité de Carpentras, un tian d'épinards. Bien sûr, elle n'avait pas mis de la crème, elle n'en avait pas car bien trop chère à acheter, mais elle avait forcé sur les œufs, et le tian, ma foi, était fort bon. Il avait donné un petit air de fête au repas du soir.

Pour 4 personnes, le tian à l'ancienne se prépare ainsi : d'abord bien laver les épinards, les équeuter avec soin, puis les blanchir à grande eau salée bouillante très rapidement, juste les tremper.

Rafraîchir à grande eau, égoutter, presser fort, mais délicatement, pour en extraire toute l'eau et même éponger sérieusement. Verser dans le tian 500 g d'épinards, étendre dessus 100 g de beurre et 75 g de fromage râpé, assaisonner. Bien remuer en y incorporant 50 g de crème fraîche et une étoile d'anis ou une cuillère à soupe de pastis. Ces deux derniers ingrédients sont facultatifs… mais ils sont tellement bons me disait grand-mère Léonie !

Le papa Siffrein n'avait pas sa tête à lui. Il avait des soucis avec les fraisiers qui semblaient avoir pris une maladie, aggravée par le fait que la sécheresse, persistante depuis deux mois, desséchait les plantes… La récolte était passée, mais il fallait préparer la prochaine.

– Allez zou, au lit, marmaille, dit-il, demain, il va falloir que nous arrosions les fraisiers, sinon ils vont mourir.

Jeannette se demande comment elle va faire pour échapper à cette corvée… car c'en est une, et très fatigante : il faut transporter les seaux et les arrosoirs sur au moins 50 mètres et les vider dans la rangée. Et comme souvent malgré nos efforts l'eau n'arrive pas au bout du champ, long d'au moins deux cents mètres, il faut encore et encore porter et vider les récipients durant deux jours dans la tranchée creusée par le père… Jeannette se met donc à tousser. À tousser fort, peut-être sa maman pensera qu'elle est enrhumée…

Renée, sa sœur, lui dit sans ménagements :

– Écoute fillette, pas la peine de faire ta malade, tout le monde sait que tu fais ta *fadade*, que tu as juste la flemme.

Jeannette tousse bien encore une ou deux fois puis s'arrête...

Il fait à peine jour, juste la clarté nécessaire pour y voir correctement, que déjà les quatre filles, le père et la mère sont dans le champ de fraises.

Le père reste devant le puits (profond de 10 m au moins) pour tirer le seau d'eau à la corde. Il faut faire vite pour alimenter, sans les faire attendre, les récipients des « arroseuses ». Les quatre filles et la mère portent chacune deux gros seaux pleins d'eau, un dans chaque main, ce qui équilibre la charge. Jeannette, plus menue, porte deux récipients plus petits, et ne fait qu'un tour sur deux.

Trois heures plus tard, le groupe est épuisé. Le soleil commence à lancer sa lumière incandescente. La sueur sort par tous les pores de la peau.

Le père ordonne une pause. Les fillettes ne restent pas assises, elles se couchent ivres de fatigue. Elles s'allongent, s'abandonnant et relâchant tous leurs muscles sous l'ombre roborative d'un mûrier. Une demi-heure plus tard le travail reprend, encore plus harassant.

Durant la grosse chaleur, de onze heures trente à quinze heures, les travailleurs sont au repos, ils font la sieste, du moins les filles, car les parents vaquent à des travaux ménagers ou d'entretien.

À quinze heures, l'arrosage reprend jusqu'au soir vingt heures... Tout ce long labeur pour n'avoir arrosé que la moitié du champ !

Le lendemain, le père, levé très tôt pour aller vérifier les fraisiers et inspecter le travail de la veille, revient la mine triste. Il dit d'une voix morne :

– Pas la peine d'aller arroser. Ce n'était pas la sécheresse qui faisait jaunir les feuilles, mais la maladie. Nos fraisiers sont foutus, c'est pire que l'oïdium, cette maladie est incurable.

Le silence se fait, profond, désespéré, total. Le père, comme foudroyé, s'assied lourdement sur une chaise. La mère et les enfants, les jambes coupées, en font autant.

À midi, personne ne mangera, l'estomac est trop noué pour pouvoir avaler quelque chose. La tristesse est immense.

Olga, traumatisée par cette nouvelle, va se promener au milieu des fraisiers. Elle les caresse, leur parle, gratte la terre autour du pied comme pour leur donner de l'air, elle soulève doucement les tiges jaunes et flétries ; hélas, les feuilles malades lui restent dans la main… Alors, Olga s'allonge le long de la rangée et s'effondre en larmes.

Elle entend bientôt, comme dans un rêve, une voix douce et mélodieuse qui lui dit :

– Sèche tes larmes et souris. Ne pleure plus Olga, tout va s'arranger…

Surprise, la fillette tourne son regard vers la voix. Stupéfaite, elle reconnaît le pauvre hère d'hier à qui elle a prêté assistance. Il est là, souriant, rasé, peigné. Une immense douceur émane de son être. Sa voix semble sortir d'un bénitier tant elle est calme et angélique.

– Hier, dit-il, tu m'as aidé, tu as été la seule personne, depuis longtemps, à avoir eu de la compassion pour moi. La plupart des gens qui me croisaient détournaient la tête, se défilaient, me fuyaient. Toi, tu as eu la gentillesse de me donner à manger et surtout tout ton argent. Après une seconde de silence, il précise, le sourire aux lèvres : Je vais te le rendre au centuple.

– Comment ferez-vous ? dit Olga dans un sourire entrecoupé de sanglots, vous êtes pauvre, encore plus que nous.

– C'est facile pour moi, je suis un ange envoyé du Ciel, et je suis là sur Terre pour aider les personnes serviables, bonnes et amicales, qui aiment rendre service sans rien attendre en retour.

Olga est toujours allongée dans sa tranchée. L'ange l'aide à se relever. Puis il lui dit :

– Regarde tes fraisiers, ils vont redevenir verts, puissants et robustes.

L'homme fit un geste, une lueur fulgurante et éblouissante se répandit sur le champ dans une odeur de soufre… puis la lumière s'estompa doucement et une douce odeur de fraises bien mûres monta du sol.

Olga ouvrit les yeux : le champ était vert et rouge. Chaque plan redevenu d'un vert tendre était recouvert de fruits énormes, rouges à souhait. Les yeux grands ouverts, la fillette ébahie ne put que dire :

– Oh ! mon Dieu…

– Voilà, lui dit l'ange, chaque année et pour toujours à cette même époque vous aurez une seconde récolte, vos fraises seront d'une nouvelle variété dite « remontante ». Elles ne craindront plus ni la sécheresse ni la maladie. C'est ma récompense personnelle, ma petite Olga pour ta grandeur d'âme et pour ton immense bonté. Reste telle que tu es, transmets ton amour du prochain à tes sœurs et à tes enfants toute ta vie, tu en seras récompensée.

Ce soir-là, depuis la ferme des Madalin, des chants, des prières, puis des rires couvrirent toute la contrée, faisant partager à tous le bonheur de cette famille.

Je n'en suis pas sûr, mais je crois qu'aujourd'hui les « garriguettes Madelin » sont les fraises les plus recherchées sur le marché de Carpentras. Elles portent le label « Olga ». Cherchez-les et régalez-vous… Elles sont bénies, alors ! c'est tout dire.

CAVAILLON

L'histoire du « mêlon »
Les petits oiseaux

CAVAILLON évoque un paysage maraîcher vert et bien cultivé, odorant et paisible. Cavaillon est la capitale du melon, elle offre au monde au moins 30 variétés. Personne n'oserait lui contester cette suprématie.

Dans un repas, le melon se sert de toutes les façons : en entrée comme en dessert, nature ou bien servi avec du muscat de Beaumes-de-Venise ou du frontignan. Le melon se sert aussi en soupe et en salade, ou en accompagnement de rôtis. Cent personnes au moins vous ont déjà décrit des recettes et mille autres vous ont dit : Le melon c'est bon…

Je n'ajouterai rien à tout cela, sinon que Cavaillon est la première cité française de vente de primeurs et l'une des principales en Europe. Cette production régionale est commercialisée dans l'enceinte d'un marché d'intérêt national qui traite environ 900 000 tonnes de produits.

– Tiens, voilà Pétougues, nous dit monsieur Maurice, le maire, lui, il va vous parler du melon. Il se dit en être l'historien.

Pétougues, petit homme insignifiant, s'approche. Dès qu'il parle, sa voix le rend magistral, merveilleux, unique : elle est à la fois tendre, douce et puissante. Il nous regarde malicieusement derrière ses lorgnons.

– Parle-nous des premiers melons, lui ordonne le maire.

Alors là, mes amis, je vais vous conter une histoire étonnante, une vraie galéjade comme seul Pétougues sait en raconter. Écoutons :

– Boudiou… il va vous falloir subir un peu d'histoire de Romains ! dit-il.

Il ferme les yeux, prend sa respiration et poursuit :

– Lorsque César fit assiéger Marseille, en 49 avant Jésus-Christ, les Albicins (peuplade voisine, de l'Albicie, dont la capitale était l'oppidum de Péréal à côté d'Apt) furent les seuls à secourir les Marseillais. Les Romains étaient tout autour de Marseille assiégée. Seul accès possible à la ville : la mer. Mais ce passage était problématique et dangereux, César veillait !

L'histoire poursuit Pétougues, commence pendant la saison d'été, par plus de 32° ; les Marseillais avaient soif et faim… Ils se battaient pourtant avec fougue contre les légions romaines. Fatigués des combats, épuisés surtout par la malnutrition, le ventre leur tiraillait et leurs bouches se desséchaient. Nos ancêtres étaient pitoyables dans leur corps mais non dans leur esprit puisqu'ils n'attendaient ni secours, ni vivres, rien quoi ! qui puisse arriver de l'arrière.

Crillonus (un des chefs albiciens) eut alors l'idée de faire porter aux troupes provençales de drôles de fruits tout ronds, rayés, et verts.

Crillonus cultivait depuis quelque temps ces gros fruits bizarres, uniquement dans le but de les donner à ses cochons. Pourtant, il avait découvert que même verte, sans être acide cette chose peu goûteuse était à la fois de la nourriture et de l'eau.

Ces grosses pommes vertes, qu'il avait lui-même baptisées « raies vertes », étaient inconnues : il avait eu les graines d'un chevalier ami, revenu d'Orient. Jamais encore aucun humain n'avait osé goûter ce fruit. Seul Crillonus l'avait fait, ce n'était pas bon, mais pas mauvais en fait… Voilà, pensa-t-il, ce qu'il faut à nos combattants assiégés, et il en fit livrer sept gros bateaux ; quatre seulement passèrent.

Les hommes, surpris par l'aspect de cette livraison, n'osèrent pas ouvrir ces drôles de boulets. Certains, plus curieux, plus assoiffés ou plus affamés, croquèrent dans la peau dure et épaisse, mais ils recrachèrent vite leur bouchée.

– Si vous voulez pas vous les manger, dit Crillonus, vous pouvez toujours les envoyer sur la tête des Romains, ça vous fera des munitions… et il laissa là les « raies vertes », un peu vexées de leur insuccès.

Il les avait livrées telles quelles, arrachées même souvent avec la motte et la racine pour aller plus vite. C'est ce qui fit leur succès, puisque les « raies vertes » ne séchèrent pas.

Ces fruits verts restèrent au soleil dans le camp des Marseillais et des Albicins sans se faner. Quelques jours plus tard, un parfum subtil s'échappa du tas. Supion l'Albicin (un autre chef), qui se rendait compte que ses soldats dégageaient une puanteur extrême (c'est vrai quoi ! comment te laver lorsque tu es assiégé ?) commanda :

– Allez, mêlons ces « raies vertes » à nous tous, elles nous parfumeront ! Allez, mêlons-les à nous… Allez, mêlons… mêlons encore...

Alors, du coup ce fruit ingrat mais parfumé prit du galon et, tout naturellement, les hommes l'appelèrent « mêlon ».

Il est vrai que ces « mêlons » sentaient bon. Pensez donc, ils avaient mûri.

Auparavant, personne n'avait songé à attendre que la teinte jaune paille, annonce d'un mûrissement, avive leur peau épaisse ; les « raies vertes » étaient données aux cochons dès qu'elles atteignaient la grosseur d'un petit boulet. Mais là, au soleil, les gros fruits verts avaient mûri, et doublé de volume. Ils étaient gros comme une bonne tête de Marseillais.

Dans tous les régiments, il y a toujours un trublion qui veut se faire remarquer ; dans celui des Marseillais assiégés, il y en avait un ! Celui-ci était curieux et imaginatif, mais l'histoire, hélas, ne nous donne pas son nom. Or cet homme courageux fut l'inventeur du « melon ».

Il eut l'idée, saugrenue à l'époque, de regarder ce qu'il y avait dans ce fruit mal aimé.

Pour qu'il sente aussi fameusement bon, c'est qu'il devait conserver en son intérieur une chose spéciale. Eh bien, tout naturellement, il eut l'idée de voir. Mais pour cela il fallait l'ouvrir… Il en jeta deux ou trois à terre pour les faire éclater. Tout de suite, il respira un parfum délicat s'échappant du magma écrasé. Il vit cette pulpe odorante et juteuse. Comme il avait faim, il la goûta et cria au miracle… car le « mêlon », en plus d'apaiser la faim, apaisait aussi la soif avec sa fondante chair jaune-orangé.

– Venez ! cria-t-il à la ronde, venez goûter aux « mêlons », ils vont nous sauver la vie. Ne les mêlons plus, mangeons-les ! Le « mêlon », ce fruit cavaillonnais tout d'abord délaissé, devint le plat et la boisson uniques des Albicins… qui résistèrent… résistèrent… jusqu'à ce que César gagne et s'empare de Massalia.

Au fil des ans, Massalia devint Marseille, et le « mêlon » devint melon.

– Oué, poursuit Pétougues, c'est comme ça que le « mêlon » est devenu légendaire dans notre région. Ce récit-là est véridique, je vous le jure sur la tête de Supion l'Albicin !…

Quant à moi, l'auteur, je vous raconte l'histoire comme je l'ai entendu dire par Pétougues. Tiens, pour référence, à cet entretien étaient présents monsieur le maire de Cavaillon, ou son adjoint, ou même J. Daniel ! Je ne sais plus, peut-être même les trois à la fois ! Peu importe, moi je n'ai rien inventé, je n'y suis pour rien !…

Cavaillon s'épanouit et s'alanguit a deux pas de la Durance, au pied du Luberon.

C'est une ville coquette, bien groupée au centre du cours Sadi-Carnot et de l'avenue de Verdun qui l'encadrent. Notre-Dame de Saint-Véran (patron des bergers) veille sur les Cavaillonnais depuis des lustres ; cette ancienne cathédrale date du XIIIe siècle. À visiter aussi la chapelle Saint-Jacques (du XIIe) qui se dresse dans un petit jardin adorable que dominent cyprès, pins et amandiers. Ce coin embaume des senteurs de la Provence.

Mais avant de vous faire profiter de ce paysage enchanteur, nous allons vous parler d'une pratique de chasse qui n'a plus lieu aujourd'hui et, je le dis bien haut, heureusement.

Beaucoup d'entre vous ne connaissent pas cette ancienne façon de chasser aujourd'hui prohibée, vous allez comprendre pourquoi.

Suivons quatre braves garçons, Mimile, Bébert, Kiki et Papillon, ces quatre drôles qui étaient dans la ville les figures emblématiques de la joie de vivre. Ils étaient, comme il se dit là-bas, des « vedettes ».

Cavaillon est protégée du puissant mistral par le Ventoux et par le Luberon. Le coin ne peut donc pas apporter à nos quatre farfelus ce qu'ils désirent car, pour cette chasse, il faut un jour de grand vent. Nos amis ont quatre centres de prédilection suivant l'orientation des rafales : de l'autre côté du Rhône, ils vont soit à Noves, soit à la pointe du delta (coin très venté), soit à Sarrians, soit à Courthézon.

Ils connaissent bien la région et depuis la place Castil-Blaze, là où ils demeurent à Cavaillon, ils savent d'instinct que le vent va se mettre à souffler. Dès qu'ils mettent le nez dehors pour humer l'air et flairer la direction du vent, ils repèrent « de suite » vers où ils devront aller. C'est toujours Mimile qui parle le premier :

– Té vise un peu, c'est le mistral plein nord. C'est à Courthézon qu'il va nous souffler le plus fort, c'est là qu'il faut aller. Nous partirons dès la nuit tombée, je vais préparer le matériel. Qui vient avec moi ?

Ils y vont tous, bien sûr. Que feraient-ils d'autre ? ils ne travaillent pas régulièrement, mais seulement au gré de leur plaisir ou de leur fantaisie. Leurs grosses activités sont la chasse et la pétanque. Ce sont de fabuleux pétanqueurs, des champions de la triplette. Seul Bébert ne joue pas, mais c'est lui qui « manage » l'équipe, qui s'occupe de l'intendance et qui éloigne les curieux. C'est avec le jeu provençal qu'ils gagnent leur pitance et, ma foi, pas si mal que ça. Ils écument tous les concours et les défis personnels à 100 km à la ronde autour de Cavaillon. Mais là n'est pas notre propos, c'était seulement pour vous présenter cette équipe de « bras cassés ».

Donc, le soir venu, vers les vingt heures – avec le fourgon aménagé en camping-car pour leurs déplacements, ils disposent d'un frigo, de la télé, du chauffage et tout et tout –, nos quatre lascars prennent la route de Courthézon.

Par habitude, ils vont au stade de football, route de Châteauneuf-du-Pape. Là, ils savent qu'ils vont être tranquilles, le coin est désert, il n'y a personne aux alentours. De plus, en bordure du stade, plein nord, se trouve une belle haie de cyprès qui tel un mur d'enceinte stoppe le mistral, et c'est à cet endroit calme que les oiseaux vont se mettre à l'abri.

Avant de faire quoi que ce soit, nos quatre amis débouchent une bouteille de gigondas, déballent le saucisson et le pâté de grives truffé (ces grives-là, c'est vers Soubeyran, à côté de Gordes, que nos lascars vont les chasser, mais c'est une autre histoire !). Puis sans se presser, heureux de vivre, ils prennent leur en-cas avant la séance de chasse.

Le mistral hurle, s'énerve, bouscule la caravane, insulte et flagelle tous les êtres humains qui se trouvent sur son passage. Les hautes herbes se courbent, près de la rupture, les branches des arbres tourbillonnent comme des feuilles de papier. Les petits oiseaux graciles et apeurés vont se réfugier, cherchant un abri précaire, dans la ramure des arbres compacts, tel les cyprès. Ils se « branchent » pour passer la nuit protégés un peu du mistral qui, dans ses plus fortes bourrasques, parvient tout de même à les déloger.

Mimile dit à ses amis : « Bon, il faut y aller. » Les quatre copains se munissent alors de deux perches en bambou, longues et flexibles, hautes d'au moins cinq mètres.

Sur le côté de ces longues perches, nos « chasseurs » fixent un filet aux mailles serrées, long de quatre mètres au moins. L'engin est lourd et peu maniable.

– Allez les gars, précise Mimile, ça va être dur de le tenir aujourd'hui, ça souffle fort, faites gaffe. Commencez par le bout. On vous suit.

L'équipe part donc s'installer, face au mistral, mais derrière et au bout de la haie de cyprès.

Le vent puissant empêche de soulever les perches. Pour hisser le filet, le tendre et le tenir bien raide, il faut une force de lutteur, car le mistral, malgré l'abri des cyprès, pousse fort et gonfle le filet, qui agissant comme une voile de bateau pousse et propulse les deux hommes. L'effort est presque surhumain. Le mistral pousse et gonfle le filet, il faut se cramponner pour ne pas être bousculé ; les deux hommes pourraient être arrachés du sol et même s'envoler comme sur un deltaplane.

Quant aux perches, l'effort à fournir est prodigieux tant le vent puissant empêche de les tenir fermement et de les bien dresser. Pour résister à la charge du mistral, il faut donc les muscles bien gonflés de Mimile et de Kiki qui, arc-boutés, poussent avec vigueur ces perches qui plient sous la bourrasque.

À chaque rafale puissante, des oiseaux s'envolent. Décramponnés de leur perchoir par le vent violent, ces petits oiseaux vont s'accrocher dans les mailles du filet. À chaque charge du mistral, c'est quatre ou cinq de ces bestioles fragiles et délicates qui vont s'emmêler dans la nasse, tels rouges-gorges, fauvettes, mésanges… Les décrocher par vent violent n'est pas chose facile.

Donc, comme il ne sort que quatre ou cinq « petits » à chaque fois, Bébert et Papillon, postés devant la haie avec de longs bâtons, frappent avec violence la ramure compacte des cyprès. Il s'ensuit que trois fois plus d'oiseaux s'envolent vers le filet et qu'une demi-douzaine d'autres, assommés par les verges de bambou, tombent aux pieds des frappeurs.

Au bout de dix minutes, les pseudo-chasseurs changent de place, le coin étant épuisé. Ils descendent vers le début de la haie, cinq à six mètres plus bas après avoir décroché les oiseaux prisonniers. Les deux autres compagnons, lampes de poche en main, cherchent ceux qui sont tombés assommés à leurs pieds.

– Aujourd'hui ça donne, dira Mimile. C'est notre meilleur coin.

Ils recommencent la même opération trois fois de suite. Il est presque minuit et ils ne sont pas encore au milieu de la longue haie de cyprès. La chasse ne sera terminée que vers les deux heures du matin.

Tout à coup, les trois amis entendent un juron bien appuyé. C'est Kiki qui vient de tomber dans le ruisseau.

– Foutu c… que je suis ! Je connais l'endroit, et je me fous dans le ruisseau, m… de m… ! Je suis trempé et j'ai rien pour me changer. Je suis glacé.

Ce n'est pas qu'il fasse froid mais, même si la température est de 12°, avec le mistral c'est un 0° qui semble frapper le corps, tant ce sacré vent vous gèle quand il s'engouffre par toutes les ouvertures des vêtements.

Kiki, en grelottant, va jusqu'à la caravane quitter ses habits et se réchauffer.

Les autres continuent leur chasse.

L'équipe a bientôt ramassé plus de cent cinquante « petits ». À trois francs pièce, la soirée a été bonne...

Bébert, Mimile et Papillon, eux-mêmes glacés par la froidure, s'engouffrent dans la caravane. Kiki a fait du vin chaud. Ils s'en régalent et retrouvent des couleurs.

– Putaing ! lance Bébert, c'est pas de chasser qui m'épuise, au contraire c'est marrant, mais c'est de penser qu'à présent on va être obligés de plumer ces bêtes... Putaing que c'est emmerdant ! Elles sont tellement petites que tu ne peux même pas les tenir dans la main.

– Arrête de râler, lui dit Papillon, comme tu aimes pas plumer, c'est nous trois qui faisons la moitié de ton travail... tu t'en plumes un alors que nous, on en fait au moins trois.

– Ooou ! c'est pas de faire qui me fatigue, c'est d'y penser ! Ça « m'escagasse » d'avance. Puis, ces petites bêtes, c'est trop triste.

– Arrête de nous prendre pour des c..., tu te les manges bien ces petites bêtes, tu as toujours dit que c'était ton plat préféré.

– Voué bien sûr, n'empêche que de voir morts ces petits oiseaux, c'est bien triste.

– Tu nous fatigues, dit Mimile d'un ton sec, je sais pas si c'est ton cerveau qui s'est gelé ou si tu as frappé ta tête contre une racine en tombant dans le ruisseau, mais tu débloques.

– *Vaï*, renchérit Kiki, arrête de penser, que tu vas prendre une congestion cérébrale. T'as pas l'habitude, et rien qu'à l'idée qu'une pensée peut traverser ton cerveau encore plus petit que celui de ces oiseaux, ça me fait peur pour ta santé morale.

– Merci les amis, putaing ! que vous êtes c... Mon cerveau vous dit m... à tous.

Comme le disait Bébert, à présent il faut plumer ces oiseaux. C'est long et méticuleux. C'est triste aussi de plumer un rouge-gorge, une mésange, un pinson ou un loriot.

Que les âmes sensibles ne s'offusquent pas : ce n'est pas cette chasse – aujourd'hui d'ailleurs heureusement prohibée – qui a fait quoi que ce soit pour diminuer la faune de ces oiseaux. C'est la disparition des haies, qui les protégeaient des prédateurs, et l'abus des insecticides et pesticides, qui tuent tous les oiseaux, cent fois plus que ce type de braconnage. En outre, peu de gens le pratiquaient, c'était trop « sportif » et fatigant.

Mais Dieu que c'était bon pourtant de manger ces bestioles ! Pourtant, comme l'a dit quelqu'un : « C'est une honte de manger de tels oiseaux ! » Oui, mais que c'est bon la honte !

Après avoir plumé ces oiseaux tant bien que mal, mais sans les vider, en les laissant tels quels, nos quatre amis, soit les vendaient, soit les mangeaient. Mais comment les préparaient-ils ces oiseaux ? Eh bien ! sur des tranches de bon pain.

En coupant des tranches épaisses, la croûte croustillante et sa bonne odeur de pain frais au levain mettaient déjà en appétit. Ensuite, ils beurraient ces tranches, remplissant totalement les trous de la mie bien levée.

Délicatement, ils allongeaient une fine tranche de lard gras sur le beurre qu'ils salaient très peu.

Ils passaient ces tranches quelques minutes au four, juste pour les dorer.

Les tranches à peine refroidies, ils étendaient dessus soit un, soit deux petits oiseaux dont ils recouvraient le corps nu d'une couverture de lard, comme pour les protéger du froid… Avec délicatesse, ils déposaient sur la plaque du four chaud le pain et les oiseaux, à peine dix minutes de cuisson, et ils retiraient alors les tranches, dorées comme le soleil du soir.

Avant de les manger, ils prenaient les petits oiseaux et frottaient leurs culs, comme pour les râper, sur le pain, étendant de ce fait les intestins sur la tranche grillée.

Les yeux pétillants, les lèvres déjà humides de plaisir, ils croquaient dans la tranche sans prendre garde au jus parfumé qui pointait aux commissures des lèvres. Les petits oiseaux, qui exhalaient un bouquet de rêve, étaient dégustés tout entiers avec le bec, les pattes et les intestins. Ah ! quel plaisir ! Ça c'était de la gastronomie… pour le moins une immense béatitude gustative.

Ces quatre couillons ne chassaient rien d'autre que ces petits oiseaux. Lorsque ce fut interdit, sans regret et sans faire de manières, ils se sont mis à chasser la grive. Rien que la grive. Ils confectionnèrent leur « poste » de tir en pratiquant, dans les parois et sur le toit de leur caravane, des ouvertures s'ouvrant et se fermant de façon rapide et hermétique. Ils eurent donc ainsi un poste de chasse itinérant et confortable.

À la machette, à la pioche et avec une pelle, ils tracèrent des *drailles* (des chemins), ce qui leur permit, avec la caravane, de s'installer sous les pins ou sous les chênes. Là, ils déposaient sur le toit du véhicule les *gabis* (cages grillagées) contenant les appelants vivants préalablement capturés : Pour cela, on enduit de glu les branches d'un arbre sur leur lieu de passage, et on attend que les grives se posent. Une fois *envisqués* (englués), il ne reste plus qu'à mettre en *gabis*, délicatement, ces oiseaux qui deviendront des « appelants ». (Mais j'en parlerai mieux dans un autre conte…)

Dès l'ouverture de la chasse, les cages des appelants étaient déposées sous un arbre, sur le toit du camping-car. Nos quatre lurons, dans un bien-être absolu, profitant au mieux du confort de la « roulotte » et aussi du plaisir de la chasse, attendaient le passage des grives qui, charmées par le chant paisible de leurs congénères enfermées dans les gabis, se posaient confiantes sur l'arbre à côté d'elles, à la merci du plomb du chasseur.

Oh ! le chasseur au poste, en plein air, aux quatre vents, dans sa maison de branches sans confort et dans le froid souvent rude, a beaucoup d'excuses pour « mériter » les grives, mais là, dans le confort douillet de la caravane… c'était un scandale.

Non, ils ne sont jamais allés ni aux lièvres ni aux sangliers… C'était trop pénible. Une telle chasse, ça vous use son homme ! En revanche, ils aimaient cette venaison. Pour en déguster, ils allaient dans le restaurant qui, selon eux, cuisinait le mieux le gibier du coin : le restaurant du mont Ventoux à Flassan. L'établissement ne paie pas de mine, mais en saison de chasse vous trouvez aussi bien des perdreaux que des faisans rôtis et croustillants, ainsi que les meilleurs et les plus copieux civets de lièvre ou de sanglier de la région. Pour arroser le tout, il vous est servi du vin de la cave coopérative de Villes-sur-Auzon, régal de douceur et d'arômes. Mais pour ensoleiller votre palais, buvez le summum, « Les Rois fainéants » de Vandran.

Ils ont bon goût nos quatre amis. Que tout cela les conserve encore longtemps dans la joie.

Comme le disait Voltaire : « J'ai décidé d'être heureux parce que c'est bon pour la santé… »

Chacun de nos quatre « drôles » a un tel poil dans la main qu'il bannit tout travail et tout effort, même dans les loisirs.

C'est Papillon qui dit : « Exécuter un travail ou un sport qui vous tue, ça fait deux victimes !... »

CAROMB

La « lady Godiva » des figues
La figue en garniture et en confiture

CAROMB, ce nom sonne clair et rond comme les rimes d'un poème de Paul Verlaine :

J'arrive tout couvert encore de rosée
Que le vent du matin vient glacer à mon front
Souffrez que ma fatigue, à vos pieds reposés
Rêve des chers instants qui la délasseront

... Surtout si, apaisé, vous faites halte à Caromb !

Oui, je vous offre Caromb, son château, ses portes du XIIe siècle, et ses ruelles étroites qui gardent la fraîcheur de la nuit tout au long des journées caniculaires de l'été. Je vous offre, pour la Saint-Maurice, sa spécialité : le tian de fayots. Ce jour-là, il faut voir toutes les cuisinières du village se précipiter chez le boulanger pour y faire cuire le tian. C'est à celui qui sentira le meilleur, qui exhalera le plus les senteurs vauclusiennes.

Je ne vais pourtant pas vous parler de ce plat renommé... C'est seulement que Cathy, jeune femme adorable, souriante et gracieuse, a évoqué ce souvenir devant moi. Le cœur sur la main, elle était toute disposée à me confectionner sur-le-champ ce plat renommé… Non, non, dis-je confus, je préfère que tu me parles des figues qui sont (qui étaient !) la spécialité de Caromb… Alors là, elle est intarissable !

Sur dix histoires je vais en sélectionner une, peut-être pas la meilleure, mais c'est celle que je préfère.

À la fin de l'été, mais encore par grande chaleur, trois variétés de figues sur les douzaines qui existent voient le jour à Caromb. Tous les jardins, tous les clos ou la moindre parcelle de terre autour de la maison sont lieux de prédilection du figuier. Bien entendu, à l'époque de la figue reine, il y a une cinquantaine d'années, beaucoup de champs aux alentours de Caromb étaient couverts de figuiers. Leurs feuilles épaisses et dentelées, d'un vert sombre, tranchaient étrangement sur le ciel bleu azur. Sous la bise, elles virevoltaient à peine, juste l'instant nécessaire pour découvrir, légèrement brillante, leur face veloutée et râpeuse comme la langue d'un chat.

C'était surtout aux femmes et aux jeunes filles qu'incombait le travail du ramassage. Sans doute parce qu'il fallait des doigts fins pour cueillir délicatement ce fruit tendre et sucré.

Les filles se faisaient belles, elles s'habillaient avec soin et arboraient leurs plus jolis atours sans risque de se salir, puisque la cueillette se faisait le plus souvent pieds sur sol. Rares étaient les arbres larges, puissants et très hauts comme nous les apercevons aujourd'hui. Bien sûr, il existait de tels figuiers, mais c'était en général des arbres privés qui poussaient dans un jardin et qui n'étaient point taillés pour la cueillette.

Dans les terres de grands vents, l'arbre était plus petit et large. Tout autour, comme pour les aviver, les robes de nos filles – qui légères, qui colorées, qui flamboyantes ou virevoltantes – faisaient autant de fleurs éparpillées tournoyant dans le soleil.

La plupart des jeunes filles de Caromb (je n'ai pas parlé des jeunes filles « carombaises », cela pourrait prêter à confusion…), même celles de bonnes familles, participaient à la cueillette avec joie et malice. Elles mettaient pour l'occasion le plus beau de leurs chapeaux, la plus légère de leurs robes… Comme Caromb avait (et a toujours) les plus belles femmes du canton, c'était un flot, une vague de magnificence, d'éclat et de splendeur qui se répandait sous les figuiers. C'était vraiment la fête de la figue que nos femmes mettaient en valeur.

Toutes étaient belles, mais certaines étaient aussi des chipies, des mégères ou des harpies. En fait, pourquoi s'étonner ? Ce sont des femmes ! (Je ne vais pas me faire des amies...)

Il y avait Loulette (Louisette) qui ne pouvait pas être dans un groupe sans y semer la zizanie. En revanche, Fine (Joséphine) n'était pas une garce, seulement un garçon manqué. Un *troun de l'èr* comme il se dit ici (vive, remuante). C'est elle l'héroïne de l'histoire.

Fine, avec son panier orné d'un joli ruban rose, courait d'un arbre à l'autre, « piquant » avant ses copines les fruits les plus gros, les plus juteux. Elle en ramassait moins que ses amies, mais comme elle cueillait les plus grosses figues, elle avait toujours le meilleur poids… à la rage de ses compagnes.

Il ne fallait pas trop remplir le panier pour ne pas écraser les fruits du fond, cueillis en premier. Aussi Fine courait toujours avant les autres vider son panier dans la caissette du patron qui, chaque fois, lui disait :

– T'es bien la meilleure ma Fine…, ce qui exaspérait les autres travailleuses.

Un matin (la cueillette durait souvent une à deux semaines), après une nuit de pluie, tout le groupe se retrouve à pied d'œuvre au bord du champ du quartier de Baumes, terrain incertain, meuble et dur à la fois, et ce par plaques à peine visibles (un peu comme les sables mouvants).

Nos jeunes filles sont là, prêtes à pénétrer dans le champ. Scipion, le propriétaire, leur dit :

– Faites gaffe les filles, il peut y avoir de la *trencho* (boue), regardez où vous posez les pieds.

Le groupe, s'arrête, incrédule, scrutant le terrain. Fine, déjà en avant, se retourne et demande à Loulette – fille de paysan, elle doit connaître l'état du sol :

– Par là, je peux y aller ?

– Oh ! bien sûr, c'est le meilleur terrain, lui répond-elle en riant sous cape.

Fine, sans regarder le sol mais seulement un arbre à cinquante mètres de là, sur lequel elle avait repéré de grosses figues, avance vite, très vite. Au début la terre est stable. Molle, mais ferme. Puis tout à coup, vraiment inopinément, le terrain devient bourbier. Boue liquide, profonde et grasse. Fine, dans son élan à grandes enjambées, met le pied dans la fange et s'y enfonce jusqu'à mi-mollet. Pour se stabiliser, elle s'appuie sur l'autre pied qui lui aussi s'enfonce profondément.

Elle crie, gesticule, perd l'équilibre et tombe face contre terre (enfin, contre boue) dans un « floc ! » retentissant. La terre liquide éclabousse tout autour d'elle.

Debout, Fine n'est plus qu'une statue de glaise inachevée, mais vivante. Elle pleure et, sur ses joues qui furent roses, deux sillons clairs zigzaguent chargés de larmes. Fine est grotesque ; même son beau panier au ruban rose est rempli de boue ; elle le lâche avec rage.

Sa robe alourdie l'empêche de marcher. Elle doit l'enlever ; comme personne ne vient l'aider, Scipion se dévoue, non sans plaisir !

Pas facile d'enlever la robe devenue un carcan terreux. En la soulevant, le jupon vient avec... et Fine se retrouve en culotte, disons, en pantalon noué aux genoux par un ruban rose ! Avec son corset bien serré à la taille, elle donne aux spectateurs l'image d'une splendide silhouette sexy, sortie tout droit d'une pièce de Feydeau.

Fine est rouge de colère. Humiliée, salie, trahie, elle rage et peste contre ses compagnes. Puis, sans se démonter, elle sort du champ. La boue lui fait une sorte de bottes à mi-mollets. Il faut, à moitié nue, qu'elle retourne chez elle pour se changer.

Sur la route, elle marche bien droite, sanglotante mais digne.

Bien entendu, elle fit sensation ; tout Caromb regarda passer la Fine dans ses plus intimes sous-vêtements. Elle n'eut droit à aucun quolibet… mais à des sifflets d'admiration. En fait, Fine fut heureuse de sa déconvenue, elle fut admirée (d'ailleurs en confidence, je vous avoue qu'à la suite de cet incident, elle trouva un prétendant !)...

Le lendemain, tout aussi « pétaradante », elle était présente à la première cueillette comme si de rien n'était, encore plus décontractée, plus crâneuse que la veille.

Le soleil déjà haut brillait de mille éclairs incandescents dans un ciel bleu, encore plus bleu que tout le bleu du monde. Il y avait de quoi être rieur, joyeux, câlin. Toute la bande de nos demoiselles chantait.

À huit heures, elles étaient arrivées à la terre des figues blanches, et, pour montrer qu'elle n'était pas rancunière… Fine dit aux autres cueilleuses :

– Allez, avancez, il n'y a pas de boue ; je rentre après vous… Tout le monde riait.

Mais Fine recommença son manège de voler ici, puis là, les figues les plus grosses… Pas une de ses compagnes, ce matin-là, ne lui en fit le reproche, mais chacune contenait sa rancœur.

Tout à coup, Fine avise un gros figuier au milieu du terrain, dans un endroit non encore cueilli, croissant juste au-dessus d'un puits. L'arbre offrait de beaux fruits, énormes, joufflus et avenants. Elle se dirige vers le fruitier, dansant par avance de plaisir… elle ramasse les figues les plus avenantes, va deux fois vider son panier, puis revient une troisième fois, monte sur la margelle du puits et cueille encore les plus grosses. Ses camarades lui disent enfin :

– Tu exagères Fine, arrête de ne prendre que les plus grosses et de nous laisser les petites. Tu es pénible !

Notre Fine n'en fait qu'à sa tête : « Et alors, je travaille ! » crie-t-elle.

À deux mètres de haut, sur une des dernières branches, elle voit des figues géantes, gorgées de suc et de soleil. Elle ne peut les atteindre. Pour cela, Il faudrait monter dans l'arbre.

En principe, les fruits inaccessibles, mal disposés ou les plus hauts sont réservés aux hommes ou au patron s'il est là… mais Fine, par bravade, justement parce que ses amies de cueillette lui ont dit de ne plus choisir seulement les grosses, veut monter dans ce figuier.

Elle tente l'aventure, essaie de grimper dans les branches. Elle fait des efforts désespérés car ce n'est pas facile de grimper à l'arbre avec le panier.

Ses camarades l'ont vue. Elles lui crient :

– Fais pas ça Fine, le figuier est un arbre fragile, ses branches sont cassantes, tu risques de te tomber.

Fine fait semblant de ne pas entendre. Elle se hisse enfin sur l'arbre jusqu'à la fameuse branche qui porte les plus beaux fruits. La branche est grosse et les figues sont là, à portée de main.

Elle monte dans la ramure, puis se glisse à califourchon jusqu'aux figues qui sont là, à bout de bras.

Elle avance à peine d'un mètre et voilà que la branche craque dans un bruit sec et net ! Fine bascule dans le vide. La terre n'est pas loin, un mètre cinquante pas plus, elle ne risque rien… mais c'était penser sans le puits… elle était juste au-dessus !

Fine voit l'énorme trou noir venir à elle, elle crie et veut s'accrocher à la chaîne du seau… Mais elle la manque et bascule dans le vide humide et sombre du puits. Son cri se perd dans les profondeurs.

Durant la chute, elle s'écorche les épaules et les genoux contre les parois faites de roches et de pierres. Heureusement, sa tête est épargnée, mais elle plonge dans l'eau froide. Elle touche l'eau par le dos et ressent une fulgurante douleur, comme une gifle magistrale que lui enverrait un lutteur de foire. Elle ne crie plus. Elle est là, flottant dans ce trou, avec, au-dessus de sa tête, une toute petite vision d'un coin de ciel bleu… mais il est loin, si loin, qu'elle ne le voit pas plus gros qu'un melon.

Vous voudriez, amis lecteurs, que je laisse Fine au fond du puits ? qu'elle ne soit jamais retrouvée… Bien fait pour elle ! Non, je ne suis pas si méchant, et puis je vous dois la vérité, toute la vraie vérité sur cette histoire !

Donc, ses amies entendent son cri et voient la Fine tomber dans le puits. Même si elle les agace beaucoup, elles ont toutes un mouvement de solidarité pour porter secours à la « garce » de Fine.

Elles arrivent. Elles se penchent. Elles regardent au fond du puits, profond, très profond, et ne voient que des éclaboussures qui brillent dans un pâle reflet. Elles entendent les appels au secours de la malheureuse. Elles-mêmes lui crient :

– T'inquiète pas Fine, nous allons te sortir de là.

Scipion, le patron, est venu aux nouvelles. Il constate avec regret la perte de temps que lui occasionne la Fine… mais lui aussi pense qu'il faut vite la sortir de là. Il dit aux cueilleuses :

– Bon, allez, vous autres, retournez à la cueillette, je garde juste la Mélie avec moi, c'est la plus costaude de vous toutes, elle m'aidera à retirer cette couillonne de Fine. Allez ouste, au boulot.

Scipion accroche le seau qui sert à puiser l'eau à la chaîne du puits, et qui fera office de nacelle pense-t-il, le fait descendre et hurle à Fine, qui entend mal :

– Accroche-toi au seau, je vais te tirer de là.

Fine s'agrippe. Scipion tire, tire, tire mais sans succès. Il remonte à peine Fine d'un mètre.

Avec la chaîne, et Fine accrochée au seau, le poids est énorme ; la profondeur du puits est telle que le pauvre Scipion ne peut pas hisser son ouvrière, même avec l'aide de Mélie, et c'est dans un grand plouf ! que Fine retourne dans l'eau en hurlant sa rage.

– Écoute Mélie, nous n'y arriverons pas, va chercher l'âne du père Tondu, c'est le plus près de nous, tu connais, c'est la ferme, là, à cinq minutes.

– Oui, je connais le Tondu, j'y cours.

– Ah ! puis demande-lui une grosse corde d'au moins douze mètres de long.

À peine un quart d'heure plus tard, le Tondu, Mélie et l'âne étaient là. Fine, dans son eau froide, commençait à trouver le temps long. Heureusement elle s'était accrochée au seau et à la chaîne que, tendue, Scipion tenait fermement, sinon la pauvrette n'aurait pas pu résister.

– Oh ! Fine, tu entends ?

– Je fais que ça ! et j'en ai marre !

– Bon, alors on va t'envoyer une corde, tu te l'attaches autour de la taille, sous les épaules. On va te tirer de là avec Nénette, l'âne du Tondu.

– Dépêchez-vous ! se plaint Fine.

Il n'a pas fallu plus d'une minute pour que Nénette hisse Fine du fond du puits. Assise sur la margelle, dégoulinante de l'eau du puits, les cheveux collés sur son visage, ses vêtements moulent son corps qui frissonne. Fine est toute déconfite, humiliée et glacée. Elle doit se dévêtir presque en totalité pour ne pas attraper froid. Le Tondu lui met sur les épaules la couverture qui protégeait le dos de l'âne.

– Je crois que tu as fini ton travail pour aujourd'hui, lui dit Scipion.

– Oué, ajoute le Tondu, allez va, monte sur l'âne, je te ramène chez toi.

– Ah ! non, se défend Fine, pas sur l'âne ! et pas dans cette tenue.

– Bé ma belle ! tu n'as pas le choix. Tu vas pas y aller à pied, c'est à une heure d'ici et t'as plus qu'une chaussure !

À contrecœur, Fine monte sur l'âne… baisse la tête et se laisse conduire.

Fine traverse tout Caromb sur Nénette qu'elle monte en amazone. Elle est à moitié nue. Elle défile, digne, se moquant des remarques que lui lancent les passants, tel que : « Tiens, encore elle ? », ou « La belle y prend goût » ou bien « Tiens, on dirait la Lady Godivo des figues… ! »

Ce surnom équivoque lui restera !

Le godiveau est une saucisse lyonnaise… rien à voir avec Fine ! Le brave spectateur doit avoir confondu « Godivo » avec Lady Godiva qui, au temps jadis, fut l'épouse du duc de Coventry. Le duc pressurait trop les gens de ses domaines et son épouse le suppliait de réduire les impôts. Las de l'entendre gémir, le duc lui dit un jour, excédé : « Très chère, si vous allez toute nue sur un cheval jusqu'à la place du village, c'est promis, je baisse les impôts. » Comme il savait sa femme très prude, il ne risquait rien, pensait-il…

Eh bien ! Lady Godiva releva le défi et s'en alla toute nue sur son cheval jusqu'à la place du village. Les gens de Coventry, par respect et pour sauvegarder la dignité de la dame nue qui se dévouait pour eux, s'enfermèrent dans leurs maisons et fermèrent les volets... aucun ne la vit. Les habitants reconnaissants préservèrent ainsi l'honneur de leur lady.

L'histoire ne dit pas si le duc baissa les impôts de 1 ou de 50 % !...

Mais l'histoire nous apprendra que la recette d'une bonne confiture de figues est née ici à Caromb, tout comme l'idée de mettre des figues en garniture dans un rôti de veau ou de porc.

Garniture : *Pour agrémenter un rôti, prendre des figues bien mûres. Les ouvrir en deux, les poser dans une poêle, dans du beurre cuit sans virer au noir. Bien les frire des deux côtés. Assaisonner.*

Les disposer autour du rôti. Vider dessus le jus de cuisson des figues.

Confiture (pour 2 kg) : *peler 1 kg de grosses figues blanches bien mûres, mais fermes. Les ouvrir en deux, afin de les rendre bien luisantes et encore plus parfumées, les faire revenir en les retournant assez vivement dans une poêle avec 50 g de beurre. Déglacer en jetant dans la poêle un petit verre d'eau-de-vie de marc. Laisser le récipient tiédir.*

Préparer un sirop composé de 400 g de sucre et d'un demi-verre d'eau. Faire fondre ce sirop en ayant soin de bien l'écumer. Lorsque le sirop fait la « goutte », le retirer du feu et jeter dans la bassine la poêlée de figues tièdes.

Remuer doucement pour ne pas émietter les figues. Cuire 4 à 5 minutes.

Laisser refroidir, mettre en pots.

N. B. : Vous pouvez aussi faire de la marmela de figues. En ce cas, au lieu de couper les figues en deux, vous les émincez. Ne pas les poêler. Préparer le sirop de la même manière que ci-dessus. Vider dedans les figues émincées. Cuire en remuant, jusqu'à ce que la marmelade soit à la « nappe » (épaisse) à votre convenance.

Et voilà comment Fine de Caromb, qui dans un autre registre imita la prude lady anglaise, devint, pour tout un village, la Lady Godiva des figues... et fit fortune avec ses conserves, portant en étiquette, une cavalière nue sur un cheval blanc !

VAISON-LA-ROMAINE

Le fricot de mamé Léonie

VAISON-LA-ROMAINE fut la capitale celto-ligure *Vasio Vocontiorum*. Elle reçut après la romanisation le statut privilégié de cité fédérée. Devenue Vaison-la-Romaine, elle présente aujourd'hui le plus grand champ archéologique de France.

Promenez-vous dans les 7 500 m^2 de ruines exceptionnelles de la maison de l'Apollon Lauré et de la maison du Buste en argent qui, à l'époque, se trouvaient dans un quartier commerçant et artisanal. Dans les thermes publics, vous aurez l'impression de vous trouver à l'époque de Jésus.

Dans la ville, vous trouverez également, non plus des vestiges romains, mais le VIe siècle. avec la chapelle Saint-Quentin, connue pour ses sculptures et pour sa curieuse abside triangulaire. Allez admirer aussi la cathédrale Notre-Dame-de-Nazareth du XIe siècle, puis plongez dans le XIIIe siècle avec le château fort des comtes de

Toulouse. Il faut se promener dans Vaison, y flâner, pour regarder et sentir la Provence s'exhaler de ses vieilles ruelles en *calades* (rues pavées) aux noms d'un passé encore présent : rues des Fours, des Fromagers, de l'Évêché, du Vieux-Marché, d'Aubanel, de Mistral, ou encore chemin du Bon-Ange...

Vaison – la moderne voisine du mont Ventoux et des Dentelles de Montmirail – est la capitale du pays Voconce dans lequel plus de douze villages, bâtis en pierres jaunes qui s'illuminent au soleil, vous feront découvrir leurs châteaux, leurs murailles, leurs campaniles dans un paysage de garrigues et de vignobles aux crus renommés.

Une des spécialités de Vaison, ce sont ses soupes confectionnées avec les mille légumes et aromates qui poussent à sa porte...

Bien calés sur une chaise sous les platanes ou sous un cyprès, goûtez la soupe à l'ail, ou celle au pistou, vos papilles enivrées en garderont le souvenir pendant des mois !

Vaison, lors de ses journées gourmandes de l'été, vous réserve des moments de rêve avec son festival de soupes.

Si vous voulez en savoir plus sur la gastronomie locale, allez vous promener vers les cafés de la place Montfort, vers la rue de la République, questionnez les anciens qui seront ravis de vous parler du bon vieux temps.

D'ailleurs tenez, l'un d'eux me fit le récit suivant.

Tout le monde se souvient de Léonie Brès. Il y a quoi, à peine soixante-dix ans... C'était une cuisinière fameuse et gentille. Alfred, son époux, était chaque jour en état de grâce ; pour lui, les heures des repas étaient sacrées et, à plus de cent mètres de sa maison, il sentait le fricot qu'avait préparé sa Léonie. Oué ! en particulier le mardi, jour de la *fressure* (fricassée d'abats). La brave femme y excellait. Je ne pourrais pas vous en donner la recette, elle l'a gardée secrète toute sa vie ; il paraît même qu'à sa mort, elle l'aurait donnée à saint Pierre. D'ailleurs, Léonie aurait dû vivre jusqu'à 95 ans, c'était écrit, mais Pierre, ce saint homme, gourmand comme le chat du château, l'aurait rappelée deux ans plus tôt pour lui demander sa recette... « Couillon », c'était facile pour lui ! Mais ça, je ne peux pas le jurer, tandis que pour le reste, oui, je peux tout affirmer, j'étais là, et j'ai été un des rares Vaisonnais et Bedoinnais à être invité à manger à la table des Brès. Pardi ! c'était un honneur ! Je peux vous le jurer sur le nez de Black, mon *rabasseur* (chien truffier)...

– Oh ! là là, dit son voisin de chaise, si le Toine jure sur son Black, c'est que c'est la vérité vraie !

– Oh ! Baptiste, tu me le laisses parler le Toine qu'il en finisse avec son histoire de tripes ?

– Qué tripes ? dit le Toine vexé, j'ai parlé d'abats, pas de tripes, *a autan de sèn coume un ase de safran au cuoù,* ajoute-t-il dans un énorme éclat de rire (il a autant de bon sens qu'un âne a de safran au cul).

Le silence revint et le Toine reprit son récit.

– Un mardi donc, jour de fête, qui devait être le mardi de Pâques (!) Alfred et Léonie nous avaient invités, moi et Isabelle, ma femme.

Tu aurais vu, on avait les habits du dimanche, je me suis allé au coiffeur et mon Isabelle s'était mis les bigoudis la veille, on était beaux comme des *tambourinaïres* le jour de la fête votive ! Surtout ma moitié, qui avait retiré sa blouse noire pour mettre son beau tablier jaune et vert qu'elle avait acheté spécialement le jeudi d'avant au marché. J'attelle la jument à la jardinière, je lui mets un grand nœud rouge dans la crinière et nous grimpons à la haute ville, vers le beffroi, aussi vite que notre pôvre Rosalie pouvait aller, car nous ne voulions pas être en retard (les Brès Chaumard, originaires de Bedoin et de Lafarge, habitaient provisoirement la vieille ville, juste à côté du peintre Zanella aujourd'hui).

Après un petit instant de répit, le Toine reprend :

– Alfred nous attendait sous le tilleul, il avait débouché une bouteille de rosé de muscat (c'était un fameux vin que faisaient les vieux avec le raisin muscat de Bedoin ; ce vin parfumé a aujourd'hui disparu). Putaing qu'il était bon ce vin. Le goût de muscat embaumait la bouche encore mieux que si on avait mangé une grappe bien mûre. Ce goût était d'autant plus puissant, peuchère, que de la cuisine il nous arrivait une odeur de fricot à faire pâlir un saint...

– Eh oui !... c'est pour ça que saint Pierre y a voulu goûter ! non ?

– Ferme-la Baptiste, *què rompè pès* (quel casse-pieds) ! Vas-y, continue mon Toine.

– ... Où j'en suis ? demande le Toine pour se faire « espérer » et se mettre en valeur !

– Bé couillon, tu en étais à quand tu bois ton vin muscaté et que tu sens le fricot de Léonie...

– Ah oui ! dit-il (et là il reste la voix suspendue, en attente, la bouche ouverte comme l'oiseau pour sa becquée...). Au bout de quelques secondes, qui pour l'assistance semblaient des heures, il reprit :

– Nous avions presque fini la bouteille de vin lorsque, enfin, Léonie nous crie de derrière la porte : « Allez les amis, vous pouvez venir vous mettre à table. »

D'un bond, d'un seul bond, notre réaction fut rapide, précise et ordonnée. Nous voilà dans la salle à manger.

– Elle était belle cette pièce ? demande encore Baptiste, curieux comme le renard.

– On s'en fout ! tu nous gonfles, écoute donc le Toine.

– Pour tout vous dire, je n'en sais rien si elle était belle ou pas. Je n'avais d'yeux que pour la table recouverte d'une nappe brodée, blanche et bien ajourée, avec, devant nos assiettes, trois verres chacun.

– Pourquoi, ils avaient peur que tu t'en casses un ? interrompt de nouveau Baptiste.

Pour cette suspension et cette demande incongrue, pas de réaction, car tous attendaient la réponse, oui ! pourquoi trois verres ?

– Là, les amis, vous me la coupez... j'y ai jamais pensé. Voué ! j'ai bu, mais dans un seul.

– Baste ! on s'en fout, là n'est pas la question, alors ce plat ? demande Baptistin.

– Oh ! mais avant il y a eu la terrine de lièvre avec du beurre baratté la veille. Puis un poisson frais cuit dans la poêle... Putaing, cette sauce de friture faite avec des figues fraîches avait un goût de je ne sais pas quoi, je ne reconnaissais pas, mais Dieu que c'était bon. J'aurais volontiers laissé le poisson, rien que pour saucer ce jus.

Les auditeurs n'osaient plus ni parler ni même respirer... de peur de perdre le goût de ce repas. Baptistin avait un peu de salive au bord des lèvres.

– Té là, que j'y pense, poursuit Tonin, j'ai bu du vin blanc de la cave coopérative dans l'autre verre. Vouei, dit-il, en y repensant, y avait un verre pour le blanc et un autre pour le rouge... Tout à coup, évoque-t-il dans un souffle, Léonie revient avec un *toupin* (pot, marmite en terre) qui embaumait plus que la garrigue au printemps. Elle le tenait comme si elle portait le saint sacrement. Avec des gestes lents et précis, elle déposa le plat sur la table et alors là... elle enleva la *cabucelle* (couvercle)...

L'orateur et l'auditoire se turent. Chacun de nous avait fermé les yeux, nous respirions avec délices un fumet inexistant (inexistant ? pas sûr, je crois bien qu'il flottait dans l'atmosphère une odeur fugace de cuisine aromatisée. Oui, j'en suis même sûr !) Le silence se fit, profond, lourd et oppressant.

– Alors ? fit une voix.

Le Tonin reprit le cours de son récit.

– Je crois que j'ai failli m'évanouir tellement ça sentait bon. *Guirlège, qué* beau moment... Léonie nous laissa un instant remplir nos narines du fumet de son fricot (elle le faisait exprès, pour mieux nous faire languir son plat). Elle revint avec des tranches fines de pain, des « taaoosts » comme vous dites maintenant ; ils étaient grillés juste à point, craquants, mais assez frais pour avoir encore la bonne odeur du pain au levain... Léonie en mit deux dans chaque assiette. Puis, avec majesté, comme le fait le curé lorsqu'il porte l'hostie à sa bouche, elle déposa dessus sa *fressure* allongée d'une sauce au vin rouge qui embauma la pièce. Eh oué ! comme je m'étais taché, durant huit jours j'ai eu cette odeur délicate imprégnée dans ma chemise, dit le Tonin sans emphase, je voulais pas qu'on lave cette liquette pour enlever la tache et faire disparaître l'odeur... Après une courte pause, il reprit :

– Nous regardions notre assiette sans oser la toucher ; peuchère, on pouvait pas se permettre de goûter sans causer un sacrilège... Alfred nous dit : « Allez-y de bon cœur, il y en a encore ! » Je pris une fourchette à demi pleine, je la portai à la bouche, je fermai les yeux et je mâchai avec délices ce plat de rêve. Je m'offris une seconde bouchée avec cette fois un morceau de pain imprégné de sauce. Je salivais de plaisir. Son goût ? je ne pourrais pas le dire. C'était divin, j'avais toutes les senteurs de la Provence dans la bouche... Je mastiquais du tendre, du mou et du ferme à la fois avec un arôme différent pour chaque morceau de fressure.

L'assistance était médusée et semblait partager le repas avec le Tonin. Personne ne parlait, tous mastiquaient en silence… les yeux clos, en une délectation divinatoire.

Pourtant Baptistin, toujours lui, rompit le silence :

– Mais dis, Tonin, ce plat doit être drôlement cher, s'il est aussi bon ?

– Et alors, répondit Tonin, si c'est bon, rien n'est cher !

– Tout de même, *lou coust lévo lou goust* (le coût lève le goût) !

– Pas du tout, tu comprends rien mon brave Baptistin…

Il est interrompu par Paul, qui dit, péremptoire :

– Oué, mais Baptiste est si avare *qué tondrié un iou e vendrié la lano* (qu'il tondrait un œuf et il vendrait la laine).

Je suis parti, laissant là ces compères continuer à s'expliquer en famille, faisant rouler l'accent du terroir jusqu'aux portes de Carpentras…

La recette ? Là, je ne sais pas, c'est à saint Pierre qu'il faut la demander à présent.

MORMOIRON

Lucien le Terrible
Le tian d'asperges

MORMOIRON, blotti au pied du Ventoux, versant sud, se trouve entouré de collines de craie et de carrières d'ocre et de gypse (pierre à plâtre). C'est pourquoi certaines personnes appellent Mormoiron les « Roches Blanches » (nom et label qu'a pris sa cave coopérative).

Le village est agréablement groupé autour de la mairie construite en pierres locales sculptées et taillées. Ce bâtiment délicieux est donc, tout naturellement, devenu le fleuron de la cité.

Son plan d'eau des Salettes attire chaque année beaucoup de baigneurs ou de pêcheurs. La cave des Roches Blanches produit un vin généreux, très apprécié, qui s'honore du label A.O.C. « Côtes du Ventoux ».

Allez savoir pourquoi ses asperges sont célèbres pour leur goût particulier ? Peut-être justement parce qu'elles poussent dans un sol à la fois argileux et sablonneux, ce qui est paradoxal. Toujours est-il que chaque année, en avril, Mormoiron fête l'asperge.

Mais auparavant, dans les années d'avant et d'après la Grande Guerre, Mormoiron s'honorait d'être l'une des capitales de l'ocre, qui servait et à la préparation des teintures et à la fabrication de pâte pour produits de beautés.

J'ai pour vous, amis lecteurs, une anecdote cocasse, véridique, authentique que me narra mon oncle Chaumard, alors directeur des carrières d'ocre dont le siège était à Apt. C'était dans les années 1912-1913. L'ocre était en pleine expansion. Le député André – qui voulait toujours se montrer, se mettre en avant, parader et pavaner – demanda à venir en grand tapage, presse avertie, visiter les exploitations d'ocre.

Vous savez tous comment se traitait l'ocre ? Non ? Comment ça, non ? Vous ignorez ? Pas possible... ! Eh bé, je vais vous le dire vite fait. La pierre d'ocre était extraite de la terre de Mormoiron. Broyée dans des concasseurs géants, grands et gros comme un autobus de touristes, elle en sortait fine et légère comme de la poudre de riz. Les hommes lavaient cette « farine » de ses impuretés, pour n'en garder que la délicate couleur. Cette boue était mise dans de grands bassins (un peu comme ceux des marais salants). Le soleil évaporait toute l'eau, peuchère ! pour ne garder qu'un magma... ocre. Avec des genres de coutelas, aux manches longs de 3 mètres, les hommes coupaient alors de grandes plaques qui durcissaient au soleil. Ces blocs bien secs pouvaient ensuite être transportés dans le monde entier. Voilà, c'était tout simple.

Le député André vint donc un jour visiter un de ces chantiers. Volubile, il fit un discours exubérant, devant les bassins rendus bien lisses par la boue qui commençait à sécher. Il fit de grands gestes pour attirer l'attention des personnes présentes. Puis, pour être encore mieux admiré par la foule, il décida d'aller se placer au centre d'un de ces bassins.

Inopinément, notre député, comme un jeune poulain échappé de l'enclos, avance d'un pas décisif vers le bassin rempli aux trois quarts d'ocre séchée. Oui, mais voilà, seulement aux trois quarts ! Comme le contenu du bassin paraît sec et bien plat, notre député croit à du béton… aussi il avance sans retenue… et s'enfonce immédiatement jusqu'aux mollets.

Le député, les bras levés par-dessus sa tête, avait l'air d'être un parapluie ouvert et inutile. Il chute, se relève, retombe, roule. Aucune personne de l'assemblée n'osait aller le secourir (ils savaient que l'ocre humide ne pardonne pas !) Le maire pourtant eut pitié de lui et, devant une foule en délire, riant à gorge déployée aux dépens de leur député (la tarte à la crème fait toujours recette !…), le maire, donc, se lança le premier dans la boue ocre.

Il fit deux pas, puis glissa. Un éclat de rire géant recouvrit tout le coin. Il fut même entendu, dit-on, jusque dans l'église du village de Mormoiron… Sous les yeux de la foule facétieuse, deux momies s'aidaient mutuellement à se tenir debout, sans y arriver !

Non ! ce n'était pas drôle, on aurait dit deux lutteurs dans la boue. Le député avait même, collé sur sa joue, un morceau de croûte d'ocre qui pendait comme une oreille de cocker… Ne riez pas, j'aurais aimé vous voir à leur place.

Le maire, qui avait tout de même bien ri de la situation, épuisé par les spasmes, les côtes endolories, imposa enfin le silence.

– Taisez-vous, vous êtes des sans-vergogne ! Tendez-nous donc des perches, rendez-vous utiles ! cria-t-il.

Les photographes avaient fait d'innombrables clichés. Le monde entier les vit. Le monde entier en rit, mais le monde entier se souviendra des ocres de Mormoiron. D'ailleurs, on en parle encore, la preuve…

Nous avons dit que si, aujourd'hui, les ocres et les argiles ont pratiquement disparu, l'asperge est devenue la spécialité locale.

Lucien Gravié, dans les années quinze, fit merveille dans ce domaine ; et pourtant au début il ne voulait absolument pas entendre parler de l'asperge. Il avait suffisamment à faire avec sa petite exploitation d'argile et surtout, sa vigne. Il en cultivait presque cent hectares. « Cela me suffit largement », disait-il. Son fils Sylvain et sa fille Lucile, mais surtout Andrée, sa femme – fine mouche et calculatrice dans le bon sens du terme, puisqu'elle avait, comme on dit là-bas, « la tête dans les étoiles » –, le harcelaient pour qu'il se mette à l'asperge, d'un meilleur rapport en ces temps reculés que la vigne : cette dernière n'avait pas encore conquis ses lettres de noblesse avec les A.O.C. « Côtes du Ventoux ».

Lucien répétait sans cesse, de sa voix caverneuse et éraillée :

– Je vois pas pourquoi je ferais pousser des racines... ou des bourgeons. Car l'asperge blanche n'est qu'une racine, au mieux un bourgeon ! Té, je te le dis, elle est bonne que verte, mais alors là, personne n'en veut. D'ailleurs moi, précisa-t-il, je n'aime pas l'asperge...

Foutu caractère le Lucien !

Mais ce que femme veut... ! et Andrée avait de la détermination à revendre.

Alors, sous son influence, Lucien, se mit donc à « faire » des asperges. Comme il n'y connaissait rien, ce fut le maire, important producteur lui-même, qui lui enseigna les premiers rudiments de cette culture.

Lucien chercha dans toutes ses terres le morceau le plus sablonneux possible, le prépara avec soin et « fit » ses asperges.

Mais ce fut vraiment à contrecœur qu'il planta les griffes.

– Oui, maugréait-il, même dans la plantation, avec ces satanées asperges, on n'appelle pas un chat un chat ! Au lieu de dire « plan », il faut dire « griffe » et les enfouir à dix centimètres sous terre. Moi, insistait-il, je me les laisserais comme ça, et je me ramasserais que les tiges grosses et bien vertes.

– Oui mon beau ! lui dit le maire, mais tu en vendras pas de tes vertes. Il faut les butter assez haut, et les garder blanches.

Obstiné et *testardùgi* (têtu), Lucien fit pourtant une rangée d'asperges sans les butter ! Je me garderai la récolte pour moi si personne en veut, tant mieux, je me les mangerai *soulé* (tout seul), disait-il... Encore plus entêté, dès la première récolte faite, il en porta au marché. Il les vendit exprès un centime de plus la botte que les blanches... et pas une ne lui resta sur les bras ! Il jubilait. Il faut dire que ses asperges vertes étaient belles, grosses, tendres avec la pointe ferme, comme les tétons de sa femme bien que je ne les aie jamais touchés ! Ses « vertes » dégageaient un parfum subtil (pour autant qu'une asperge ait un parfum délicat !).

L'année suivante, il fit dans son champ plusieurs rangées à plat, sans butter, et réussit à vendre ses « vertes »... mais, en rapport, s'il vendait cent bottes de blanches, il ne vendait que onze bottes de vertes, et ce parce que les commissionnaires n'en voulaient pas ; ils n'achetaient que les blanches, que les extra-blanches même... C'était là encore l'occasion pour Lucien, avec son caractère de cochon, de « râler » et de pester fort contre ces commerçants exploiteurs ! Oui ! les vertes étaient réservées à la consommation personnelle de quelques amateurs avertis, et aux conserveries. La mort dans l'âme, Lucien se mit à butter ses asperges.

À chaque fois qu'il passait la charrue, il maugréait entre ses dents une phrase incompréhensible mais qui ne devait pas être aimable !...

Puis les butter, c'est facile à dire mais pas facile à faire, après la charrue, il fallait former le monticule avec le râteau, travail long et fastidieux. Si tu mets la terre trop haut, l'asperge perd de sa vigueur et si tu mets la terre trop bas, elle pousse trop vite…

– Au moins avec la vigne, une fois taillée, traitée, tu n'as plus qu'à cueillir ! affirmait-il.

– Oh ! mais papa ! Tu oublies tout ce qui reste à faire ensuite pour avoir du vin…

– Et alors, avec les raisins de table, dattiers ou gros verts, tu cueilles, et tu vends.

– *Capoun dé pas Diéu !* Tu es de mauvaise foi, je ne discute plus avec toi, répondait son fils, qui était très cartésien, très « matheux », ce qui n'arrangeait rien.

Enfin bref, Lucien faisait de l'asperge et, en son for intérieur, il trouvait tout de même que c'était une bonne affaire…

Mais comme une idée par minute lui germait dans la tête, il se dit que, pour rendre ses asperges encore plus blanches que blanches..., pourquoi ne mélangerait-il pas au sable un peu de gypse ? Cette pierre blanche, qui est aussi impalpable que le sable, arrêterait peut-être un peu les rayons du soleil qui mûrissaient trop vite sa production…

Aussitôt dit aussitôt fait, et, malgré les dénégations d'Andrée, sa femme, qui essayait de le dissuader avec de douces paroles (douces ? enfin lorsqu'elle ne s'énerve pas), il mit les ridelles à sa charrette, la transforma ainsi en tombereau et alla chercher de la chaux à la carrière.

– Té Baptiste, tu me donnes un peu de ta craie ?

– Holà ! Un tombereau ! Que veux-tu en faire ? Tu bâtis un château ?

– T'occupe pas, c'est pour mes champs.

– Mais tu vas tout brûler ?

– Non *vaï* ! Je sais ce que je fais. Mais il me faudra au moins trois voyages.

– *Ventresque !* trois voyages ? Bien sûr, couillon, que je peux te les donner. Facile, tu te sers là-bas au bout, où il y a une terre moins pure pour moi.

Lucien sua sang et eau ; il mit un jour entier, jusqu'à la nuit tombée, pour transporter les trois chargements de gypse.

Il lui fallut encore deux jours, pénibles et harassants, pour amalgamer le sable au plâtre. Oh ! il n'en mélangea que 60 %, mais le sable s'était éclairci, et devenait plus blanc. Parfait, c'est ce que voulait Lucien.

La saison arrivant, il butta les asperges comme d'habitude.

Il caressa amoureusement l'arrondi de son dernier mètre de mamelon, comme l'encolure d'un cheval, et même comme il aurait pu le faire pour la croupe d'Andrée, son épouse. Il dit dans un murmure :

– Allez va, mes belles, profitez vite et ressortez-moi bien blanches.

Fier comme le paon de sa ferme, il bomba le torse tel un lutteur de foire. Il se sentait le maître du monde.

Souvent, dans les temps qui précédèrent la récolte, il s'arrêtait pour voir ses buttes, pour vérifier si rien ne clochait. Il s'inquiétait bien un peu car, depuis des mois, il ne pleuvait pas. Baste, disait-il, les asperges n'ont pas besoin d'eau...

Un jour, les premières écaillures de la terre l'avertirent que les asperges pointaient. Il se mit à « caver » avec douceur et précaution.

Au début, merveille ! Au marché de gros, tout le monde fut en admiration :

– Comment fais-tu pour avoir de si belles et de si blanches asperges ?

Lucien ne répondait rien… il était silencieux et fier.

Les quatre ou cinq premières ventes lui rapportèrent beaucoup ; il vendait plus cher que les autres producteurs !

Un matin, la pluie drue et serrée qui sévissait depuis la nuit l'empêcha d'aller creuser. La terre était trop humide. Il s'y risqua pourtant, mais il faillit s'y embourber.

Cette pluie dura deux jours et le troisième jour, le mistral se leva.

– Bravo, tant mieux, le vent va sécher la terre, pensa Lucien tout à sa joie.

Il ne pouvait pas mieux dire. La terre mélangée à la chaux fit une croûte de plâtre épais sur ses talus. L'asperge ne pointait plus. Elle ne pouvait pas percer cette gangue épaisse et dure.

Lucien était désespéré, il ne pouvait rien faire, il ne savait pas où creuser puisque l'asperge ne pointait pas sa tête, indiquant ainsi l'endroit à caver…

En désespoir de cause, un matin, une nouvelle idée germa dans sa tête ! « Je vais aller racler les buttes au râteau. » Ce qu'il fit…

Oui, mais voilà !... Les asperges avaient poussé et, comme elles ne pouvaient pas percer la croûte, leurs têtes s'étaient recourbées, faisant un petit arc de cercle en bout de tige. En raclant la terre avec le râteau, il arracha toutes les têtes d'asperges...

La récolte fut perdue ? Non ! car une nouvelle idée lui vint... Ah ! ce Lucien.

– Je vais aller les vendre à Sarrians à la conserverie, ils en feront des soupes.

Le directeur de la conserverie mettait bien en boîte des soupes d'asperges, mais il n'achetait que des asperges vertes, moins chères. Lucien le convainquit de faire les soupes à l'asperge blanche, meilleures insista-t-il... Il réussit à lui vendre, en les lui proposant moins chères que les vertes, des asperges blanches sans tête.

Il en vendit durant deux jours. Le troisième jour, il put « sortir » une récolte normale. Mais voici, quand la poisse s'en mêle ! que le quatrième jour la pluie et le vent revinrent. Les buttes étaient devenues de nouveau en « béton ». Lucien, sans se soucier, fit comme la première fois : il prit son râteau, racla les monticules et vendit les asperges estropiées à la conserverie, cette fois un peu plus cher... Mais tout de même 80 % de moins qu'au marché !

Andrée, pas folle la guêpe, insista pour qu'il enlève la gangue de « plâtre » ; elle insista avec force, car elle ne voulait plus être le « jouet » (très drôle, vous ne pouvez pas comprendre, c'est entre elle et moi !...) des intempéries.

L'année suivante, Lucien avait compris sa demi-erreur. Il écouta Andrée, et passa huit jours à déblayer et jeter son mélange de terre et de gypse, ne gardant et remettant dans les buttes que le bon sable initial. Il le regretta un peu ! pensant que son « idée » de le mélanger avec le « plâtre » aurait pu avoir du bon !

Voilà donc l'histoire de Lucien Gravié qui, par sa renommée et ses idées « lumineuses », valut à Mormoiron le surnom de capitale de l'asperge.

Lucien était devenu un amoureux de l'asperge, à tel point qu'il en inventa des recettes. Auparavant, l'asperge ne se mangeait qu'en la sauçant dans de la vinaigrette. Aujourd'hui, grâce à Lucien et à son épouse Andrée, bonne cuisinière (enfin presque), l'asperge se cuisine. Lucien ne fit-il pas le premier tian d'asperges ?

Bien entendu, il prit des asperges vertes (elles ont beaucoup plus de goût, disait-il toujours !), les coupa en deux pour ne garder que le haut. Il les arrosa d'huile d'olive aromatisée de thym et de romarin, ajouta des oignons émincés, puis laissa mariner l'ensemble une nuit. Le lendemain, il prépara une béchamel onctueuse et crémeuse qu'il versa sur les asperges bien disposées dans un plat. Il mit au four ce tian, qu'il recouvrit auparavant de parmesan. Il ne le retira du four que bien cuit, bien croustillant.

Lucien inventa aussi le « gâteau d'asperges » en accompagnement d'une viande blanche, dont on trouve maintenant la recette dans tous les bons livres de cuisine… mais vous ne trouverez pas « son » tian. Lucien s'en est réservé l'exclusivité… c'était son idée. Ah ! les idées de Lucien !

À ce sujet, les mauvaises langues s'en donnent à cœur joie : la famille Gravié, avant lui, n'était pas renommée pour avoir une grosse intelligence. Aussi, beaucoup de gens furent assez surpris que Lucien réussisse à avoir autant d'idées, et de bonnes idées, sans dommage… Car son frère lui, est mort d'une méningite, lorsque son cerveau fut traversé par une unique idée… !

C'est méchant, non ?

COURTHÉZON

Le boulanger inspiré
La fougasse

COURTHÉZON étale sa béatitude, tout naturellement, au sud du plateau d'Orange. En quittant le théâtre antique de cette cité, et avant de se diriger vers Monteux, arrêtons-nous dans la bourgade voisine, Courthézon, toujours hantée par le souvenir des princes d'Orange...

Vers 1580/1600, il y avait même un souterrain, un tunnel qui reliait Orange à Courthézon. Je le sais, parce qu'avec des amis, nous l'avons nous-mêmes emprunté sur au moins 200 mètres... Après avoir franchi un premier effondrement au milieu de rochers et de terre encombrant l'étroit boyau, nous avancions sans peur avant d'être bloqués définitivement par un éboulement infranchissable. Mais je vous le dis, foi de mégalomane, ce tunnel a existé. Au point que nous faisions nous-mêmes l'histoire locale à notre façon... Nous n'avions que l'embarras du choix, entre Charlemagne, les Sarrasins et la maison d'Orange.

Nous faisions mille suppositions sur la venue à Courthézon de Charlemagne qui, justement parce que c'était une cité prospère, bâtit en ce lieu une des cinq églises édifiées sous son règne ; ce sanctuaire eut le mérite de faire partie intégrante de la fameuse légende des cloches de Pâques (voir nos *Contes et Légendes en Provence*).

Nous fantasmions aussi sur les Sarrasins qui firent de Courthézon une ville fortifiée, avec remparts et portes (encore illuminés par leurs pierres dorées), du temps où les musulmans occupaient le sud-est français… juste avant Charles Martel, le brave homme.

Puis nous rêvions sur les princes d'Orange qui avaient fait de Courthézon une ville à leur image, gaie, florissante et avenante, prélude à ce qu'elle fut dans les années quarante, c'est-à-dire capitale du balai en sorgho (très apprécié de nos grands-mères), de la balayette et autres brosses en chiendent…

Qui se souvient d'avoir vu, dans la rue même, devant les portes cochères de presque toutes les maisons du village, l'habitant, assis à califourchon sur une espèce de banc faisant office de presse, d'étau et d'établi, confectionner un balai de toutes les couleurs à partir d'un manche en bois ? Il fallait le voir disposer avec dextérité, couper et coudre les tiges de sorgho tout autour, un peu comme une poupée qu'on habille… À cette époque bénie, les rues de Courthézon sentaient bon la paille fraîche.

Mais, depuis une bonne centaine d'années, une autre odeur embaumait Courthézon, celle d'une pâtisserie et, rien qu'à l'énoncé de son nom – la fougasse –, l'eau nous venait à la bouche, grâce à un ancêtre du boulanger Castagnier qui habitait juste à côté de l'église, et dont la boulangerie existe toujours.

Nous ne connaissons pas de façon tout à fait certaine la première apparition de la fougasse… mais si j'en crois Castagnier, vous allez en savoir l'origine.

Remontons au XVe siècle… L'arrière-arrière-grand-père de Castagnier, qui était boulanger de son état, travaillait la pâte à la main. Il fallait avoir des muscles d'acier et un gosier bien trempé car, pour se rafraîchir et renouveler la sueur coulant du front des gars de la boulange, ses ouvriers se gargarisaient volontiers de châteauneuf-du-pape que sélectionnaient déjà les *compaïres de la soucco*. Bref, Marius Castagnier, les veilles de fête à Courthézon, ne se couchait pas : il travaillait, pétrissait, façonnait de vingt heures à huit heures le lendemain matin… Journée épuisante qui donnait soif et faim. Pour la soif, il avait, comme je viens de l'écrire, ce qu'il fallait, mais pour la faim ? À part son énorme bloc de pâte, il n'avait rien pour remplir sa dent creuse, avant que le pain ne fût cuit.

Un jour, il eut l'idée de prélever une poignée de pâte pour la faire cuire tout de suite. Dans les cinq minutes elle sera prête, pensa-t-il… Mais manger du pain sec ne le tentait pas ; aussi il eut l'idée d'incorporer dans la pâte un peu d'huile d'olive – qu'il avait fait réchauffer pour ne pas

« casser » sa pâte à pain –, avec quelques grattons de porc finement hachés. Il mélangea le tout, il pétrit une dernière fois et, afin qu'elle cuise mieux et plus vite, il l'écrasa, l'allongea comme pour une galette. Pour qu'elle ne lève pas trop, il fit deux entailles sur le morceau aplati. Il mit au four. Il n'avait même pas eu le temps de boire deux verres de châteauneuf-du-pape, que déjà sa tarte était cuite.

Nous étions en hiver, il déposa son pâton sur le rebord de la fenêtre et retourna travailler. Une demi-heure plus tard, tenaillé par la faim, il alla chercher son morceau de pain. Il mordit à pleines dents… et s'émerveilla : « *Couquin de Diéu, qu'aco ei bon !* » (coquin de Dieu, que c'est bon !) et, sans même respirer, il acheva sa « tarte »…

Et il se mit à y penser le jour comme la nuit, se félicitant d'avoir inventé une chose aussi délectable.

En bon commerçant, il décida de la proposer à la clientèle. Dans 15 jours, pensa-t-il, arrive l'Épiphanie… eh bien, je vais fabriquer beaucoup de ces « tartes » dans lesquelles je mettrai une fève et, pour augmenter la demande, je glisserai dans la pâte une pièce d'un sou toutes les trente fabriquées, pour inciter les gens à en acheter…

La vente fut un gros succès, par cette promotion certes, et par la nouveauté, mais encore plus parce que l'on découvrait un « gâteau » succulent.

– Dis, Marius, quand c'est que tu nous fais encore de ton petit pain ?… Au fait, tu te l'appelles comment ?

Troun de l'air ! Marius n'avait pas pensé à baptiser sa création ! Il y avait déjà sur le marché des pains fantaisie : le plancenta et le fogassia – pains de fête, qui étaient fabriqués avec du froment pur et qui étaient plus blancs, plus savoureux que les pains de campagne faits de conségal (orge et seigle). Les « pains de bouche » comme on nommait ces pains fantaisie étaient de plus en plus raffinés, décorés, avec des formes nouvelles. Ils étaient de plus en plus demandés. Marius se demande comment appeler le sien ?

– Oou ! Marius, lui dit un matin un client qui venait d'acheter le nouveau pain plat fendu, et qui avait un aimable défaut de langue. Tu chais hier chais manché d'un cheul coup ton bougre de gâteau… Ch'est terriblement bon. Donne m'en chun autre, hier, d'un coup, che l'ai manché avé fougue.

Marius pense : « fougue – bougre – grasse – plancenta – fougassia… » Pourquoi pas « bougron » ou « fougue grasse » ? Fougrasse sera plus joli au son… et il cria désormais à qui voulut bien l'entendre : « Qui veut mes fougrasses ? » Le nom était né, il en fit des choux gras.

Castagnier, « le Marius » comme ses amis l'appelaient, devint le roi de la fougrasse et dans toute la région on disait : « C'est de la fougrasse de Courthézon ? Bon alors j'en prends, sinon les autres ne valent pas un pet de souris… »

De fougrasse, au fil des ans, le nom se transforma en fourgasse, puis fougasse, qui le resta.

Aujourd'hui, tout le monde sait faire une fougasse. C'est simplement une pâte à pain à laquelle on ajoute soit du beurre, soit de l'huile. Certains y incorporent des « grattelons » (grattons).

En Provence, les boulangers, trop généreux avec le jus doré de l'olive qu'ils mélangeaient à la fougasse, en firent un gâteau dégoulinant d'huile, et une variante de ce gâteau s'appela « pompe »... Pour Noël, c'est le régal des petits et des grands.

La vraie fougasse ne se déguste qu'en Provence, et mieux, à Courthézon : je tiens du petit-petit-petit-fils de Marius Castagnier la vraie recette de la fougrasse (je dis bien fougRasse). Je vous la confie, *entention* hé ! ne la donnez pas à tout le monde, *qué* ?

Préparer un levain (pâte à pain légèrement fermentée). Pour cela, mettre dans un grand bol à pétrir 100 g de « farinetuzelle » que l'on fraise avec un peu d'eau tiède. Malaxer, pour former un « pâton ». Envelopper cette pâte d'un linge que vous laisserez dans un endroit chaud, durant sept heures.

Détremper ce levain à l'eau salée, tiède. Ajouter un kilo de même farine et 20 g d'huile d'olive vierge. Pétrir et repétrir le tout jusqu'à ce que la pâte soit molle, lisse et transpire juste un peu d'huile.

Plier de nouveau l'ensemble dans un tissu, laisser reposer deux ou trois heures. Ensuite, à votre gré, faire deux ou trois tas de pâton, qui seront allongés au rouleau, d'une épaisseur de 2 à 3 cm maximum.

Pratiquez deux entailles sur chacune des abaisses pour empêcher le gonflement. Ceux qui aiment peuvent, avant d'enfourner, déposer dessus trois ou quatre filets d'anchois à l'huile… Mettre à four chaud vingt minutes.

Oui mais voilà, la tradition veut que ce soit celui qui a fabriqué la pâte qui l'enfourne, c'est une marque de respect. D'ailleurs on appelle le boulanger « le maître de pelle », ou encore « le maître du feu ». (Il se dit aussi *le maître* ou *le monsieur*.)

À défaut, si le maître n'est pas là, ce sera sa femme qui aura ce privilège.

Bien entendu, cette histoire, contée par le descendant des Castagnier, est sûrement authentique. Pourquoi m'aurait-il menti à moi, son ami ?

Si le Marius a fait de Courthézon la patrie de la fougasse, aujourd'hui Cavaillon n'est pas loin de lui enlever ce fleuron. De toute façon nous restons dans le Vaucluse, bastion incontesté de la fougasse. Si vous voulez en déguster une aussi bonne que la fougasse de Castagnier, allez à Cavaillon, chez Gauzet, l'un des nouveaux maîtres de l'Ordre des Taste Fougasse : c'est dans la plus pure tradition provençale et familiale qu'il façonne « la » fougasse.

Quand li fougasso van ben, lou pan vaï mau.
(Quand les fougasses vont bien, le pain va mal.)
Si le pain fantaisie se vend, alors, le pain normal ne se vend pas…

N'empêche qu'à Courthézon, Castagnier était une figure emblématique. Il n'avait que des amis.

Si, étonné de cette amitié générale, on lui demandait d'où venait un tel engouement, dans un grand éclat de rire il répondait :

– Couillon va ! C'est que je suis « bon » comme le pain ! et que tout autour de moi, on ne trouve que « l'ami » ! (la mie !)

Sacré Castagnier !

MONTEUX

Les Ruggieri
Les œufs de Félicie
La lessive

À Monteux, il faut venir goûter à la beauté de la plaine qui entoure la ville, à la richesse de ses jardins de légumes, à la douceur de ses vergers de pommiers. Ah ! j'oubliais son marché de gros avec l'un des plus importants importateurs de melons : la famille G… Les melons « G… » sont connus dans l'Europe entière. Si je peux, je vous en dirai un mot tout à l'heure.

Ce qui a fait connaître Monteux dans le monde entier, ce sont les feux d'artifice.

La ville doit une fière chandelle aux Chinois. Oui merci, « *Yao tcho* » comme il se dit à Beijing (Pékin). C'est grâce à la poudre noire inventée par les Chinois que Monteux va prospérer.

La poudre noire est un mélange détonnant fait de charbon de bois, de soufre et de salpêtre. Il faudra attendre le XIIIe siècle pour que l'Occident commence à maîtriser ses effets destructeurs. Ce n'est pourtant qu'au XVIe siècle que cette substance sera utilisée avec plus ou moins de réussite dans les mines et les carrières.

Le premier grand spectacle de poudre explosive est tiré en France le 7 avril 1612, place des Vosges à Paris, pour fêter le mariage de Louis XIII avec Anne d'Autriche.

À partir de cette date, le « feu du Diable » s'appelle le « feu d'artifice » et devient le couronnement de réjouissances privées ou le moyen de célébrer les grands événements publics ou historiques. Le « feu », puis la pyrotechnie, commence à acquérir ses lettres de noblesse.

En 1739, les frères Ruggieri – Pierre, Gaétan, Pétrone, François et Antoine –, artificiers à Bologne en Italie, quittent leur cité qui a vu naître leur technique pour venir s'installer à Paris. Dès 1743, Louis XV fait appel à eux pour donner un spectacle grandiose. Leur réputation commence alors à se forger.

Pierre et Gaétan deviennent les artificiers du roi. Ils inventent des variantes prodigieuses et introduisent la couleur dans les « feux ». La mode, de Versailles, gagne l'Europe entière, et Gaétan se met au service du roi Georges II d'Angleterre.

Au siècle suivant, les deux fils de Pétrone, Michel et Claude Fortuné, deviennent les artificiers de l'Empire. Ils utilisent le ballon pour mettre à feu des étoiles, des chandelles romaines en plein vol, imposent la présence de la couleur et du rouge en particulier. Désiré (3e génération), fils de Claude Fortuné, récupère l'ensemble de l'entreprise familiale et devient le protégé de Napoléon III.

En 1887, le premier feu d'artifice célébrant la fête nationale du 14-Juillet est tiré depuis la tour Eiffel en construction. Les Ruggieri vont alors proposer aux maires de célébrer le 14-Juillet avec leurs gerbes lumineuses et, depuis les années 1910, la tradition se perpétue.

Le 12 mai 1921, après de nombreux rachats et alliances, les Entreprises Ruggieri, devenues n° 1 en France, s'installent… à Monteux ! Leur nom, synonyme de « feux d'artifice », s'étend aussi dans le domaine industriel, avec la fabrication de feux de signalisation, fumigènes, fusées paragrêle, et autres grappes détonantes… L'entreprise compte à présent presque 600 employés répartis dans sept usines en France, et elle est représentée dans 12 pays.

Toujours en quête de nouveauté, Ruggieri crée la « pyromélodie », qui associe le feu, la musique, la narration, et qui est aujourd'hui l'apogée de tous les sons et lumières du monde.

Le 4 juillet 1976, Ruggieri est à son zénith en tirant le feu d'artifice de la fête nationale américaine à la Maison Blanche et devant la statue de la Liberté à New York.

Enfin, en 1997, l'artificier toulousain Lacroix acquiert la société Ruggieri. Ce rachat hisse le groupe Lacroix-Ruggieri au premier plan européen des concepteurs de spectacles pyrotechniques. 8 000 feux d'artifice sont tirés chaque année par cette entreprise de Monteux, qui signe les plus grandes manifestations du genre (« Nuit du feu » à Chantilly, Fort Boyard, concerts de Jean-Michel Jarre, de Johnny Hallyday, fêtes de la Seine, et même Disneyland...). Lacroix-Ruggieri est le seul artificier au monde à avoir pu inscrire dans le ciel le chiffre 2000, et fêter ainsi glorieusement le nouveau siècle.

Mais je n'ai pas choisi Monteux que pour « son » feu d'artifice, bien sûr que non ! J'ai choisi ce village tout d'abord parce qu'il est beau, parce qu'il recèle de très belles portes avec vestiges de ponts-levis, des clochers finement sculptés, et parce que ses habitants sont adorables de gentillesse et de serviabilité. Aussi parce que mon ami Michel Phillibert m'a fait découvrir, outre la gastronomie avec ses truffes et son foie gras poêlé, un vieux paysan qui vaut son pesant de raisins...

Il habitait une coquette grange, bien en dehors du village, à côté de la petite route qui mène à Bédarrides.

Après avoir écarté les poules et les canards, lâchés dans la vaste cour, marché dans une ou deux flaques d'eau restant de la dernière pluie, nous arrivions devant la porte de la ferme quand une voix rocailleuse nous interpella :

– Que voulez-vous les gamins ?

Nous tournâmes la tête plus par curiosité que pour information, sans penser que cette voix s'adressait à nous.

Nous remarquons alors un vieux bonhomme, appuyé sur sa canne, assis sur un vieux banc de pierre, installé sous une tonnelle de glycines.

Nous nous approchons. La forme ressemblait à un tas de chiffons amoncelés sur la pierre, à l'abri du soleil.

L'homme était tassé, recroquevillé sur sa canne. Il bougea ; ce fut alors comme un gros oiseau de proie qui nous apparut. Il ressemblait à un aigle immense, accroché à une branche. Son chapeau rabattu sur les yeux semblait être son gros bec large, pointu et recourbé. Arrivés à deux mètres de lui, l'oiseau se déplia, comme pour prendre son envol. L'homme devint immense, avec une forte carrure. Son visage, jusque-là caché, s'illumina d'un sourire.

C'était un vieux monsieur, certes, mais il semblait encore très vert. D'importantes touffes de cheveux gris sortaient de sous le chapeau. Son front large était ridé comme un champ au moment des labours. Ses yeux clairs, coquins, rieurs, nous dévisageaient avec surprise. L'ensemble de son visage ressemblait à une boule de papier journal froissé, tellement la peau tannée par le soleil était flétrie.

De ce corps immense s'éleva une voix puissante et impérieuse :

– Qui êtes-vous, que voulez-vous ?

– Je suis Michel du Saule pleureur. Mon ami voudrait que vous lui racontiez des anecdotes de votre jeunesse.

– Ah bon !.. Il va donc venir prendre pension à la maison ?

Nous avons ri tous les trois de bon cœur. Il a plein d'humour ce vieux, pensais-je.

– C'est que, voyez-vous, j'ai encore toute ma tête, mais les cases de mon cerveau sont tellement garnies que je dois prendre du temps pour tirer les tiroirs adéquats… Vous savez, j'en ai des histoires que je ressasse tous les jours, certaines me font rire aux éclats, si quelqu'un passait, il me prendrait pour un jobastre ou un *pacoulin*, heureusement je vis seul… Ah si ! une femme de ménage aussi vieille et aussi couillonne que moi vient tous les jours ; elle doit être à l'intérieur, je vais lui dire de faire deux parts de plus, car vous mangez avec moi…

– Non, cria tout de suite Michel. Moi, je dois partir, j'ai du travail, je vous laisse mon ami, je passerai le prendre après le coup de feu, vers les quinze heures.

Et, avant que j'aie pu donner mon opinion ou esquisser un geste, le Michel était déjà à dix mètres de nous.

– Je m'appelle Barnabé. Écoute petit, ne ris pas, je me le prends mal, ce *fadoli* de Fernandel m'a ridiculisé.

Sans attendre ma réaction, il hurle pour appeler sa servante :

– Félicie ! Elle non plus, elle n'aime guère notre comique national. Mais elle, elle a tort, car ce que chante Fernandel, c'est tout son portrait…

Et Barnabé part d'un rire gras à s'en décrocher les poumons. À ce moment, Félicie sort de sa cuisine, s'essuyant les mains avec sa jupe :

– Oué, le vieux, qu'est-ce que tu veux ?

– Tu mets un couvert de plus, car nous avons un invité.

– M… alors, qué *calu* (idiot) ! Il pouvait pas prévenir, à midi j'ai pas fait un repas pour 3, je ne sais pas que lui donner.

– Non, ne vous dérangez pas dis-je vivement.

– Écoute *niston* (petit), tu es là chez moi, c'est moi qui commande. Félicie, tu vas lui faire tes œufs à ta façon ; et tu m'en feras aussi pour moi, car j'aime ça…

– Et mon repas alors, à quoi il va servir ? Tu en prends à ton aise le vieux ! et Félicie entre dans la cuisine en maugréant…

Barnabé me tire par la manche. Je m'approche et il me dit tout bas :

– Lorsqu'elle m'appelle « le vieux », c'est qu'elle est en « chiche » avec moi, ça remonte à *l'an pèbre* (à loin). Il est l'heure de dîner, je mange de bonne heure, moi. On va rentrer, la Félicie doit être déjà en train de casser les œufs… Sacré fille va. Allons la voir.

Notre homme se déplie doucement, un peu comme on déplie un mètre à mesurer en fer ou en bois, par tranches de 20 cm… Morceau par morceau… Mais une fois déroulée, sa carcasse est imposante, et le bougre marche avec allégresse…

Effectivement, Félicie s'activait devant la table à confectionner « ses » œufs, sa spécialité. Elle semblait heureuse de montrer son savoir, et c'est pour cela que Barnabé m'avait fait entrer.

Puisque j'y suis, je vais vous donner la recette de ces « œufs à la Félicie ». Vous verrez, c'est quelque chose !

Dans une large poêle, l'huile d'olive commence à chauffer. Félicie finit de tartiner une quatrième petite tranche de pain de campagne (sans trop de trous !). Elle a badigeonné sur les deux côtés des tranches une bonne quantité de moutarde forte de Dijon.

La poêle fume. Félicie jette dans l'huile des morceaux de lard coupés en dés. Lorsqu'ils sont à demi cuits, elle asperge le tout d'une bonne rasade de vinaigre de vin. La poêle pétille et frémit comme si elle chantait sa joie !

Félicie délicatement dispose alors les 4 tranches moutardées, qui se mettent à frire. Sans attendre elle dépose sur ces tranches du gruyère râpé et une pincée de fleurs de thym. Lorsque la moutarde croustille, elle retourne les tranches et les saupoudre pareillement de fromage et de thym.

Cette opération faite, Félicie, qui avait préparé quatre œufs dans un grand bol, déverse doucement les jaunes dans la poêle, et autant que possible, le blanc, sur les tranches de pain qui débordent.

La cuisinière attend que le jaune chauffe, et que le blanc, resté sur la tranche, s'opalise… tout en restant moelleux.

Directement de la poêle, Félicie nous sert à chacun deux tranches et deux œufs. J'attends de voir comment va s'y prendre Barnabé pour manger la spécialité de Félicie… Il crève un jaune et, avec un morceau de pain, mélange un peu l'œuf avec l'huile et les grattons.

Je pense : « Oui, c'est bon, mais sûrement pas meilleur qu'un œuf au bacon ! »

Je coupe alors un bout de pain, que je trempe dans le jus encore très chaud, et je le porte à la bouche… Il s'exhale de ce morceau une saveur incomparable. C'est un goût nouveau, fait de fromage, de thym, de lard, d'huile d'olive, mélangés en un divin délice.

Barnabé et Félicie me regardent sans piper mot, un sourire mystérieux aux coins des lèvres. Je continue ma mastication.

Je ferme les yeux… C'est bon comme un « ange aux ailes de velours » ! C'est le paradis, c'est divin… quoi ! Et si vous voulez en savoir plus, faites-vous donc des « œufs à la Félicie ».

Nous terminons le repas en silence. Barnabé déguste, moi, je m'extasie, Félicie triomphe.

Le vieux a fini en même temps que moi ; il repousse tout doucement, délicatement, son assiette et me dit :

– Nous venons de manger avec les dieux.

– C'est vrai, c'était un régal, dis-je.

– Bon maintenant, je vais te dire ton histoire, mais pour mieux y réfléchir, il faut qu'on boive un verre de « blanche ». Félicie, va chercher la bouteille. Du temps, je vais fermer les yeux pour mieux réfléchir… et Barnabé s'endort immédiatement.

Félicie revient, elle me voit contrit et navré de regarder le « vieux » qui ronfle.

– Tenez, dit-elle, buvez un petit verre, lui ne boit jamais, mais il fait tous les jours sa sieste une bonne demi-heure.

Un peu plus tard, juste le temps d'avoir bu quatre « petits » verres, Barnabé se réveille doucement.

– Voilà, dit-il, j'ai trouvé une histoire pour vous. Ça n'a pas été facile.

Et, sans me laisser le temps de répondre, il commence son histoire…

Alfred était le nom de mon arrière-grand-père. Il était issu d'une famille modeste, ses grands-parents faisaient la lessive pour certains habitants du village de Bédarrides. À l'époque il n'y avait pas de savon… ou alors très, très cher. Les lavandières ne se servaient que de la cendre de bois, qu'il fallait tamiser pour en retirer les impuretés tels que les petits morceaux de charbon restants, les petits cailloux ou encore les infimes morceaux de bois non consumés.

L'arrière-grand-père Alfred était surnommé « *l'Agasse* », car il avait la bonne ou mauvaise habitude de ramasser, même de chiper, tout ce qui brillait dans la rue, ou sur les rebords des fenêtres. Comme le fait la pie, et en provençal, « pie » se dit « *agasse* ». Bref, l'Agasse savait très bien tamiser les cendres, et il le faisait souvent.

Il avait bien entendu sa mère dire en provençal : « Té, tout à l'heure j'irai promener la lessive », ou « j'irai farcir la lessive » ou « j'irai bâter la lessive »… Mais il ne l'avait jamais vu faire.

Il me dit :

– Et là, mon gaillard, je vais t'en apprendre !… Écoute bien : la lessive en ce temps n'était faite qu'avec des cendres de bois. Tu avais trois façons de la faire. Mais avant de te les dire, il faut savoir que le jour de lessive, c'était aussi le jour de se retrouver entre femmes, pour tailler une bavette et s'amuser un peu en parlant des voisins, ou des futurs mariages qui « couvaient » dans le village. Il faisait bon rire, car c'était un travail pénible... Chaque quinzaine, les femmes se retrouvaient, à genoux, face à un bloc de roche plate sur les bords de la Sorgue, sous le pont de pierre qui enjambe la rivière pour rejoindre Monteux.

Donc, trois façons de faire la lessive... La première : tu faisais tremper le linge sale dans une bassine remplie de cendre liquide. Tu « pompais » (remuais) bien le linge et, quand il était bien imprégné, tu le laissais là, dans cette eau grise, une heure, trois heures ou toute une nuit. C'était « farcir » ta lessive. Cette façon était la moins fatigante, réservée aux vieilles dames, ou aux linges peu sales.

Pour « battre » la lessive, tu faisais pareil au départ, puis tu allais au bord de la Sorgue, devant la pierre plate réservée à cet effet. Il y en avait en général de quatre à six, pour que nos ménagères puissent faire la causette ; il y avait un côté ludique et convivial dans les lessives d'antan. Nos grands-mères donc, installées à genoux, armées d'une planche ou d'un battoir frappaient le linge imprégné de cendre. D'autres femmes, émigrées du Sud – Italie, Espagne, Maroc –, battaient le linge en le prenant par un bout et tapaient fort sur la pierre plate en chantant à tue-tête. C'était assez fatigant, éreintant même... Mais nos grands-mères étaient costaudes !

On pouvait aussi « promener » le linge. Assez longue à faire, cette lessive était moins pénible.

Tu devais faire imprégner ton linge dans de la cendre liquide, le mettre dans un grand baquet, et verser l'eau chaude et cendrée dessus, une fois, dix fois, vingt fois. Tu « promenais » l'eau sur les tissus que tu sortais un à un. Tu « promenais » ou aspergeais chaque vêtement de cette eau épaisse et boueuse. Ensuite, bien entendu, tu rinçais à l'eau courante, dans la rivière, la fontaine ou le ruisseau. Ah ! c'était du travail, beaucoup de travail, long mais beaucoup moins pénible. « Promener » la lessive était réservé aux linges soyeux, délicat, avec beaucoup de dentelles.

Un jour, la mère de l'Agasse dit à son fils :

– Aujourd'hui je n'ai pas le temps, nous avons des parents qui viennent manger demain, tu le sais, je dois préparer le dîner. Veux-tu aller « promener » la lessive ? Tu me rendrais service.

– Oui, bien sûr, dit avec enthousiasme l'Agasse. Pas de problème maman, je m'en occupe tout de suite. Mais que fais-tu à dîner ? Est-ce que j'aime ?

– Je ne sais pas, je ne m'en fais pas souvent, c'est la spécialité de Bedoin, c'est la tante Isabelle qui m'a donné la recette. C'est du pied et des jarrets de porc avec la sauce aux truffes, spécialité de la femme de Paul Gravier.

– J'en ai entendu parler par Hubert, mais je n'ai jamais goûté, je peux te voir au moins préparer les pieds et les jarrets ?

– Non mon petit, s'il te plaît va « promener » la lessive.

L'Agasse va à la buanderie, trempe le linge dans de la cendre mouillée bien épaisse, étale les vêtements sur une brouette, et va se « promener ». Il parcourt bien deux kilomètres, à travers Bédarrides et même en campagne, sur la petite route de Courthézon, qui longe tranquillement la Seille dans un décor champêtre. La lessive entassée dans la brouette séchait, mais ne semblait pas se laver… Il retourna à la buanderie et effectivement, il constata que le linge était aussi sale.

– Bé alors, comment faire ? dit-il.

Il eut une illumination. « Là, pensa-t-il, avec la brouette, je ne l'ai pas promenée, je l'ai juste transportée ! Oui, mais comment la promener ? Je n'ai jamais vu faire maman. Une fois, pourtant, je l'ai vu partir avec l'âne à la rivière… Voilà la solution ! »

L'Agasse harnache Nénette, l'âne de la maison. Il étale délicatement sur la pauvre bête tout le linge avec la lessive, y compris sur les oreilles et la queue du bourricot, en le faisant tenir avec des épingles à linge… Il se recule d'un pas, admire son œuvre, et dit tout fier :

– Ah ! voilà une lessive qui va bien aller se « promener » !

Et l'Agasse sort avec l'âne ainsi caparaçonné… Il marche d'un pas alerte et fier à côté de la bourrique. Il passe devant la mairie, passe sous la porte, tourne à gauche, va aux écoles, fait un tour devant la gare, puis il remonte le cours, traverse le vieux pont, tourne à droite vers Sorgue… Bref, il se promène au maximum. Les gens le regardent, amusés et souriant sous cape.

Il prend cela pour de l'admiration, aussi, il fait deux fois le tour du village.

Un copain lui dit :

– Oh ! l'Agasse ! C'est pas encore le *carmentran* (carnaval). Où tu vas avec ton âne déguisé en étendage… ?

– Tu y comprends rien « la Guêpe », moi, je travaille, je me « promène » la lessive.

La Guêpe part d'un grand éclat de rire, et lui dit :

– Eh bé ! C'est ta mère qui va être contente…

L'Agasse ne comprend pas. C'est vrai que là encore, il constate que le linge n'est toujours pas propre, et même qu'il y a des croûtes de cendre collées sur la chemise du père… Il fait encore un grand tour de « promenade ». Les amis rencontrés qui, par le tam-tam municipal, connaissent la bévue de l'Agasse, lui disent :

– Ça c'est bien, pour « promener » la lessive, tu la promènes…

– Oh l'Agasse ! Tu vends des vêtements que tu les exposes ?

– Bravo l'ami, on dirait un âne de cirque qui fait la parade… C'est bien drôle !

L'Agasse commençait à être excédé par ces remarques qu'il ne comprenait pas. Deux heures plus tard, de retour à la maison, sa mère l'attendait dans la cour. Devant cet équipage comique, elle lui dit :

– Mon pauvre Alfred…

Et, sans plus pouvoir prononcer un seul mot de plus, elle partit dans un éclat de rire incoercible, « à s'en faire péter la sous-ventrière ».

Ce n'est qu'un long, très long moment après, qu'elle put expliquer à son fils ce que signifiait « promener » la lessive...

Té, tout le village s'en souvient encore cinquante ans après. L'histoire va se raconter de génération en génération…

PERTUIS

Estelle la Friponne

Pieds et jarret de porc aux truffes

PERTUIS étire ses toits rouille, écrasés de soleil, entre Villelaure et la Bastidonne, charmantes et coquettes cités voisines.

Pertuis, vigoureux village, s'étire langoureusement le long des rives de l'Eze et du canal de Cadenet. J'aime beaucoup Pertuis, il est agréable de s'y promener et de flâner dans les attirantes rues commerçantes que sont le cours de la République, le boulevard Maréchal-Leclerc ou la rue Colbert, entre autres.

Avoir la fleur de lys sur ses armoiries est chose rare pour une ville : ce privilège a été octroyé à Pertuis en 1493 par le gouverneur de Provence, en raison de la bonne et ancienne fidélité que la ville avait pour les comtes de Provence. Pertuis conserve encore de très beaux « restes » des XVe et XVIe siècles : portes, lavoir, demeures et remparts.

Pertuis, du latin Pertus, « porte du Luberon », vous ouvre justement de magnifiques promenades vers les villages haut perchés, de création médiévale, qui se groupent autour de belles fontaines ombragées.

Le Luberon peut s'enorgueillir d'abriter quatre des six villages classés en Vaucluse, et qui sont : Gordes, Lourmarin, Menerbes et Roussillon.

Depuis toujours, Pertuis, porte sud du Luberon, est sur la route des saveurs ; elle doit sa richesse à des voisines telles que Roussillon qui, dans un paysage dantesque, fournit ses ocres au monde entier. Lauris et Villelaure lui donnent leurs asperges et Cavaillon ses melons, tout à côté Apt offre ses fruits confits. Oppède et Cucuron proposent leur huile d'olive, et tout autour on élève des vins des côtes du Luberon des plus appréciés. Pertuis profite de toutes ces largesses.

Pertuis, comme beaucoup de villes autour du Ventoux, était renommée voilà deux lustres pour son charbon de bois. Depuis toujours, tout au moins depuis le temps des « souvenirs »… ! Ce village haut perché fut l'un des plus importants producteurs français de ce combustible bon marché et facile à utiliser. Beaucoup de Pertuisiens allaient dans les forêts environnantes pour entasser de manière méticuleuse, ordonnée et professionnelle, des rondins de bois, de sapin ou de chêne qu'ils avaient recouverts de terre, fabricant ainsi un cône étanche, ressemblant aux tipis indiens… mais l'intérieur, ici rempli de rondins de bois, était disposé de façon spécifique avec, en son centre, une cheminée.

Cet édifice s'appelait une charbonnière. On y mettait le feu, mais le bois ne devait pas brûler à flamme vive, il fallait qu'il se consume tout doucement au contraire.

C'était là toute l'astuce de ces charbonniers car une charbonnière mal faite, mal construite, fait s'enflammer tous à la fois les rondins du cône, détruisant toute l'œuvre. Il faut, pour que les rondins se transforment en charbon, qu'ils soient juste léchés par les flammes, qu'ils se carbonisent lentement, et qu'une épaisse fumée blanche s'échappe du cône.

Ce combustible ne sert hélas plus à présent que pour alimenter nos *barbecues*... Les charbonnières, presque toutes éteintes, ont disparu du paysage du mont Ventoux. Hélas, dans le ciel de Provence, nous ne voyons plus monter de hautes colonnes blanches de fumée, qui jaillissant pardessus la canopée saluaient la présence invisible de nos hommes noirs.

Il ne reste plus que la trace du souvenir.

Il y a quelques années, c'est madame Josiane B. qui me fit aimer ce village et qui me présenta un personnage majeur, Estelle. C'était une cuisinière qui préparait les repas de noces ou de baptême de toute la population et qui fit de la gastronomie son passe-temps.

Estelle J. est une femme expansive et joviale, qui trouve toujours le moyen de vous faire rire, mêlant les anecdotes locales à sa cuisine rustique de terroir. Les deux, ma foi, vont bien ensemble. Tenez, rentrons dans sa cuisine et écoutons :

– Vous voulez, fiston (Estelle doit avoir 80-85 ans) que je vous parle de la cuisine que je fais avé le cochon ? Voué ! mon beau ! ça s'appelle cochonnaille ou cochonnerie, et en cochonnerie je pourrais vous en parler des heures. Les cochonneries, c'est un peu comme une pâte à pain, au plus tu la *boulègues* (bouges), au plus tu la pétris, au plus elle se lève…

Té, avant de te parler de cuisine de cochon, je vais te parler de la reine des cochonnes du pays, la plus grosse des frotteuses : c'est Isabelle, la fille du bourrelier, celle qui est *goï* (boiteuse). Eh bé, ça ne la gêne pas pour lever la cuisse, au contraire, c'est parce qu'elle est plus courte qu'elle la lève plus haut ! C'est pour ça qu'on dit qu'elle a la cuisse légère… Elle se fait *espincher* (regarder, avec une connotation sexuelle). C'est vrai qu'elle n'arrête pas d'aguicher les hommes. Assise ou en vélo, il faut toujours qu'elle montre sa carte d'alimentation…

Sa carte d'alimentation ?

Comme je regarde Estelle avec surprise, elle me répond :

– Tu n'as pas connu ça, toi, la carte d'alimentation ! Pendant la guerre, chacun de nous, avait des tickets pour pouvoir acheter la ration de pain, de viande… ceux qui n'en avaient plus « tiraient la langue », mais certaines femmes, pour avoir ces tickets, vendaient leurs charmes, d'où l'expression « avoir sa carte d'alimentation entre les cuisses ». Isabelle en abuse ; avec elle, ça *giscle* (ça va vite), c'est une *gavalarde* (goinfre) de l'amour. On dit parfois : « Té, y a que le Ventoux qui est pas passé dessus… », mais avec elle, c'est faux car elle s'est tellement roulée au sol, tellement trémoussée avec ses béguins, qu'elle finissait par s'y enfoncer et que la terre et le gravier lui roulaient dessus. Faut pas lui en promettre…

Vois-tu, en plus de boiter – d'accord ça se voit pas au lit –, elle est pas belle, regarde ses seins, on dirait deux petites tasses de riz renversées sur sa poitrine, et encore du riz mal cuit, vieux de quinze jours… Non, ça va pas, c'est encore pire que ça ! Comme un homme, elle a des poils sur la poitrine, aussi ses seins ressemblent à deux oreilles de cockers. Voué c'est ça ! et son « pétard » est si maigre qu'on dirait une tête d'aiguille à repriser les chaussettes… Té autre chose…

Et comme je faisais un signe de lassitude, Estelle me dit :

– Bon, tu ne veux pas en savoir plus… Tu crois que je suis méchante et jalouse ? Eh bien ! oué, je suis pas méchante, mais jalouse je me le suis. Quand je pense que je me suis réservée toute la vie pour mon Julien, et qu'après sa mort j'ai appris que mes cornes étaient plus grosses que celles de « Bravoure » (célèbre taureau cocardier), je m'en suis voulu de ne pas être allée me dévergonder dans le *jas* (bergerie) du Tonin. Putaing ! cent fois il a voulu me prendre, j'ai jamais voulu, je m'étais dit pourtant, tant pis la prochaine fois j'y passe, eh bien ! y a pas eu de cent unième… le pôvre, il s'était lassé, juste au moment où j'allais lui dire oui !…

Voué, je le dis, c'est mon plus grand regret, aussi je jalouse cette garce d'Isabelle, moche comme elle est, qui se paye du bon temps *aco y quoucarin* (ça c'est quelque chose). Bon allez, laissons les cochonnes et revenons à notre cochon, car je le sens, mes paroles stupides vous enquiquinent ; et en plus, je suis pas là pour vous raconter ma vie, ni celle d'Isabelle, on y serait encore là demain soir. C'était seulement pour vous dire qu'y a cochon et cochon. Ça vous fait rire ?

J'ai juste hoché la tête, je ne voulais pas lui dire que je n'avais pas ri, que la « pôvre » Isabelle m'indifférait et que je n'attendais que sa recette, dite spéciale, sur le cochon : son fameux tian de jarret et pieds de cochon aux truffes.

Estelle s'était arrêtée de parler, le regard perdu dans l'infini de ses pensées. Lascives ?… Non ! pas du tout puisqu'en revenant sur terre, elle me dit :

– Mieux que de te dire ma recette, tu vas me faire le plaisir de venir me la manger demain et tu te goûteras au miracle. Tu es d'accord ? Dis oui, me dit-elle suppliante, comme ça, ça me fait un rendez-vous, je vais me croire encore jeune comme à soixante ans… en invitant à manger mon gigolo… (en regardant Estelle, et en la détaillant bien, je pense que le Tonin ne doit pas avoir eu besoin de l'aguicher cent fois !)

Je lui demande si je peux amener ma femme.

– Oué, pourquoi pas, dit-elle surprise, mais quand tu t'en vas à la plage, tu t'emmènes ton sable ?

– Non ! mais comprenez, c'est que mon épouse est gourmande, et si vous faites ce plat aussi bien que vous le dites, je veux qu'elle honore votre cuisine.

Ma phrase, résolument ampoulée, voulait être flatteuse afin de l'amadouer.

– Ah ! si c'est ça, alors d'accord, à demain ! mais venez voir comment je me la prépare cette recette. Arrivez à dix heures. Y aura du vin de noix.

À dix heures moins une, nous frappons à la porte d'Estelle qui, en nous ouvrant, s'exclame :

– Oh là là ! je comprends, mon salaud, que tu emmènes ton sable *avé* toi, *fatche de,* elle est bien belle ta femme. Allez, avancez-vous !

Elle nous fait entrer dans une pièce assez sombre et nous précise :

– Té *remettez-vous* (asseyez-vous). J'ai déjà commencé, je fais cuire un peu les pieds et les jarrets de veau. Oh ! pas longtemps, juste pour les blanchir comme dit Curnonsky. (Ah ! elle a des lettres gastronomiques !)

Je regarde la marmite qui, pendue dans la cheminée, se balance doucement au gré du bouillonnement. Elle est noire comme du charbon par la suie amassée depuis des générations. Le feu de bois dessous est violent. Il pétille comme des bulles de champagne. Les étincelles éclaboussent le sol de la cuisine fait de terre battue, comme le feu d'artifice illumine la campagne par ses multiples fusées bruyantes et colorées. Mes yeux sont attirés par le couvercle qui se soulève de temps à autre en émettant un « flop » gras et sourd, tout en laissant échapper une petite vapeur odorante. Déjà l'eau me vient à la bouche...

Estelle surprend mon manège, et en souriant elle me dit :

– Ici, c'est l'ancienne cuisine, je m'en sers pour les grandes occasions car y a la cheminée, alors je m'accroche la marmite au grappin et comme ça le « fricot » s'imprègne de la fumée du bois de chêne... Oh ! que ça sent bon ! tiens, tu verras, tout à l'heure, tu vas me sentir dans le plat l'odeur du bois... Tu vois, me précise-t-elle, cette recette est très ancienne, je la tiens de mon ancien et peut-être premier petit copain Hubert, qui la tenait de sa grand-mère. Plus qu'une recette, c'est un héritage, un don, un nectar...

La cuisson semble finie. Elle vide le contenu du chaudron dans une passoire ; les pieds et les jarrets de cochon s'amoncellent au milieu des aromates : sauge, oignons, laurier et un peu de thym. La pièce embaume de cette préparation pourtant assez rudimentaire pour le moment.

Estelle, méticuleusement, se met à décortiquer les pieds, puis les jarrets. Elle retire avec dextérité tous les os, jusqu'aux plus infimes cartilages. Elle travaille en silence. Nous la regardons de même.

La voici qui étale cette viande dans un poêlon de terre grise ; elle nappe le tout d'un filet d'huile d'olive, puis glisse le plat dans le four de la cuisinière à bois dont les « ronds » du couvercle du foyer sont portés au rouge, surchauffant la pièce.

– Té, dit-elle, je me mets le tian que deux ou trois minutes au four, juste pour surprendre la viande.

Déjà, une bonne odeur de chair grillée arrive à nos narines. La cuisine obscure et noire semble tout à coup s'illuminer de l'arôme délicat qui vient jusqu'à nous.

Estelle retire le plat du four. Elle le pose sur la large table épaisse. Puis, avec précaution, elle vide une sauce qui se trouvait dans un vaste bol.

– Je me suis faite cette sauce hier soir, il fallait qu'elle s'imprègne. C'est la fameuse sauce aux truffes. Hier j'ai fait « revenir » à la poêle les rondelles de truffes (50 g) dans de l'huile d'olive et des oignons, juste un peu roussis. J'ai mis un peu (1 verre) de bouillon et j'ai laissé macérer.

Elle nous met sous le nez le bol qui embaume la truffe.

Elle vide le contenu du bol sur le tian, en disposant les tranches de truffes de façon régulière.

Estelle fait un pas en arrière, regarde son plat, et un sourire de satisfaction plisse ses lèvres.

– C'est bon ! dit-elle, reniflez cette odeur de truffe… et elle enfourne le poêlon dans le four.

Fière d'elle-même, elle nous dit :

– Bon, à présent il est temps de boire le vin de noix durant que ça cuit. *Té,* dit-elle, en même temps, écoutons un peu de musique.

Elle met la radio.

– J'écoute Radio bleu Vaucluse, c'est la meilleure radio du moment ; les animateurs sont formidables, et en plus elle parle du pays.

Estelle sert trois grands verres d'apéritif fait maison, qui imite le « cartagène » ou le « sautel », vins macérés locaux. Nous trinquons au gratin de pieds de porc aux truffes qui mitonne sous nos yeux.

À peine une demi-heure plus tard, juste le temps d'avoir bu de nouveau trois gentils verres d'apéritif, d'avoir dressé la table, de m'avoir fait déboucher une bouteille de Rasteau Village, Estelle nous apporte le plat sur la table.

Nous regardons le tian. Rien de rare, bien sûr, c'est un gratin. Mais nos regards sont emplis de désir. Nos yeux sont humectés de larmes de plaisir. Nos narines, dilatées au maximum, n'arrivent pas à absorber toutes les odeurs. Nous sommes là, ébahis par tous ces sucs délicats. Nous salivons, nos lèvres se pincent, nous les mouillons de salive comme si elles allaient prendre le goût du tian.

L'avant-repas est souvent meilleur que le repas par lui-même. Comme le dit Estelle :

– C'est pareil que l'amour, le meilleur moment c'est quand tu montes les escaliers de la chambre… Eh bé ! jeunes gens, allez-y, servez-vous.

Nous goûtons. La première bouchée fond dans la bouche, exhalant toute la garrigue du Ventoux. Le silence se fait…

Eh bien ! nous ne le romprons pas. Je vous laisse déguster avec nous ce plat divin à la truffe.

À vous d'en découvrir toutes les saveurs et de garder longtemps en bouche les douceurs de son goût.

Mais si vous souhaitez déguster en toute quiétude, dans un environnement campagnard, la truffe, seulement la truffe du Ventoux, allez chez Michel et Cathy, à Monteux. Je n'avance là que mon opinion personnelle, mais c'est un des chefs qui accommode le mieux et avec le plus de diversités la Truffe du Pays (avec un grand T et un grand P). Son repas de truffes annuel est divin. Retenez vite votre table au Saule Pleureur...

Table des matières

Achevé d'imprimer
sur les presses de

HORIZON
GROUPE

200, av. de Coulin
13420 Gémenos
pour le compte
des éditions Autres Temps
97, avenue de la Gouffonne
13009 Marseille

Dépôt légal : juin 2002

N° d'imprimeur : 0205-054

ISBN : 2-84521-122-8
ISSN : 1250-6230